KB217791

2006 오늘의 작가상 수상작

백수생활 백서

박주영 장편소설

2006 오늘의 작가상 수상작

백수생활 백서

박주영 장편소설

민음사

차례

인간은 살아 있기 때문에 집을 짓는다. 그러나 죽을 것을 알고 있기에 글을 쓴다. 인간은 무리를 짓는 습성이 있기에 모여서 산다. 그러나 혼자라는 것을 알기에 책을 읽는다. 독서는 인간에게 동반자가 되어준다. 하지만 그 자리는 다른 어떤 것을 대신하는 자리도, 그 무엇으로 대신할 수 있는 자리도 아니다.

— 다니엘 페나크, 『소설처럼』 중에서

1 정신이 선택한 어떤 모습

오래전 나는 쇼핑몰에 있는 카트를 끌고 서점의 책들을 쓸어 담는 것이 꿈이었다. 그러나 덤벙덤벙 아무거나 닥치는 대로 담는 것은 곤란하다. 처음에는 양손에 하나씩 들고 제목 정도는 확인하면서 어떤 작가의 것은 모조리, 생소한 작가의 것은 잠시 멈추어 책 표지를 바라보고 느낌에 따라 선별하기도 하면서, 그러나 끝내는 재빠르게, 한 시간 남짓 카트 하나를 책으로 가득 채워 계산을 하고 차 트렁크를 책으로 꽈악 채우고서 예정된 곳으로 떠나는 일을 꼭 한 번 해보고 싶었다.

그러나 오늘 서점에 간 나는 딱 두 권의 책을 샀다. 그 책 중의 한 권은 오늘이 가기 전에 다 읽게 되겠지만 또 다른 한 권은 읽지 않은 채 둘 것이다. 그러고는 가끔 페이지를 들춰보면서 상상할 것이다. 내가 아직 가보지 못한 세상을, 그 안에서 숨 쉬는 인간들의 욕망을. 모든 것이 이미 결정되어 있겠지만 내가 읽지 않는 한 그 세상은 존재하는 것이 아니다. 그 세상의 존재 여부가 확인되지 않은 채 내 손안에 있다.

나는 이제야 내 욕망을 이해하기 시작했다. 천장 높이까지 맞춤 책장을 만들어 책을 가득 채우고 싶은 나의 욕망은 느긋하게 그 책들을 읽을 수 있는 시간을 욕망함에 다름 아닌 것이다.

여전히 살아 있음에 유효한 희망 사항이 있다.

*

빌어먹을…… 나를 보고 아버지는 종종 그렇게 말한다. 틀린 말은 아니다. '빌어먹다'의 사전적 의미는 '남에게 구걸하여 거저 얻어먹다.'이고, '빌어먹을'은 '속이 상하고 일이 자기 뜻대로 되지 않을 때 쓰는 말'이다. 나는 웬만하면 쭉 빌어먹을 생각이고, 내가 이런 식의 삶을 유지하는 한 아버지는 속이 상하고 자기 뜻대로 일이 되지 않는다고 생각할 것이다. 그러니까 아버지가 나를 그렇게 부르든 말든 상관하지 않는다. 어쨌든 내가 빌어먹는 대상도 현재로서는 아버지이고, 아버지가 아니라면 이렇게 살 수도 없을 테니까.

아버지는 혼자서 나를 키웠다. 주변 사람들은 모두들 그렇게 생각하지만 그건 사실과 다르다. 나는 혼자서 저절로 컸다. 아이들은 놔두면 자라게 되어 있다. 어머니는 내가 태어나고 얼마 후에 죽었다. 아주 어릴 때의 일을 기억하는 사람들도 있다던데 나는 어머니에 대한 기억이 도무지 없다. 내가 기억하는 어머니는 아버지가 고이 간직하고 있는 사진들 속에만 있다. 그 사진들 속에서 어머니는 영원히 이십 대이다. 어머니는 서른 살이 되어보지도 못하고 죽었다.

어머니가 죽고 난 후로 아버지와 나 둘이서 살고 있다, 라고 아버지도 나도 사람들에게 말한다. 그러나 그것 또한 사실과는 조금 다르다. 아버지는 식당을 하고 있고 그 식당에는 일하는 사람들이 제법 많다. 내가 그들과 함께 살았다고 하면 과장일 테지만 그들 중 몇몇과는 식구나 마찬가지이다. 아버지는 식당 일로 바빠서 나는 철들고 나서부터 내 일은 내가 알아서 해왔다, 고 말하고 싶은데 그것도 아니다.

내가 아버지한테 빌붙어서 그냥저냥 하루를 보내는 것처럼 보인다는 것을 나도 알고 있다. 멀쩡하게 대학을 나와서 아무것도 안 하고, 심지어 아버지 식당 일조차 돕지 않고 이러고 지내는 것을 사람들은 한심해하지만, 사실 나는 내가 하나도 한심하지 않다. 하기 싫은 일 억지로 하면서 자아실현이라고 스스로를 위로하는 사람들이 더 우스울 뿐이다. 나는 일하기 싫을 뿐이다. 정확하게는 매일 아침 일어나서 어딘가로 출근이란 걸 하고 싶지 않다. 고정적인 직장을 갖지 않아도 먹고살 수 있고 매일 아침부터 저녁까지 일하지 않고도 충분히 잘살 수 있는데 왜 그렇게 일을 해야 하는지 모르겠다.

사람들은 아버지를 믿고 그러느냐고 하겠지만 내가 아버지에게 신세지고 있는 건 솔직히 집과 밥 정도뿐이다. 그렇지만 그것도 공짜는 아니다. 나는 청소도 하고, 빨래도 하고, 아주 가끔은 식사 준비도 한다. 집을 관리하는 집사나 파출부도 나보다는 더 많이 받는다. 게다가 내가 쓸 돈 정도는 내 힘으로 번다. 아주 조금 일하지만 그걸로도 충분하다. 무슨 일을 하느냐, 하면 닥치는 대로 한다고 하면 과장이고 쉽고 간단하고 오래 하지 않아도 되는 일들만 한다.

＊

—아침부터 어디 가?

—어디 좀 가.

—어디 가냐니까?

—어디 좀 간다니까.

아버지와 나의 대화는 늘 이런 식이다.

—금방 올 거니?

—몰라.

　나는 지금 아주 중요한 일을 하러 간다. 책을 구하러 가는 중이다. 서점에 널린 게 책인데 뭐가 그리 중요하냐고 물을지도 모르겠다. 모르는 소리다. 서점에 널린 건 모두 새 책이다. 그런 책을 구하는 데는 나도 이렇게 연연해하지 않는다. 굳이 서점까지 직접 갈 필요도 없다. 인터넷에서 주문하면 다음날이면 집으로 배달되는 게 요즘 세상이다. 내가 산다고 하지 않고, 구한다고 표현하는 책은 오래전에 절판된 책이다. 뭐 그렇다고 희귀본이라거나 그런 건 아니다. 다만 이제는 서점에서 반질반질한 모습으로 만나볼 수 없는 책일 뿐이다.

　절판된 책들을 오래전부터 구하고 있었는데 어젯밤 인터넷 사이트의 한 게시판에서 그중 한 권을 발견했다. 누가 먼저 접촉할세라 얼른 메일을 보내고 아침부터 만나자고 약속을 했다. 새로운 책을 만날 생각에 잠까지 설쳤다고 하면 믿지 않을 테지만 사실이다. 좀 더 구체적으로 말하자면 그 책이 다른 자의 손에 넘어가거나 책을 팔려는 사람의 마음이 바뀔까 봐 노심초사였다.

마르그리트 뒤라스의 『연인』이란 책인데 1984년 공쿠르상 수상작이고 1992년에 우리나라에서 출간된 적이 있다. 누군가가 쓴 글에서 나는 그 책의 한 대목을 보았다.

…… 그 이야기는 침묵이 시작되는 세계의 문턱이다. 일어난 일이 무엇이냐고 하면 침묵이다. 내 온 생애에 걸친 느릿한 작업, 그 침묵. 나는 마귀들인 아이들 앞에, 그들과 똑같이 신비에 넋을 잃고 서 있다. 나는 글을 쓰고 있다고 믿음으로써 단 한 번도 글을 쓰지 않았다. 사랑하고 있다고 믿음으로써 단 한 번도 사랑하지 않았다. 나는 닫힌 문 앞에서 기다리는 일 이외에 아무것도 하지 않았다.

이 구절을 읽은 후부터 나는 뒤라스의 『연인』이란 책을 계속 구하고 있었던 것이다. 영화화되어 꽤나 유명한 작품이지만 책을 구하기는 어려웠다. 책을 구할 수 없어 소설을 원작으로 한 영화를 보기도 했지만, 그 영화는 나의 욕

구의 어떤 부분도 채워주지 못했다. 얻을 수 없을 때 욕망
은 커진다. 나는 『연인』을 오랫동안 기다려왔다.

책의 판매자를 만나기로 한 곳은 할인 마트였다. 판매자
가 만나자고 하면 그곳이 어디든 갈 생각이었는데 운이 좋
았는지 내가 사는 곳과 아주 가까웠다. 책의 거래는 파는
쪽에서는 택배 같은 걸로 보내고 사는 쪽에서는 통장에 입
금하는 식으로 이뤄질 때도 있고, 가끔은 오늘처럼 직거래
를 하기도 한다. 이번 책의 거래는 007 미팅 같은 데가 있
다. 직접 만나는 경우 약속 장소에서 통화를 하는데 이 판
매자는 나처럼 휴대폰이 없는 자였다. 서로 휴대폰이 없다
는 사실에 뜨악해하다가 알아볼 수 있는 표지를 마련했다.
뭐 복잡할 건 없다. 책을 파는 사람이, 내가 사고자 하는
책이 보이도록 들고 있기로 한 것이다.

책을 팔기로 한 남자로 추정되는 자가 보인다. 그는 할
인 마트 앞의 벤치에서 책을 읽고 있었다. 그의 옆에는 대
략 다섯 권의 책이 놓여 있었고 제일 위쪽에 놓인 책은 분
명 뒤라스의 『연인』이었다. 나는 그에게 다가갔다. 그러나
남자는 보고 있던 책에 열중한 나머지 내가 온 것도 느끼
지 못하고 있었다. 시계를 보았다. 약속 시간까지 10분이
남았다. 나는 정확히 약속 시간까지만 기다리기로 하고 그
가 앉은 벤치의 바로 옆 벤치에 앉았다. 그리고 가방에서

파트리크 모디아노의 『서커스가 지나간다』를 꺼내 읽었다.

　내 생애 처음으로, 나는 확신을 갖고 행동했다. 나의 소심함, 의심, 나의 아주 사소한 행동에 대해서도 변명하고, 나 스스로를 비방하고, 다른 사람들한테 나에게 불리한 구실을 제공하는 버릇, 이 모든 것이 각질이 되어 떨어져 나가듯 사라져버렸다. 나는 그전까지 위험과 고통에 직면하지만 미래를 예견할 줄 알고 그것이 불가항력이라고 느껴서 그때마다 그것들을 회피하는 그런 종류의 꿈을 꾸곤 했다.
　나는 유리문을 밀고 들어갔다. 그는 신문에서 눈을 뗐다.

　드디어 벤치의 남자가 나를 바라보았다. 그래서 용기를 낼 것까지는 없지만 이 남자가 그 남자임을 확인하기 위해 말을 걸었다.
　─저기요.
　─네?
　'타인에게 말걸기'는 나같이 수줍은, 이 아니라 번거로운 걸 질색하는 인간에게는 꽤 힘든 일이다. 하지만 『연인』은 그럴 가치가 있는 책일 것이다.
　─혹시 『연인』인가요?

―네에?

내가 무슨 말을 잘못하기라도 했단 말인가?

―아, 이 책 사기로 하신 분.

이제야 남자는 내가 누군지, 아니, 내가 원하는 것이 책이라는 것을 알게 된 모양이다. 거래는 신속하게 이뤄졌다. 보관 상태가 최상은 아니었지만 양호한 편이었고, 무엇보다 내가 찾는 그런 종류의 책이었다. 책을 스쳐간 사람의 조심스러운 흔적이 배어 있는 책. 누군가 이미 읽고 한동안 가지고 있었지만 그 누군가의 흔적이 너무 노골적인 책은 싫다. 이를테면 페이지마다 밑줄이 좍좍 그어져 있거나 메모가 적혀 있거나 한 책들 말이다. 그건 책이 아니라 차라리 일기장이나 노트에 가깝다.

이번 책은 그냥 쓱싹 한번 훑어보았는데 아주 깨끗했다. 책 주인이 여간 깔끔한 인간이거나 그것도 아니면 책을 사서 그냥 모셔두기만 한 것 같다. 가끔 그런 인간들이 있다. 책을 장식용으로 쓰는 인간들. 폼으로 들고 다니는 인간들. 그러다가 폼이나 장식으로 가끔 들춰보기도 할 테니까 아무것도 하지 않는 것보다는 낫다고 생각한다. 장식용이든 액세서리든 책이 꾸준히 팔려 나가서 절판되거나 하는 일이 없었으면 좋겠다는 것이 내 개인적인 바람이다. 그렇다면 이렇게 게시판이나 헌책방을 돌아다니는 수고는 하지 않아도 되거나 적어도 줄어들 것 아닌가.

—혹시 파실 책이 이것 말고 더 있나요?

남자가 앉은 벤치에 놓인 책들을 힐긋거리면서 내가 물었다.

—어떤 책을 찾으시는지…….

—뭐, 괜찮은 책이면.

—괜찮은 책이라. 나야 잘 모르지만 그 책도 괜찮은 책은 아닌 것 같은데.

—그런데 이 책 아저씨 거예요?

그는 내 질문을 가볍게 무시했다. 그는 고개를 숙이고 있었다. 나는 욕망을 참지 못하고 『연인』의 앞 페이지를 들춰보았다.

그때 나는 보았을 것이다. 남자 모자 밑에서 볼품없이 야윈 얼굴 모습이, 어린 시절의 실패작 같은 그 모습이 전혀 다르게 보이는 것을. 야윈 얼굴은 자연의 잔인하고 숙명적인 현상을 받아들이는 자세를 떨쳐 버리고, 그와는 전혀 반대로 한의 선택, 정신이 선택한 어떤 모습으로 바뀐 것을. 순간 그 모습이 마음에 들었다.

그가 다시 고개를 들었을 때 나는 약속한 책값을 건넸

다. 1992년에 3800원 정가의 책이 10년의 세월도 더 지나 3000원에 거래되었다. 그리고 그가 그 책과 함께 팔기를 원했던 네 권의 책까지 합하여 다섯 권을 1만 5000원에 샀다.

남자가 읽고 있던 책을 벤치에 놓았는데 그 책에 약간 흥미가 갔다. 내가 조금 전까지 읽고 있던 책의 작가인 파트리크 모디아노의 다른 책이었다. 제목은 『잃어버린 거리』. 우연치고는 이상한 우연이었다.

—혹시 아까 읽고 계시던 책은 안 파실 건가요?

—이 책 말이오?

—네.

—이것도 사시게요?

—네.

—어차피 처리할 책이긴 한데 제가 기다리는 동안 이 책을 조금 읽었거든요. 그런데 끝까지 읽고 싶어지네요.

—그럼 다 읽으시고 저한테 파세요.

—그러죠, 뭐.

그래서 다음 거래가 성립되었다. 이틀 뒤 이 시간 이 자리에서. 그 책 한 권 읽는데 무슨 이틀씩이나 시간이 필요한지 이해할 수 없었으나 그도 나름대로 사정이 있지 않겠는가. 동네 개들도 어슬렁거리지 않는 평일 아침 시간에 할인 마트 앞에서 약속을 할 정도면 꽤나 한가할 텐데 말이다.

*

　집으로 돌아오자마자 구해 온 책들을 살펴본다. 가슴이
설렌다. 1992년 생소한 이름의 출판사에서 나온 책답게 표
지는 적당히 촌스럽다. 그러나 책의 외관은 깨끗하다. 다
만 세월을 속일 수 없는지라 약간 빛이 바랬다. 첫 장을
펼치고 읽는다. 1인칭과 3인칭이 혼재하면서 스스로의 내
면으로 들어갔다가 다시 빠져나와 멀리서 바라보거나 하는
독특한 문체, 형식과 시간에 얽매이지 않는 서술, 나는 계
속 읽는다. 그리고 가끔 멈춘다. 어떤 대목은 낮게 중얼거
리며 음미한다. 그렇게 해서 결국은 몇 년 동안 애타게 구
해 오던 책을 오후가 되기도 전에 다 읽어버렸다.
　나는 아무런 취미도 갖고 있지 않다. 여느 여자들처럼
백화점에서 쇼핑을 하지도 않고 남자 친구를 위해 뜨개질
을 하거나 십자수를 한 적도 없고 텔레비전도 「동물의 왕
국」이나 「식물의 비밀」, 「우주의 신비」 같은 다큐멘터리만
아주 가끔 보고 인터넷도 책을 구하기 위해서 게시판을 들
락거릴 때만 아주 가끔 접속할 뿐이다. 사람들은 내가 무

얼 하면서 시간을 보내는지 궁금해한다. 사실 내게는 시간이 그리 많지 않다. 나는 1년에 최소 300권에서 700권 정도의 책을 읽는다. 지난 10년간 평균은 500권이 아니었나 싶다. 500권이 10년이면 5000권이고, 그렇게 100년이면 5만 권이다. 일생 고작해야 5만 권의 책도 읽지 못한다는 얘기다.

나는 책을 읽으면서 살고 싶다. 책을 읽을 시간을 뺏기고 싶지 않기 때문에 일하기 싫다고 말한다면 별 핑계도 다 있다고 하겠지만 나한테는 그것이 내가 가장 잘 알고 있는 나의 진실이다. 문제는 책 읽을 시간을 더 많이 갖기 위해 일을 하지 않으면 책을 살 돈이 없다는 것이다. 균형, 그것이 문제다. 그리고 그것은 나만의 문제는 아닐 것이다.

짐작하겠지만 사실 그 문제를 해결할 방법이 없는 건 아니다. 하지만 그 방법의 문제는 내게 유산을 물려줄 그 영감탱이가 지나치게 건강하다는 거다. 담배도 피우지 않고 술도 마시지 않는다. 물론 그건 건강을 염려해서가 아니라 돈이 아까워서이지만. 난 담배도 피우고 술도 마신다. 어쩌면 영감탱이보다 내가 먼저 죽을지도 모른다.

남들은 나의 최선이 아버지의 유산을 물려받는 것이라고 생각하겠지만, 그보다 나은 방법이 있다. 외할머니의 서재를 고스란히 물려받는 것이다. 그러나 이 또한 간단하지 않다. 아버지는 미우나 고우나 아버지인데 외할머니는 진짜 외할머니가 아니다. 그러니까 내 어머니의 어머니가 아니라 외할아버지의 부인일 뿐인 데다가 어머니도 죽고 외할아버지도 죽은 마당에야 외할머니와 연결될 그 무엇도 사실은 없는 셈이다. 그러니까 그 서재를 나한테 물려줄 가능성은 거의 없다고 봐도 된다. 그러므로 외할머니가 오래 살아계시길 바라는 게 낫다. 적어도 지금처럼 그 서재에 드나들며 책을 읽거나 빌려볼 수 있으니까. 그리고 아버지도 오래오래 건강하게 살아계시기를 바란다. 가끔 욕을 얻어먹기야 하겠지만 살 집이나 먹을 것을 걱정할 일은 없을 테니까.

지금 이 상태가 최상은 아니지만 나빠질 가능성보다는 나아질 가능성이 많다. 시간이 모든 문제를 해결해 주는 것은 아니지만 아주 많은 문제는 지나고 나면 늘 아무것도 아닌 것이 된다. 그러므로 나는 기다리지도 소원하지도 노력하지도 않는다. 다만 책을 읽고 또 읽을 뿐이다. 이것이 내 방식이다.

2 그래도 모든 걸 기억해

나는 참고 견뎌야만 가질 수 있는 그런 종류의 인생을 꿈꾸어 본 적은 없다. 그래서 불행하지 않았다고 믿는다. 하지만 때로는 견뎌서 얻은 것이 없는 삶이라서 시간을 느낄 수가 없다. 내가 살아온 시간은 읽어온 책들의 숫자로만 가끔씩 점검되고 확인된다. 나는 여전히 책을 읽는다. 그리고 오늘 이후의 날들은 생각하지 않는다. 책 속에 미래가 있다는 말은 거짓말이다. 책 속에는 온통 오늘과 어제뿐이다. 하지만 내가 읽은 과거가 또 누군가에게는 미래가 될 것이 분명하다.

무라카미 하루키는 말했다.

시인은 스물한 살에 죽고 혁명가와 로큰롤 가수는 스물네 살에 죽는다. 우리는 이제 더 이상 시인도 혁명가도 로큰롤 가수도 아니다. 술에 취한 채 전화 부스 안에서 웅크리고 자거나 얼이 빠지도록 술을 마시거나 새벽 네 시에 도어즈의 레코드 볼륨을 소리 높여 듣거나 하는 일도 그만두었다. 생명보험에도 들었고 호텔의 바에서 술을 마시기도 하고 치과 의사의 영수증도 잘 챙겨서 의료비 공제를 받게 되었다. 이제는 스물여덟 살이니까.

그래, 이제 나는 스물여덟 살이다. 그러므로 며칠씩 정신없이 거리를 쏘다니지 않고, 48시간씩 내리 잠만 자지도 않는다. 또 일주일씩 비디오와 책만 끼고 방구석에서 뒹굴거리지도 않는다. 그러나 앞으로도 생명보험에 들지는 않을 거고 의료비 공제를 받을 일도 없을 것이다. 스물여덟 살에는 누구나 정신을 차리고 살아남을 방법을 생각해야 한다. 하지만 스물여덟 살이 되어서도 여전히 술 취한 채 아무 데서나 자고 새벽까지 잠도 안 자고 미친 듯이 영화를 보는 못 말리는 인간도 있다. 그런 인간이 내 친구라니.
그래서 나는 말한다.
─제발 철 좀 들어라.
유희는 내 고등학교 동창이다.

고등학교에 전학 간 날을 기억한다. 나는 긴장했다. 새 학교의 교복을 미처 준비하지 못한 나는 혼자서 사복을 입고 있었다. 전학을 가게 된 건 이사를 했기 때문이었다. 재건축된 아파트에 입주하게 되어 학군이 변동되었다. 그 이전까지 내 집 주소는 아버지의 식당이었고 식당 주소로 배정된 고등학교는 집에서 차를 두 번이나 갈아타야 했다. 왜 그런 불합리한 일이 생겼는지는 나도 모른다. 아무튼 새 아파트에 이사하고 새 학교로 전학을 가게 된 것이다.

그 반에는 자리가 없었다. 그래서 책상을 줄 뒤에 하나 더 놓고 거기 앉게 되었다. 그런데 내 자리의 바로 앞 창가 자리에서 한 여자 아이가 하루 종일 자고 있었다. 엎드려 자고 있는 여자 아이의 머리카락에는 아이들이 붙여놓은 온갖 색깔의 클립이 햇빛에 반짝이며 철 이른 크리스마스트리를 만들어내고 있었다. 솔직히 왜 아무도 그 애를 깨우지 않는지 궁금했다. 살아 있기는 한 건지 의심스러울 정도로 그 애는 그토록 소란스러운 교실에서 아무 소리도 내지 않고 있었다.

점심시간이 지나고도 한 시간의 수업이 더 있는 다음 그 애가 깨어났다. 그리고 문득 뒤를 돌아보더니 이렇게 말했다.

—넌 누구니?

—나는 서연이야.

—서연? 응. 그런데 이거 혹시 꿈이니?

나는 고개를 저었다. 그리고 비틀비틀 한 발을 떼려는 그녀의 머리카락을 가리켰다.

—머리에 있잖아.

—아니, 이것들이 또…….

그녀는 그렇게 투덜거리더니 머리의 클립들을 잡아뗐다. 나도 그녀를 도와 클립들을 떼어냈다.

—고마워. 이거 너 가져.

그녀는 한 주먹의 클립을 내 손에 쥐어주고는 교실을 나갔다. 다음 시간은 체육 시간이었다. 그녀는 체육 선생님에게 뭐라 얘기하더니 수업에 빠졌고, 체육복을 준비 못한 나는 그녀와 함께 스탠드에서 아이들을 물끄러미 바라보았다. 그녀는 한 시간 내내 아무 말도 하지 않았다. 거기 있어도 없는 사람 같았다. 잠을 잘 때나 깨어 있을 때나 꽤나 조용한 아이로구나, 하고 나는 생각했다. 하지만 그것은 참으로 기가 막힌 착각이었다.

체육 시간을 마치는 종소리가 땡 하고 울리자 유희가 말했다.

—나 결정했어. 너랑 친구하기로.

그러고는 내 대답도 듣지 않고 내 손을 잡고 나를 일으켜 세웠다. 나는 뭐가 뭔지도 모른 채 유희와 나란히 교실로 걸어 들어갔고, 그것이 시작이었다.

창가의 1분단 제일 마지막 자리에서 나는 잉여의 존재답게 먼지처럼 조용히 지냈다. 그리고 내 앞자리에서 유희는 일생을 잠으로 소비할 것처럼 조용히 잤다. 어떻게 이런 상황에서 태평스럽게 잘 수 있는지 신기하기만 했다. 유희가 엎드려서 자는 바람에 그 뒷자리의 나는 자주 눈에 띄었다. 덕분에 전학 온 나는 선생님들에게 아주 빨리 찍혔다.

공교롭게도, 아니, 운 나쁘게도 유희는 그 고등학교에서 제일 유명한 아이였다. 일단 성적이 아주 훌륭했고 외모가 출중했으며 게다가 학교에서 주로 하는 일이 잠 아니면 분란이었다. 내가 직접 확인해 본 적은 없지만 유희의 아이큐가 자신의 키와 같다는 소문이 있었다. 자신의 키와 숫자가 같은 아이큐로 과학에 이바지하거나 학문에 쓰지 않고 잠재우고 있다니, 확실히 국제적 손실이나 국가적 소모가 아닐 수 없다고 하겠으나 그건 내가 상관할 바는 아니다. 내가 왜 그런 걸 해야 하지? 세상이 나를 위해 뭘 해줬다고? 유희 자신이 그렇게 공공연히 말하고 있는 바에야 더더욱 그렇다. 솔직히 말하자면 유희가 그 좋은 머리를 잠재우고 있는 것이 그나마 다행이라는 걸 적어도 나는 안다. 유희가 그 좋은 머리를 쓰는 건 거짓말할 때뿐이다.

아마 그 머리와 연기력을 살리면 사기꾼으로 대성할 조짐은 보인다.

유희의 아버지는 의사였고 어머니는 변호사였다. 대한민국에서 먹고살기에 제일 괜찮다는 두 가지 직업을 가진 부모가 유희에겐 있었다. 공부를 꽤 한다는 자식을 둔 부모는 자식의 의사와는 전혀 상관없이 일단 법조계, 혹은 의료계 둘 중 하나의 직업을 꿈꾸는 것 같다. 그러나 정작 그런 직업을 가진 유희의 부모는 그녀에게 그런 직업을 강요하지 않았다. 유희가 굳이 원한다면 말릴 생각까지는 없으나 권할 만한 직업이 아니라고 그들은 생각하는 듯했다. 직업이 경제적 수준을 담보할 수는 있으나 삶의 질을 담보할 수는 없고, 게다가 행복을 보장하는 건 아니라고 생각한다는 유희의 아버지는 클래식 마니아였고 변호사인 어머니는 운동광이었다. 그리고 그런 유희의 부모가 혹시라도 유희에게 바란 직업이 있다면 그건 다음과 같았다.

─아버지는 내가 성악가가 되길 바랐고 어머니는 테니스 선수가 되길 바라셨지. 그래서 나는 한때 발레리나가 되어볼까, 생각하기도 했어.

성악가와 테니스 선수를 합치거나 혹은 절충하면 발레리나가 된다는 유희의 발언 자체가 어리둥절했으나 유희는 실제로 발레를 배운 적이 있는 모양이었다. 그렇게 말하면서 유희가 살짝 발레 비슷한 것을 보여주었는데 그 동작이 너무 아름다웠다. 뭘 해도 웬만큼은 한다는 면에서 유희는 축복받은 아이였다. 그러나 본인은 그것이 축복인지 전혀 모르고 있고 잘하고 있다는 사실조차 모르고 있으니 어이가 없다.

공부를 잘한다는 유희의 책상 서랍 속에는 언제나 영화 잡지가 가득했다. 《로드쇼》, 《스크린》, 《키노》 등의 한 달 단위 잡지는 그 달이 지난 후에는 아이들의 스크랩용으로 소비되었다. 영화광이었던 유희는 순수하게 영화의 관람자로 남길 원했을 뿐 아니라 무언가를 소유하는 걸 몹시 싫어했다. 한 달마다 짝을 바꾸는 교실의 시스템 속에서 다음 달부터 유희와 나는 짝이 되었고 1학년 내내 짝이었다. 유희는 계속 잤고 나는 그 옆에서 선생님 몰래 평화로이 책을 읽었다.

유희는 내게 왕가위를 알려 주었고 나는 유희에게 무라카미 하루키를 알려 주었다. 나는 왕가위를 좋아하게 되었지만 유희가 무라카미 하루키를 좋아하게 되었는지는 모르겠다. 사실 나는 유희가 왕가위를 좋아하는지도 잘 모른다. 유희는 좋아하는 것에 대해서는 아무 말도 하지 않고 싫어하는 것에 대해서는 아주 자주 그것도 큰소리로, 게다가 신경질적으로 말하는 아이였다. 지금도 그렇다. 내가 유희에게 제일 자주 듣는 말은 회사 다니기 싫다는 말과 어떤 인간이 재수 없다는 얘기이다.

존 란체스터는 『아주 특별한 요리 이야기』에서 혐오는 진부한 애호가 도저히 할 수 없는 방식으로 자신을 세계와 분리시킨다고 했다. 그리고 무언가를 좋아한다는 것은 굴복하겠다는 것, 다시 만족스럽게 죽겠다는 뜻이 되고, 혐오는 자신과 세계의 경계를 더 확실히 긋고, 분리된 사물을 명확히 해준다고 했다. 그런 의미라면 혐오의 대가인 유희는 자신과 세계의 경계가 확실한 인간임에는 틀림없다고 하겠다. 그 어떤 무리에 있어도 그곳에 동화되지 않고 자신을 지킬 줄 아는 그 경지야말로 놀라울 지경이지만, 그걸 단 한마디로 요약하면 개인주의자가 되고, 나쁘게 말하면 이기주의자일 뿐이다. 그렇다고 내가 유희를 비난할 처지는 못 된다. 나 또한 다른 방식으로 혐오의 대가이고, 유희처럼 노골적이지 않을 뿐이다. 그리고 내가 노골적으로 혐오를 표현하지 못하는 건 유희처럼 잘나지 못했기 때문인지도 모른다. 혐오가 경계를 더 확실히 긋고 사물과의 분리를 명확히 해주는 것이라면 유희도 내게는 일종의 혐오의 대상이다.

유희도 나도 혐오의 대상이 확실한 인간들이다. 우리는 둘 다 세상과 나를 경계 짓는 데 익숙하다. 그렇지만 혐오나 애호의 대상은 다르다. 그런 면에서 우리는 늘 어긋난다. 어긋난다는 것을 알고 있지만 특별히 상관하지는 않는다. 서로의 애호의 대상을 존중한다기보다는 관심이 없다는 편이 옳을 것이다.

*

유희는 스타벅스의 창가 자리에 앉아서 달짝지근한 커피를 마시고 있었다. 나는 스타벅스처럼 표준화된 공간을 싫어한다. 그러나 유희는 주로 이런 공간을 즐긴다. 스타벅스, 맥도날드, 버거킹, 피자헛, 티지아이 프라이데이스, 하얏트, 메리어트. 세계 어느 곳에나 있어서 내가 있는 이곳이 어디인지를 잊게 해주는 곳, 그래서 나조차도 표준화된 인물인 것처럼 그럴듯한 착각을 하게 만드는 곳.

―왔어? 뭐 마실래?

―음, 타조차이.

―갔다 올게.

유희는 일어나 직접 서빙을 해준다. 내가 이런 곳을 싫어하는 또 하나의 이유는 사실 셀프 서비스 때문이기도 하다. 얼핏 보면 공주처럼 생겨먹은 유희는 셀프 서비스를 좋아하고 나는 처음부터 끝까지 알아서 해주는 토털 서비스가 좋다. 그래서 이런 곳에서 만나면 유희가 대신 서비스를 해준다. 물론 돈도 유희가 낸다. 너무한 거 아니냐고. 너무한 거까지야 있겠는가. 저 좋아서 하는 일이고 유희는 나보다 돈을 많이 벌고 있으며 돈 쓰는 게 취미이기도 하다.

유희는 쓸데없는 물건을 사들이는 데 선수이다. 일단 유희의 회사는 정장을 입고 출근하도록 되어 있다. 그러나 유희는 회사에는 입고 갈 수 없는 옷들만 산다. 가끔 유희의 쇼핑을 따라가곤 하는 나는 '정장을 사지 그래.'라고 충고하지만 유희는 '회사 곧 그만둘 거거든.'이라고 말한다. 그리하여 한 계절이 지나도록 입지 못한 옷들도 있다. 옷뿐만이 아니다. 필기구로 글씨를 쓰는 일이 전무하면서 계속해서 노트와 필기구들을 산다. 예쁜 것들이 눈에 띄기만 하면 사는데, 사실 남들 다 필기하는 고등학교 때조차 아무것도 쓰지 않은 주제에 그런 것에 집착하는 것이 이상하다. 그리고 살 때는 신나서 사놓고는 그런 물건이 있다는 것도 아주 잘 잊어버린다. '이거 저번에 산 거랑 비슷하지 않아?'라고 내가 말하면 '그러니? 모르겠는데.'하고 말한다. 그리하여 이미 가지고 있는 것과 아주 비슷한 물건을 또 사는 것이다. 그런 물건의 경우 언제나 내 차지가 된다. 솔직히 가끔 유희와 나는 쌍둥이로 오해를 받는데 그 이유는 물건에 관한 유희의 형편없는 기억력 때문이다.

유희가 나의 타조차이를 들고 오자 우리는 2층으로 자리를 옮긴다. 창가 자리가 비었다. 네온사인으로 가득한 거리를 향해 해가 서서히 지고 있다. 젊은 아이들, 적어도 나보다 젊은 아이들로 메워지는 거리. 나는 단 한 번도 젊음을 부러워해 본 적 없다. 나에게 젊음은 어리석음이나 무모함과 동일하다. 어서 나이를 먹어서 최소한 서른 살은 되었으면 좋겠다고 생각한다. 그렇게 되면 꿈꿀 수 있는 일도 아주 줄어들 것이고, 더 많은 책을 읽었을 것이며, 세상은 더 만만해져 있을 것이다.

—이거 좀 읽어줘 봐.

유희가 내민 건 A4 용지였다.

—뭐니?

—좀 읽어보라니까.

—알았어. 읽으면 되지.

읽는 것이 세상에서 내가 제일 잘하는 일 중의 하나이다. 나는 타조차이를 한 모금 마시고 읽기 시작했다.

저녁밥 잘 먹고 텔레비전을 보다가 무심코 그 영화가 생각이 났다. 빔 벤더스의 영화였다. 그리고 같이 본 인간도 생각났다. 어쩌면 마지막으로 남자란 것과 본 영화일지도 모른다는 생각이 드는데 착각일지도 모른다. 그와 나 사이는 무엇이었을까. 지금은 그렇다. 마지막으로 영화를 같이 본 남자. 하지만 100만 년 전, 아니 그보다 더 오래된 것처럼 느껴지는 일이다.

기억은 왜곡된다. 가장 충격적인 장면이 기억 속에서 가장 중요한 자리를 차지하고 그 기억의 진실을 오염시킨다. 시간이 지나면서 번지고 옮겨지고 다른 식으로 조합되는 기억들. 그 영화 제목은 아마도 「밀리언달러 호텔」일 것이다. 그리고 그가 생각났다. 한때 사랑하고 정을 주었던 남자.

그날 그와 내가 본 영화가 빔 벤더스 감독의 「밀리언달러 호텔」이었다. 무슨 영화제였던 걸로 기억된다. 두 자리를 연석으로 예매했는데 웬일인지 그 두 자리가 앞뒤 자리였다. 그날 그런 상황에 처한 사람은 우리뿐만이 아니었다. 그러나 그와 나는 아무것도 하지 않았다. 서로의 옆에 앉은 타인에게 죄송하지만 일행이랑 자리가 떨어져서 그런데 좀 바꿔주시면 안될까요? 라는 말을 그도 나도 하지 않았다.

수많은 불빛들로 밤이 사라진 LA 시내에 낡고 지저분한 호텔이 있다. 사회로부터 버림받고 적응하지 못하는 부랑자

무리들이 사는 곳. 그곳을 사람들은 밀리언달러 호텔이라고 부른다. 살인 사건, 그리고 사랑과 배신. 순수하나 머리가 모자라는 연인들. 영화는 어차피 혼자서 보는 거다. 둘이서 영화관에 들어서겠지만 느끼고 생각하고 보는 시선은 오직 자신의 몫이다. 그는 늘 그렇게 주장하곤 했다. 그래서였을 까. 그날 그는 자신의 뒷자리에 앉은 나를 잊어버린 것처럼 보였다. 그러나 그의 뒷자리에 앉은 나는, 그의 뒷모습을 바라만 봐야 하는 나에게는 그가 잊혀지지 않았다.

무슨 일인지 모를 일로 기분이 상한 날, 그는 나에게 엉 망진창으로 살고 있다고 말했다. 어떻게 하고 싶은 일도 없이 그렇게 미래에 대해 아무런 생각도 없이 하루하루를 살 수 있냐고 했다. 도대체 뭐가 되려고 그러느냐고 했다. 그 말은 좀 심하긴 했지만 아주 틀린 말도 아니었으므로 나는 상관하지 않았다. 그는 뭔가 더 말하고 싶어 했을 것 이다. 하지만 나는 언제나처럼 대꾸하지 않았고, 그의 충 고는 더 이상 진행되지 않았다. 언제나 그런 식이었다. 아 니, 언젠가부터 그런 식이 되고 말았다. 빈정거리고 다투 고. 그러나 그 즈음의 그의 상태도 분명 좋지는 않았다. 일 할 의사가 없는 나와는 달리 그에게는 꿈이란 게 있었다. 그는 일을 하고 싶어 했지만 세상은 계속해서 그를 거부하 고 있었다. 지금도 별로 다르지 않겠지만 취직이 만만한 일이 아닌 건 그때도 마찬가지였다. 하지만 그는 분명 자신은 다를 거라고 믿었을 것이다. 자신도 그다지 다르지 않다는 걸 알아가면서 그는 나에게 점점 더 화를 냈다.

나도 꿈이란 게 없는 사람은 아니지만 내 꿈은 그에게는 꿈이 아니었다. 언제나 이길 것이 거의 분명한 만만한 것에게만 싸움을 거는 그란 인간과 나는 다르다. 그런 그에게 분명 나는 승리가 눈앞에 보이는 우스운 싸움 상대였을지도 모른다. 그래서 나는 그에게 지고 싶지 않았다. 이 세상 모든 것과의 승부와 무관했던 나에게 그는 그렇게 싸움을 걸어왔고 나는 그 싸움의 끝을 알아챘다. 그가 내 앞자리에 앉아 「밀리언달러 호텔」을 보던 바로 그 시간에. 톰톰이 삶은 완벽하다고, 삶은 최고라고, 뛰어내린 후에야 그 사실을 알게 됐다고 말하던 바로 그 순간에.

「밀리언달러 호텔」이 끝나고 나는 혼자서 극장을 빠져나왔다. 자막이 모두 올라갈 때까지 기다려야 한다는 영화제작 측의 주장 또한 깨끗이 무시했다. 그들은 내가 알지 못하는 사람들의 이름을 들여다보는 일이 영화에 대한 예의라고 믿었을지 모르지만 영화는 삶보다 그리고 나 자신보다 중요하지 않았다. 언제나 그랬고, 한때는 세상에서 제일 가까운 인간이라 믿었던 그가 몸서리치게 끔찍하게 싫어지는 그 순간에는 더했다. 영화를 숭배하는 그가 온 세상의 이름들이 다 불리어 나온 듯한 그 자리를 꿋꿋이 지키고 있는 동안 나는 저지하는 사람들을 뚫고 어두운 극장을 빠져나왔다. 그러나 극장 밖의 세상도 극장 안만큼이나 어두웠다.

그는 그때도 몰랐을 것이며, 지금도 모를 것이다. 그의 날카로운 말들에 무관심과 태만으로 대응했던 내가 사실은 영혼을 다쳤다는 사실을. 타인의 눈에 비친 내 모습 따윈 상관하지 않고 살아왔는데, 그래서 내 삶은 단 한 번도 정상 궤도 속에 놓이질 못했고 비틀거렸지만, 그 우회의 삶을 즐기면서 살아왔는데, 내가 나로서 언제나 사랑받을 수 있다고 믿어왔는데, 그는 나에게 타인의 눈으로 나 자신을 보는 법을 가르치려 했다. 그는 나를 세상의 가치로 판단하고 세상의 무게로 저울질하면서 그의 시선으로 세상을 보고 나 또한 그의 방식으로 세상을 살아야 한다고 했다.

나는 빔 벤더스의 대표작이라는 「베를린 천사의 시」를 아직도 보지 않았다. 날개 달린 천사가 날개를 접고 우리들 가운데에서 살고 사랑하는 이야기라고만 그에게 전해 들었다. 어쩌면 그가 나한테 해준 이야기는 다른 이야기였을지도 모르겠지만 나는 그렇게 이해했다. 그리고 늘 상상했다. 「밀리언달러 호텔」의 첫 장면처럼 옥상을 가로질러 뛰어가 하늘을 날아오르는 회색 천사의 모습을.

톰톰처럼 누구든 한 번은 날 수 있다. 딱 한 번. 그리고 끝이다. 모든 걸 걸지 못해서 나는 그를 잃었다. 나를 버리지 못해서 그를 버렸다. 하지만 그것은 그도 마찬가지다. 나는 여전히 타인의 눈이 아닌 나 자신의 눈으로 나를 바라보고 내가 살아가야만 하는 세상을 본다. 그렇게 나는 그에게 말하리라. 하지만 그는 내 말을 결코 알아들을 수 없을 것이다. 우리 사이에는 언어의 장벽보다 무섭고 무겁고 두터운 영혼의 장벽이 있을 테니까.

나는 지금도 후회하거나 반성하지 않는다. 그리고 여전히 이 세상 무엇에도 관심이 가지 않는다. 세상을 바꿀 수 있는 것도 없고 세상이 바뀌어야 할 이유도 나에게는 없다. 조용히 견디다가 결국 참을 수 없어지면 사라지면 되는 것이다. 그것이 지금으로서도 최선이고 또 유일한 방식이다. 그와 같은 인간들은 절대 알 수 없고 결코 이해할 수 없을 테지만, 나는 내가 대견스럽다. 비록 그 무엇에도 이기지 못했지만 그렇다고 지지도 않았으니까.

다 읽었다. 그런데 도대체 이게 뭐란 말인가.
—이거 소설이니?
—응?
—이거 소설이냐고.

—아니.

　—그럼?

　—사보에 실린다고 영화에 관한 글 좀 써달라고 해서 쓴 거야.

　—네가 쓴 거야?

　—응.

　—그런데 영화평 써달라는 거 아니었니?

　—그래.

　—이걸 지금 영화평이라고 썼어?

　—응.

　—어이가 없다, 참.

　—역시 그런 건가.

　—뭐가?

　—사보에서 잘렸어. 뭐가 잘못된 건가 궁금해서 너한테 보여준 거야.

　머리가 좋은 거랑 눈치가 빠른 건 별개의 것인지도 모른다는 생각을 유희를 보면서 자주 한다. 저 글을 영화평이라고 썼다고. 이걸 자신만만하다고 해야 할지, 뭘 모른다고 해야 할지. 어쨌든 사보에 실린다는 데도 저런 뻔뻔스러운 글을 내놓은 용기야말로 가장 유희다운 짓이라고 할 수 있다.

―그런데 여기 나오는 남자는 누구니?

―너도 아는 사람이야.

―네가 만나는 남자가 좀 많아야지.

그렇게 말은 했지만 짐작이 가는 남자가 없지 않았다. 내가 기억하는 그는 남들이 잘 보지 않는 영화를 혼자 본 것에 대해 자랑스러워하고, 그래서 당연히 남들은 알 수 없는 영화 얘기를 자주 하는 사람이었다. 남들이 보기엔 영화광이었지만 유희는 힘들게 구해야만 볼 수 있는 영화와는 거리가 멀었다. 애를 써야 하는 건 질색하는 유희니 당연한 일이었는지도 모른다. 극장에도 비디오 가게에도 영화는 넘쳐난다고 유희는 말하곤 했다. 내가 그를 기억하는 건 그와 헤어지고 나서 얼마 후 유희가 첫 직장을 구했기 때문이다.

―이제 와서 말인데, 그랑은 왜 헤어졌니?

이런 개인적인 질문은 잘 하지 않는 나였지만 왠지 이번 기회가 아니면 다시는 그에 대해 물어볼 수 없을 것 같았다. 유희가 누군가와 만나고 헤어진 것이 그가 처음도 마지막도 아니었지만, 그와 만나는 동안 유희는 가끔 다른 사람처럼 보였고, 그와 헤어지고 난 후 더 자기 자신에 가까워졌다는 점에서 그의 존재는 나를 궁금하게 했다.

―꽤 바람직한 관계라고 착각했던 거 같아. 처음에는 그

를 만나서 내가 꽤 괜찮은 사람으로 변화하고 있다고 생각했거든. 그런데 언젠가부터 그와 함께 있으면 자연스럽지가 않았어. 더 멋지고 더 훌륭하고 더 유능하고 또 더 예쁘게 행동하려고 애쓰는 내 모습이 나한테도 우습게 보였거든.

─뭐, 그렇게까지 할 필요 있었어?

─그가 그런 사람을 좋아했으니까. 그리고 그런 그를 내가 좋아했고. 멋지고 훌륭하면서 유능하고 또 예쁜 인간. 나와는 아주 거리가 먼 인간형이지. 하지만 그때는 정말 나름대로는 아주 진지했고 그래서 그 역할에 꽤 충실하고 싶었어. 될 수만 있다면 그런 인간이 되어보고 싶었고, 그런 인간 흉내를 내면서 한 30년은 거뜬히 살 수도 있을 것 같았어. 늘 가면을 쓰고 있는 것처럼 답답했지만 견딜 수 있을 거라 믿었어. 그런데 아니었어.

─그래서?

─그런 어울리지 않는 짓을 언제까지나 계속하면서 살 수는 없는 거잖아. 본래의 나는 그런 사람이 절대 아니고, 앞으로도 영원히 그런 사람이 될 수는 없다는 것만 절실히 깨닫게 된 거지.

─그래서 헤어진 거다? 그럼 구체적으로 어떤 식으로 헤어진 거지? 혹시 너 차였니?

—이제 와서 생각해 보니 뭐 그런 것도 같은데.

—설마.

유희는 싫증을 아주 잘 내는 편이다. 사람에게도, 물건에도, 영화에도, 물론 회사에도. 유희와 가장 오래되고 일관된 관계를 유지하고 있는 건 어쩌면 나 하나뿐일지도 모른다. 예전에는 한 사람 더 있었지만. 오래되고 일관된 관계라고 해서 바람직한 것은 아니다. 피해를 주지는 않지만 도움도 되지 않는다. 인생에 있어서 좋은 것들만 남겨야 한다면 우리는 서로에게서 살아남지 못할 것이다. 하지만 위대하고 훌륭하고 자랑스러운 것에는 관심 없는 우리이기에 있으나 마나한 이 우정은 지속되고 있는 것이다. '있으나 마나하다'는 것의 최대 장점은 부담이 없다는 것이다. 그러므로 상당히 부담 가는 지나간 이별의 사연도 아무 일도 아닌 것처럼 듣고 있게 된다.

—그와 헤어지고 나니까 취직을 해야겠다는 생각이 들더라.

—그건 또 왜?

—나, 원래 청개구리잖아. 그가 취직하라고 할 때는 절대 하기 싫더니, 아무도 그 소리 안 하니까 하고 싶어졌던 걸까. 어쩌면 혼자 있기 불안해서 외로운 것이 싫어서 취직한 거 같기도 하다.

—외로워서 연애하는 사람은 봤어도 외로워서 취직한다는 사람은 네가 처음이다.

—취직이 연애보다 쉬웠거든.

—야, 그래서 그렇게 자주 회사를 그만두냐?

—너, 일생 책 한 권만 읽으면서 살 수 있겠냐? 마찬가지야. 한 사람만 사랑하면서 살기도 어렵고 한 회사만 다니기도 진짜 어려워.

나는 잠시 생각했다. 평생 한 사람만을 사랑하는 일, 한 회사에만 다니는 일, 한 권의 책만을 읽는 일 중 가장 쉬운 일은 뭘까, 하고. 어떤 사람들은 한 권의 책만으로 일생을 견디는 일이 가장 간단하다고 여길지도 모르지만 하루에 한 권 이상의 책을 비타민처럼 복용하는 나한테는 아주 힘든 일이 틀림없다. 그러므로 회사를 아주 자주 바꾸고 회사를 바꾸는 빈도와 비슷하게 남자를 바꾸는 유희를 너그러이 이해해 주기로 했다면, 거짓말이고 진짜 말도 안 되는 핑계를 갖다 대는 데 정말 할 말이 없다고 생각했을 뿐이다.

그때 유희가 창밖을 보면서 낮은 목소리로 중얼거렸다.

—난 안 죽어. 난 존재하지 않으니까. 난 허구거든. 그래도 모든 걸 기억해. 그래서 힘들어.

—무슨 소리야?

─영화 「밀리언달러 호텔」에 나오는 대사야. 혹시 그를 다시 만난다면 그렇게 말해 주고 싶었어. 지금은 만나도 못 알아볼 거 같아. 그리고 이 세상에 흔하디흔해서 쓰레받기로 쓸어 담을 정도인 영화 마니아 중의 한 사람에 불과했던 그가 그 대사를 기억할지도 의문이다. 적어도 나란 인간에게 한 충고가 진심이었다면 아마도 기억할 텐데 말이야.

　─충고라고? 여하튼 그 남자 진짜 한심하다. 너 같은 애한테 충고를 하는 미친 짓을 했단 말이야?

　─그러게나 말이야. 미친 짓이었지.

　나는 아직도 유희를 잘 모르겠다. 그리고 또 내가 어떤 인간인지도 잘 모르겠다. 아버지는 환갑이 된 자신도 모르는 것을 겨우 그 나이에 네가 어떻게 아느냐고 했다. 항간에는 그걸 아는 때가 죽는 때라는 얘기까지 있다나. 이렇게 만나고는 있지만 죽을 때까지 유희와 나는 서로를 잘 알 수 없을지도 모르겠다.

*

　어둠이 찾아오는 창밖을 바라보면서 유희와 나는 한참을

그냥 앉아 있다. 특별히 수다를 떨지 않고 각자의 생각을 하면서 함께 시간을 보낼 수도 있다. 우리는 무언가 특별한 일이 있어서 만나는 것이 아닌 것이다.

이십 대 후반은 아주 중요한 시기이다. 아주 많은 여자들은 이즈음에 결정적인 연애를 한다고 믿는다. 평생을 함께할지도 모를 반려자를 찾는 행사로 바쁠 시기이다. 그런 시기에 어떤 여자들은 여자 친구를 만나서 세상에 아무 도움도 안 되는 수다를 떨면서 보내는 시간을 낭비라고 여긴다. 그녀들이 여자 친구를 만난다면, 적어도 스트레스를 해소하거나, 남자 친구 자랑을 하거나, 그것도 아니라면 혼자 있기 싫기 때문일 것이다.

그러나 유희와 나는 아니다. 우리는 습관처럼 규칙처럼 만난다. 매일 학교에 가던 것처럼 그렇게 아무렇지 않게 만나서 아무런 특별한 일 없이 이렇게 있다가 헤어져 서로의 집으로 돌아간다. 그리고 의심하지 않는다. 아주 가까운 시간 또 이럴 것임을. 유희를 만나면 시간이 멈춘 듯 느껴진다. 우리는 이 자리에 가만히 있는데 아무것도 변하지 않는데 모두가 저만치 흘러가고 있다.

우리가 고등학교 시절을 함께 보내지 않았다면 아마 이렇지 않을지도 모른다. 지금으로서는 그것들을 왜 익히고 외우고 배웠는지 의심스러운 것들을 위해 우리는 아주 많은 시간을, 칠판을 향해 비좁은 의자에 앉아 보냈다. 앨빈 토플러의 『제3의 물결』에 의하면 공공교육은 시간 엄수와 순종, 그리고 기계적인 반복 작업에 유능한 인간을 만들기 위한 커리큘럼이다. 시스템 작업에 종사하는 자들이 시간을 엄수해서 꼬박꼬박 출근하고 불평 없이 상사의 명령에 복종하며 지루한 반복 작업을 견뎌내는 건 그 이전에 학교를 거쳐 오랫동안 그렇게 하도록 만들어져 왔기 때문이다. 죄수는 감옥에 갇히고 어른들은 회사에 갇히고 아이들은 학교에 갇힌다.

감옥을 감옥 아닌 곳으로 만들기 위해 죄수들은 딴 짓을 했다. 누군가는 연애를 하고 누군가는 낙서를 하고 누군가는 잠을 자고 누군가는 상상을 하고 누군가는 책을 읽었다. 그러므로 그 시간은 분명 낭비였다. 그러나 그 시간을 후회하지는 않는다. 왜냐하면 그 지옥에서도 나만의 길을 찾을 수 있었으므로. 그러므로 이 세상 어떤 곳에서도 나만의 세상을 건설할 수 있다. 내가 여전히 어디로든 튈 수 있음을 믿는다. 그래서 내가 몹시 철없는 이십 대 후반을 보내게 된다고 해도 후회하지 않을 자신이 있다.

3 난폭한 욕망은 멈출 줄 모른다

창밖이 어두워지고 창 안에는 불이 켜진다. 사람들의 요란한 소음 속에서도 나는 책을 읽는다. 책만 있으면 되는 혹은 책이 전부인 것 같은 내 상태. 그런 이유로 세상이 만만해 보일 수도 있고, 어찌되어도 상관없을 수 있는 평화를 가지고 있다.

지금 나는 고정적인 직업도 없고, 결혼도 안 했고, 은행에 잔고도 거의 없고, 꿈꿀 사랑도 없다. 그리고 서른 살에도 이대로일 가능성은 농후하다 못해 거의 확정적이고 어쩌면 마흔 살에도 그리 다르지 않을지도 모른다. 망설이거나 혹은 더 생각해 볼 무엇이 없다. 최선의 상태, 최적의 상황 같은 건 이미 의미가 없어졌다. 나는 미래 따위는

생각하지 않을 거고, 귀찮은 건 아무것도 하지 않을 것이
다. 그래도, 그래서, 행복할 것이다.

―길이 보이지 않아.

멍한 얼굴로 유희가 말했다.

―밖이 어두우니까 그렇지.

―아니, 그 길 말고.

―그럼, 무슨 길?

―죽을 만큼 열심히 하면 뭔가 이룰 수 있을까. 그렇다
면 그러고 싶다. 내 인생을 가치 있는 것으로, 내 존재를
사랑받을 만한 것으로 만들고 싶어.

유희는 내 질문에 대답하지 않고 또 딴소리다. 그리고
나에게 또 묻는다.

―심심하지 않아?

―나는 안 심심한데. 너는 심심하니?

―응. 심심해. 아주 많이.

유희는 심심하다는 말을 아주 자주 한다. 재미를 위해서
무슨 짓을 할지도 모른다. 재미를 위해서 바쳐지는 인생이
란 것은 경사가 있다. 더 높은 것, 더 나은 것, 더 많은 것
과잉이 필요한 것이다. 나라고 내 인생이 완전히 만족스러
운 것은 아니지만 그렇다고 심심하거나 하지는 않다. 심심
해지면 책을 펴면 된다. 그 속에는 무궁무진한 다른 세계

가 있고 그 세계를 상상하는 시간만으로도 나는 지루하지 않다. 진짜 지루하고 심심한 건 심심해하는 인간들과 함께 있을 때이다.

—연애라도 하지 그래?

—연애? 그것도 요즘은 시시해.

—그래. 웬일이니?

—사는 게 지겹다.

나는 너 이러는 게 지겹다, 라고 말하려다 그만둔다. 내가 지겹다고 말한다고 저 소리 안 할 유희도 아니지 않은가. 그리고 저런 소리를 할 사람이 세상에 나밖에 없을 유희이다. 그 다음 이야기도 이미 알고 있다. 그래서 내가 미리 선수를 친다.

—이번 회사는 언제 때려치울 거야?

유희가 갑자기 깔깔거리고 웃기 시작했다. 사람들의 시선이 우리 쪽을 향한다. 쪽팔린다. 내가 왜 얘를 계속 만나고 있는지를 모르겠다.

유희는 예쁘고 게다가 머리가 비상하게 좋다. 하지만 그런 유희에게도 문제가 없는 것은 아니다. 끈기와 참을성에 관한 한 제로에 가깝다. 전학 간 날 나는 하루 종일 책상에 엎드려 잠만 자는 유희를 보았고, 그녀가 문제아인 줄 알았다. 사실 알고 보면 그때 내가 제대로 본 것이다. 유희는 문제아였다. 학교 다닐 때 그녀가 그렇게 사고를 치고도 무사했던 이유는 유희가 전교 1, 2등을 다투는 수재, 아니 천재였기 때문이다. 나는 유희가 수업 시간에 제대로 수업을 듣는 것을 보지 못했다. 수업 시간의 3분의 1은 잤고 깨어 있는 3분의 1은 멍하니 있었고 3분의 1은 쪽지질을 하거나 반 아이들에게 자신이 본 영화 이야기를 해주었다.

문제아 유희는 학교를 졸업한 이후 수재 대접은 받지 못했고 툭하면 회사를 때려치우는 진짜 골칫덩어리가 됐다. 유희는 회사를 자주 때려치웠지만 입사도 잘했다. 유희의 잦은 입사 배경에는 물론 괜찮은 경력이 뒷받침되었겠지만 또 하나 빼놓을 수 없는 것이 있으니 그것은 유희의 연기력이었다. 유희는 아주 유능해 보이는 인상으로 잘도 변신했다. 단정한 슈트 차림에 무슨 일이든 맡겨만 주면 정확하고 신속하게 해내고야 말겠다는 강인한 의지를 보여주는 결연한 표정까지 누구든 깜박 속을 만했다. 그 연기력이 도대체 언제부터 갈고닦은 것이랴. 유희는 비슷하지만 또 다른 방법을 고등학교 내내 써먹었다. 수업을 자주 빠지고 툭하면 조퇴를 하고 결석도 자주 했지만 다른 아이들과 달리 유희는 요주의 인물이 아니었다. 선생들은 유희의 성적이든 배경이든 외모든 그런 것들에 속아서 유희의 말이라면 대부분 신뢰했고 의심을 하는 경우 유희는 어떻게 그런 거짓말을 생각해 냈을까 싶을 정도의 고도의 거짓말로 무마시키곤 했다.

내가 보기에 유희는 제멋대로 아주 잘 살고 있다. 보통 사람 같으면 벌써 탈이 났어도 여러 번 났을 인생이지만 기껏해야 회사 몇 번 때려치우거나 잘리고 연애가 몇 번 잘못된 것뿐이지 않은가. 회사야 다시 가면 되고 연애도 다시 하면 된다. 문제될 것이 없다. 그럼에도 유희는 늘 이렇게 말한다.

—내 인생은 왜 이 모양인 거니?

아, 진짜 너무너무 지겹다. 네 인생이 도대체 어때서. 나, 너처럼 얼굴만 예뻐도 이러고 안 산다. 나, 너처럼 머리만 좋아도 이러고 안 살아, 정신 차려, 이 계집애야, 라고 남들이 유희에게 하는 말을 나도 하고 싶은 걸 꾸욱 참는다. 말하면 뭐 하는가. 저 계집애가 내 말을 들어야 말이지. 이런 순간에만 나에게 욕하는 아버지 심정이 어렴풋이 이해가 간다. 진짜 진짜 한심하긴 하다.

어제 남자에게서 구한 책 중에 마르쿠스 베르너의 『아버지의 연인』이 있었다. 1997년 초판인 책, 나로서는 낯선 스위스 작가의 책은 그저 『연인』에 딸려온 것뿐인데 썩 괜찮았다. 소원하게 지내다 오랜만에 속내를 나누는 딸과 아버지의 조금은 어긋나고 가끔은 일치하는 대화도 흥미로웠지만 나는 '충만함의 우울'이라는 말이 몹시 마음에 들었다.

　언젠가 책에서 읽었는데 너처럼 큰 목표를 달성하고 나면 사람이 묘한 정서 상태가 된다고 하더라. 그 책의 저자는 그것을 충만함의 우울이라고 표현했었지. 불행스럽게도 난 그것이 어떤 건지 잘 모르지만.
　충만함의 우울. 아름답고, 어감이 좋은 말이다. 요셉이 말했던 '생기 부족증'보다는 인간적인 면이 더 느껴진다…….

　그러나 여전히 유희와 나에게 어울리는 단어는 '충만함의 우울'이 아니라 '생기 부족증'일 뿐이다. 유희와 나는 똑같이 '생기 부족증'을 앓고 있지만 이 병의 특징은 환자들끼리도 서로를 이해하지 못한다는 것이다. 발병의 원인이 각자 다르고 발병 시에 나타나는 구체적인 증상도 다르다. 나는 지금 유희가 어떤 기분인지는 짐작할 수 없고, 알고 싶지도 않다. 내가 안다고 해서 달라질 것도 없고, 내가 모른다고 해서 나빠질 것도 없는 것이다.
　유희와 나는 같은 고등학교를 나왔을 뿐 그 이후의 삶은 매우 달랐다. 아마 고등학교 이전에도 우리 둘의 삶은 꽤 달랐을 것이고, 고등학교 때도 꽤 달랐을 것이다. 유희가 수업 시간 내내 자고 자기 마음대로 행동했음에도 학교에서 방임했던 이유는 또 있었다. 유희가 정신과 의사의 상담을 받고 있다는 소문이 있었다. 나중에 알게 되었지만 유희가 정신과에 다니는 것은 사실이었고 방학 도중에는 정신병원에 입원하기까지 했다. 그렇다고 유희가 머리가 이상하거나 정신적 내상을 가진 아이였느냐 하면 그건 아니었다.

유희가 정신과 의사의 상담을 받은 건 불면증 때문이었다. 학교에 와 있는 그 긴 시간 내내 잠만 자는 유희가 불면증이라면 도대체 누가 불면증이 아니란 말인가. 그러므로 유희의 불면증은 오해였다. 학교에서 내내 잠을 잤으니 집에 가서 잠을 잘 리가 없는 유희를 보고 그녀의 부모는 유희가 한숨도 자지 않는다고 오해를 한 것이었다. 학교와 제대로 된 의사소통이 있었다면 그런 일은 일어나지 않았을 것이다. 그러나 그 오해를 바로잡지 않은 건 일차적으로 유희였다. 유희는 정신과 의사와의 상담으로 조퇴하는 것을 아주 좋아했던 것이다.

평범하기 그지없는 외모, 공부한 시간과 노력을 정확히 반영하는 성적을 가진 나와 유희는 유전적으로 종류가 다른 인간인 것이다. 자다가 일어나도 눈부시게 아름다운 외모,

공부라고는 하지 않는데도 늘 상위권인 성적, 게다가 타고 났다고 할 수밖에 없는 거짓말 지어내기, 그리고 저돌적이라고 할 만큼 제 마음대로였다. 유희의 이 모든 성향은 여학교 시절 왕따를 당하고도 남을 만한 것이었지만 유희는 신기하게도 반 아이들 모두의 지지를 얻고 있었다. 반 아이들은 유희를 신기해했고 재밌어했으며 좋아했다. 유희는 그 환상적인 외모와는 달리 상당히, 아니 아주 심하게 털털한 면이 있었고 유희의 엽기적인 행각은 여러모로 아이들의 숨은 욕망을 충족시켜 주고 있었는지도 모른다.

그렇다고는 해도 나는 유희 같은 애와 이렇게까지 친하게 지낼 만한 아이가 아니었다. 나는 공부도 못하고 예쁘지도 않다. 이렇게 말한다고 해서 내가 나 자신에 대해 열등감을 가지고 있다고 생각하면 오산이다. 사는 데 그리 쓸모도 없는 수학 문제 따위를 잘 푼다고 해서, 보기 몇 개 중에서 빠른 속도로 맞는 답을 잘 고른다고 해서 그게 우등한 인간이란 보증수표라도 되나. 그리고 인형처럼 속눈썹이 긴 커다란 눈, 오똑한 콧날, 달걀형의 얼굴이 예쁘다는 건 어디까지나 개인적인 취향일 뿐이다. 나는 이 모습 이대로의 나로 살아가는 데 아무런 불편도 느끼지 않을뿐더러 이 정도의 내가 제일 편하다. 나는 세상 사람들의 시선 바깥에서 살고 싶다. 어디서 다시 만난다고 해도 기억하지 못할 사람, 처음 만나도 어디서 만난 적 있는 것 같은 사람. 그러니까 외국 영화 같은 걸 보면 용의자를 쭉 세워놓고 범인을 고르지 않는가, 그럴 때 기억되지 않는 그런 사람이 바로 나고, 그래서 정말 다행이다.

전학 온 날 유희의 뒷자리에 앉는 사고만 없었더라면 평생 유희란 아이를 모르고 지냈을 확률이 높다. 그만큼 우리 둘 사이에는 공통점이라고는 없다. 유희는 늘 이상한 천재쯤으로 취급받았다. 그리고 누군가는 유희가 자살을 할지도 모른다고 생각하기도 했다. 우리는 모두 어렸고, 감수성이 예민한 시절이었고, 그래서 천재, 그것도 요절하는 천재를 동경하던 시절이었다. 누군가가 유희의 자살설을 믿을 정도로 유희는 확실히 감정 기복이 심한 구석이 있었다. 누군가가 울기 시작하면 옆에서 따라 울기 시작하는데 정작 울어야 할 사연이 있는 그 아이보다 더 서럽게 울어댔다. 그리고 웃기 시작하면 또 얼마나 요란한지 웃음을 멈추지 못해서 괴로워할 정도였다. 그리고 그 감정 변화는 믿을 수 없을 정도로, 그때와는 다르게 나이를 먹어버린 지금도 여전하다는 것이다. 멀리서 본다면 유희는 대충 그런 이미지를 가지고 있었다. 유희는 공부를 잘했을 뿐 아니라 그림도 아주 잘 그렸고 노래도 아주 잘 불렀다. 그러나 그건 전문가들이 볼 때 다듬어진 그런 수준의 것은 아니었고 반짝거리는 무언가가 있었다. 문제는 유희가 그 어느 것도 열심히 하지 않았다는 것이다.

유희는 나처럼 무남독녀였다. 요즘이야 아주 흔한 일일 수도 있겠지만 우리 세대에는 형제자매가 없는 여자 아이는 반에서 고작 한둘이었고, 그때 우리 반에서는 유희와 나, 단 둘뿐이었다. 그것이 거의 유일한 공통점이었지만 그래서 내가 유희에게서 혹시라도 발견할 수 있었던 것이 있었다면 그건 불쾌한 자기 반영에 불과한 것들이었다. 유희는 협동심이 제로에 가까웠고 철저하게 개인주의적인 데다가 지극히 자기중심적이었다. 그리고 나 또한 그랬다. 그런 둘이 만났으니 때로는 험악하게 부딪칠 만도 한데 사실은 그렇지 않았다. 그런 인간들의 가장 좋은 특징은 비록 친구라고 해도 내 인생과 상관없는 건 상관없다는 주의인 것이다. 나는 유희가 회사를 몇 번씩 때려치워도 눈 하나 깜짝하지 않고 연애를 작파하고 죽이네 살리네 난리를 피워도 나 몰라라 하는 거의 유일한 친구였다.

*

오늘은 주말이 아니다. 주중 그것도 한가운데 수요일이

다. 그런데 유희는 이 늦은 시각에 굳이 영화를 보겠단다. 유희는 우리가 처음 만났던 고등학교 시절부터 지금까지 어쩌면 변한 것이 하나도 없는지도 모르겠다. 영화를 보고 내일 회사에서 꾸벅꾸벅 졸지도 모른다. 아니, 아마도 몰래몰래 잘 것이다. 유희가 학교를 다니면서 내내 연마해 온 기술 아닌가.

　나는 영화광은 아니지만 극장은 좋아한다. 더 정확히 말하면 영화가 막 시작되기 직전 손님들이 자리를 쉽게 찾을 수 있도록 비춘 엷은 불빛이 완전히 사라지고 대형 스크린과 비상구의 등만이 보이는 그 순간이 좋다. 나는 영화감독이나 배우는 잘 모른다. 내 주변의 여자 아이들이 남자 스타에 반해 있던 시절 나는 그런 것에 무관심했다. 이를테면 모두가 유희의 영화 잡지에서 자기가 좋아하는 스타들의 사진을 가져갈 때 나는 그들이 누구인지도 몰랐다. 그 시절 내가 좋아했던 남자는 로맹 가리와 밀란 쿤데라, 무라카미 하루키와 무라카미 류가 있었고, 얼굴 때문에 좋아했던 작가가 있었다면 카뮈였다. 카뮈의 사진 때문에 나는 『이방인』을 읽었다. 유희와 친구가 된 이후로 얼굴을 아는 배우는 늘었지만 나는 여전히 그들의 이름을 잘 외우지 못한다.

　유희와 나는 영화 두 편을 내리 보고 극장을 나왔다. 세

시가 지났다. 이 밤중에 영화를 보는 저 인간들은 다 뭣하는 인간들일까, 잠시 궁금해졌다. 개중에는 나처럼 그래도 아무 상관없는 인간도 있을 것이다. 그렇다면 유희처럼 불과 몇 시간 후면 출근을 해야 하는 인간도 있을까. 유희는 아무나 할 수 없는 짓을 아무렇게나 한다.

밤의 거리를 오토바이가 쌩하고 지나쳐 간다. 지나가는 오토바이의 뒤꽁무니를 보면서 유희가 말한다.

—세상에서 제일 무서운 건 중학생들이야. 뭐가 옳은지 논리적으로 판단할 능력도 없고 경험적으로 느낄 수도 없거든.

—고등학생쯤 되면 그런 능력이 생기는 거니?

—사람마다 조금씩 다르겠지만 아무튼 대체로 그런 것 같지 않아?

—글쎄.

고등학교 시절을 돌이켜볼 때 생각나는 건 답답한 공간뿐이다. 숨을 쉬기 힘들 정도의 가까운 거리에 사람들이 촘촘히 놓여 있는 풍경. 똑같은 옷을 입고 똑같은 자리에 앉아서 똑같은 교과서를 펴 들고 똑같은 페이지를 봐야만 하는 그 막막함. 나 자신의 속도는 아무런 상관도 없이 넘겨지는 페이지들의 무의미함. 그 시절 나는 오토바이처럼 쌩하니 달려가는 나만의 속도를 꿈꾸었다. 그래서 몰래 숨어서 책을 읽고 또 읽었다.

재잘거리면서 때로는 큰 소리로 웃어대면서 서로의 팔짱을 끼고 파란 불로 바뀌자마자 건널목을 달려나가는 '생기 과다증'의 아이들을 보면서 유희가 말한다.

—젊어서 좋겠다.

—진심이니?

—뭐가?

—조금 전에 그 말.

—젊어서 좋겠다는 말? 음, 아니.

—그래, 뭐가 좋으냐?

나는 젊은 게 싫다. 지금도 충분히 젊지만 그래도 예전보다 젊지 않아서 다행이라고 느낀다. 젊어야만 할 수 있는 일이 세상에는 분명 있다. 시기를 놓치면 다시는 할 수 없어지는 것들. 나는 그런 것들과 무관해지고 있는 내가 좋고 내 삶이 그런 것들과 상관없어지는 게 마음이 놓인다. 점점 더 그렇게 될 것이다.

—저 나이 때는 정말 죽고 싶었어. 그렇지 않아?

—네가 그런 말 하는 건 좀 웃기지. 학교에서 잠만 잔 주제에.

—내가 오죽 괴롭고 힘이 들었으면 잠만 잤겠냐? 그런데 아주 가끔은 그때가 그립다. 그때랑 지금이랑 뭐가 다르

지? 지금은 하고 싶으면 간섭받지 않고 다 할 수 있는데, 하고 싶은 게 왜 이렇게 없는 걸까?

정말 무엇이 달라진 걸까. 나는 생각한다.

유희가 계속 말한다.

—저 나이의 아이들은 어쩌다 지하철에서 마음에 드는 남자 아이를 만나면 곧장 뒤따라갈 거고, 아니면 다음 날 그 시간, 그 자리에서 두세 시간을 너끈히 기다릴 수 있어. 하지만 우린 아니야. 우린 그러고 싶어도 그럴 수 없고 아마 그러지도 못할 거야.

—막연한 것, 실현 가능성이 없는 것에 시간을 낭비하지 않게 되지.

그렇게 말하면서 나는 이제 우리가 정말 나이를 먹는구나, 하는 생각이 들었다. 어릴 때의 친구를 만나고 있을 때 사람들은 가장 나이를 잊기 쉽다고 생각하곤 했는데 어쩌면 아닐지도 모르겠다. 나처럼 거울을 들여다보지 않는 사람은 특히 그럴지도 모르겠다. 똑같은 속도로 나이를 먹어가고 있을 친구의 모습에서 내 얼굴을 보는 것이다.

—그래, 가능성을 생각하던 내가 어느새 슬그머니 사라졌어.

유희가 말했다. 천하무적 유희에게도 불가능한 것이 있나 보다. 나는 유희가 되고 싶어 하는 것도, 하고 싶어 했던 것도 모른다. 그런 게 있기나 한 건가. 만나기만 하면 무얼 그만두겠다. 입만 열면 이것도 저것도 싫다는 얘기밖에 안 하는 유희인데.

막연한 것, 실현 가능성이 없는 것에 시간을 낭비하지 않게 되는 것. 그것이 스물을 향해 가는 이들과 서른을 향해 가는 이들의 차이인지도 모른다. 서른을 향해 가면서도 나는 아직 막연한 것, 실현 가능성이 없는 것에 시간을 낭비하고 있는 건 아닐까.

택시가 왔다. 나는 유희를 남겨두고 먼저 택시를 탔다. 택시를 타고 뒤돌아보니 유희가 서서 손을 흔들고 있다. 이런 순간에는 내가 유희에 대해 잘못 알고 있는 것이 아닌가 하는 생각이 들기도 한다. 저렇게 오래도록 누군가가 떠난 자리에서 손을 흔들고 있는 건 이기적인 유희에게는 어울리지 않는다. 그 떠난 사람이 비록 나라고 해도 말이다. 아니, 나니까 말이다.

*

집에 들어오니 새벽 네 시다. 씻고 침대에 누워 놓인 책들을 본다. 우리 집의 곳곳에는 내가 이미 읽었거나 읽고 있는 중이거나 다시 읽고 있는 책들이 있다. 침대 옆에 놓인 책도 대여섯 권. 나는 와타야 리사의 『발로 차주고 싶은 등짝』을 고른다. 소녀의 그림이 그려진 표지가 마음에 들지 않아서, 어쩐지 유치하게 느껴져서 침대 옆에 그렇게 오랫동안 놓여 있던 책이었다. 나는 옆으로 누워서 『발로 차주고 싶은 등짝』을 읽는다.

발로 찬 것이 들키지 않기를. 하긴 설사 파란 멍이 들었다고 해도, 등이니까, 여간해선 알아챌 일이 없겠지. 그의 등 뒤에서 아무도 모르게 내출혈하고 있을 푸른 멍을 상상하자 사랑스럽고, 게다가 손가락으로 눌러보고 싶기까지 했다. 난폭한 욕망은 멈출 줄 모른다.

기억을 헤집고 마음에 스며드는 아련한 풍경들이 펼쳐진다. 별것 아닌 것에 사로잡혀 보낸 시간. 나로서도 이해할 수 없었던 나. 고립과 집착의 시간. 고립과 집착과 애착과 무심과 열광의 풍경. 거기에는 그 시절 누구나 느꼈을 법한, 소외와 열광의 풍경이 있다. 사람들 속에 있었으나 외로웠고, 같아지지 않으면서 고독했던, 내가 누군지 몰랐던, 그렇지만 그들과 결코 같아지고 싶지 않았던, 그러나 그들과 함께 있어야만 했던. 그랬지만 『발로 차주고 싶은 등짝』에서는 아무도 죽지 않고 아무도 죽을 만큼 사랑하지 않는다. 덤덤함 속에서 애잔하게 '발로 차주고 싶은 등짝'이 있을 뿐이다. 그건 내가 버리고 싶으나, 끌어안을 수밖에 없는 내 안의 내 모습일지도 모른다.

십 대도 아니면서 여전히 십 대의 정서로 살아가는 치기가 두렵고 우습다. 그 치기가 사실은 엄청난 열등감의 다른 모습임을 나는 안다. 나는 내가 제대로 하지 못할 일은 시작하지도 않는다. 즐겁고 행복한 일이 아니라면 집착하고 싶지 않다. 좋아하지도 않는 것에 열광하는 척하면서 인생을 낭비할 수는 없다.

가끔 생각한다. 어쩌면 무언가에 사로잡혔던 그때의 내가 더 행복했을지도 모른다고. 열광이 사라진 후 남는 공허보다는. 그래서 가끔 생각해 본다. 열일곱 시절부터 내가 열광해 온 것이 여전히 살아남아 있는지. 서너 개쯤. 나쁘지 않다. 그래, 나쁘지 않다.

4 책을 읽는 동안 그녀가 머무르던 곳

남자는 이틀 전의 그 장소 그 시간에 그 모습 그대로 기다리고 있었다. 이번에도 그는 책을 읽고 있었다. 물론 저번과는 다른 책이었다. 일단 나는 그가 저번에 읽고 있던 파트리크 모디아노의 『잃어버린 거리』를 무사히 입수했다. 옮긴이는 김화영이었고, 내가 바라던 책이었다. 1988년 초판은 아니었고 1996년에 다시 찍어낸 책이었다.

나는 앰브로즈 가이즈를 도버해협 저 건너편에 두고 왔다는 느낌으로 책장을 넘기며 훑어보았다. 내 생애의 지난 20년이 단번에 지워져 버렸다. 앰브로즈 가이즈는 이제 더이상 존재하지 않았다. 나는 파리의 먼지와 더위 속에, 출

발점으로 다시 돌아온 것이었다.

　궁금증을 참지 못하고 앞부분을 들춰보았다. 오랜 기억
상실 끝에 자신이 남긴 몇 가지 자취를 다시 찾게 될 때처
럼 현기증이 밀려들었다. 기억상실에 관한 이야기일까. 모
디아노의 안개에 싸인 듯한 분위기가 좋다. 명료하지 않은
느낌. 때로는 선을 그은 듯 위태로운 느낌까지도.
　책에서 눈을 떼고 남자를 바라본다. 정확히는 조금 전까
지 남자가 읽고 있던 또 다른 책. 이번에 읽고 있던 저 책
에도 흥미가 간다. 저 책도 나한테 넘기라고 하면 또 저번
처럼 다 읽고 넘기겠다고 하겠지. 한 번은 괜찮지만, 두
번은 저쪽에서 보면 오해의 여지가 있지 않을까. 내가 자
기한테 관심이 있어서 자꾸, 그것도 하필 읽고 있던 책을
사고 싶다고 한다고 말이다. 하지만 무슨 상관이 있는가.
또 만날 사람도 아니지 않은가. 아니, 남자가 저 책도 읽
고 넘기겠다고 한다면 딱 한 번만 더 만나면 된다. 물론
나는 오해를 사는 일을 세상에서 제일 싫어하지만, 그렇지
만 그보다 더 앞서는 건 언제나 책에 대한 호기심과 욕망
이다.
　—아저씨, 그 책 말이에요. 그 책도 아저씨 책이에요?
　나는 그가 읽던 책을 가리키면서 물었다.

—아저씨란 그 호칭 좀 거북스럽게 들리는데.

—그래요? 그럼, 뭐라 불러요?

—글쎄. 그렇군. 편한 대로 불러요.

—네, 아저씨.

—그런데 날 아저씨라 부르는 그쪽은 도대체 몇 살이오?

—여자 나이는 물어보는 거 엄청난 실례예요.

—그럼, 스물다섯 살은 넘었겠군.

—흠……

—그렇게 안 되어 보이는데 나이가 보기보다는 꽤 많네요.

—보통은 넘는군요. 아저씨.

나는 보는 사람에 따라서, 혹은 있는 장소에 따라서, 혹은 옷차림에 따라서 여러 나이대로 보인다. 대개는 대학생인 줄 아는데, 드물지만 최고치는 서른세 살이었고, 최저치는 고등학생이었다. 엘리베이터에서 만나는 할머니들은 언제나 나를 학생이라고 부른다. 화장을 하지 않은 젊은 여자는 아가씨가 아니라 학생 취급을 받는다. 내 나이가 일급비밀이라고 말한다면 믿겠는가. 아무도 내 나이 따위는 관심이 없다. 사실은 나조차도 그렇다. 우리 아버지를 비롯한 기타 등등의 어른들에 의하면 나는 나잇값도 못하고 있으며 내 식으로 하자면 나이로부터 자유롭다. 내 나이답게 사는 것이 뭔지 모르겠지만 꼭 그렇게 살아야만 하는가는 의문이다. 나는 나이대접을 제대로 받아본 적이 없으므로, 내 나이답게 살아가야 할 의무 같은 것도 없다고 여긴다.

　─아저씨, 그 책도 나한테 파세요.

　─이 책?

　─네. 저번처럼 또 다 읽고 파실래요? 그럼 기다릴게요. 꼭 저한테 넘기세요.

　─아니.

　─안 파실 거예요?

　─그냥 가져요.

　─네?

　─그냥 가지세요.

　─진짜요?

　─속아만 살았어요?

　─아니요.

　나는 그가 읽고 있던 책을 날름 넘겨받았다. 속아만 산 것은 아니지만 대가 없이 무언가를 받는 것에는 익숙하지 않다. 나는 다시 남자를 바라보았다. 정말 이대로 이렇게 책만 받아서 가버려도 되는 것인가.

　시큰둥한 얼굴로 그가 말했다.

―그런데 책은 왜 읽는 거요?

―네?

―책은 왜 읽는 거냐니까요?

―그런 건 왜 물으세요?

―그냥 궁금해서요.

―이거 아저씨 책들 아니에요?

―그건 왜 물어요?

―이거 아저씨 책이면 아저씨도 책 꽤 많이 읽는데 그걸 왜 나한테 물어요?

―다른 사람이 책을 읽는 이유가 궁금해서요.

참 싱거운 인간 다 보겠다. 그렇지만 사실 저런 질문 한 두 번 받아본 것이 아니다.

그때 나를 구원해 준 건 책이었어요. 도서관에 쌓인 수많은 책들. 그 책들은 내가 내 의지로 손에 들지 않으면 결코 문을 열어주지 않는 참된 친구였어요. 그들은 거짓말을 하는 법이 없거든요. 아니, 그 반대지요. 좋은 소설이란 완벽한 거짓말로 꾸며진 또 하나의 진실이니까요. 나는 책과의 만남을 통해 인생이 얼마나 멋진 것인지 알 수 있었습니다. 외로움과 친해질 수 있었던 건 그 무렵이었죠.

나는 책을 통해 혼자 노는 법을 익혀 나갔습니다. 그러자 점점 외로움이 즐거워졌어요. 도서관의 책들이 모두 완벽하지는 않다는 것도 알았지요. 도서관의 책을 거의 다 읽었을 즈음에 깨달은 거예요. 그러나 그런 완벽하지 않은 소설들도 나름대로 재미있었습니다. 건방진 말인지 모르지만, 부족한 부분을 비평해 가며 읽으면 게임하는 것처럼 즐겁거든요.

누군가 나에게 왜 책을 읽느냐고 물으면 쓰지 히토나리의 『사랑을 주세요』처럼 저렇게 대답하곤 한다. 모두가 이해할 수 있는 평범한 이야기이지만 그래서 또한 명료하다. 나도 저렇게 생각하느냐고? 그럴 수도 있고 아닐 수도 있다. 내가 책을 읽는 이유는 그러는 게 좋기 때문이다. 좋아서 하는 데 구구절절한 이유 따위는 필요 없다고 생각한다. 이 남자의 질문에 나는 최근 들어 가장 자주 써먹던 저 대사 대신에 다른 대답을 한다.

─그냥요. 행복하거든요.

─행복이라고요?

─네. 행복해져요.

그는 웃었다.

─왜 웃어요?

─당신이랑 똑같이 대답했던 사람이 있었어요.

—누군데요?

—항상 내 옆에서 책을 읽었고, 그래서 결국은 나한테 저 책들을 읽게 했던 사람이죠.

그녀가 내 옆에서 책을 읽는다는 사실은 내가 그녀 곁에서 느끼는 기쁨을 맛볼 수 없게 했다. 책을 읽는 때의 그녀는 내 옆에 있는 것처럼 여겨지지 않았기 때문이다. 그녀는 여기 있지 않았다. 이미 떠나고 없었다.

다른 곳에 있었다.

책을 읽는 동안 그녀가 머무르던 곳은 다른 왕국이었다.

그의 이야기를 듣는 동안 파스칼 키냐르의 『떠도는 그림자』의 문장이 떠올랐다가 사라졌다. 책을 읽게 만들었던 사람, 아주 낭만적인 상상으로 빠져들 수도 있었지만 다시 생각해 보니 아니었다. 그는 결국 저 책들을 팔고 있지 않은가.

—아가씨도 책을 아주 좋아하나 보군요.

—네.

— '책들이 나를 끌어당기는 힘은 다른 독자들에게 행사하는 인력보다 더욱 신비하고 절대적인 것이며, 내 평생 그럴 것이다.'

—네?

—아, 책 이야기를 할 때면 그녀가 자주 인용했던 문장이죠. 뭐라더라. 프랑스 작가였는데. 이름이 어려워서 원.

—파스칼 키냐르.

—네?

—파스칼 키냐르라고요. 그 작가.

—그래요. 아가씨도 책과 특별한 인력을 느끼는 부류인 모양이군요. 그럼 잘 가요.

—네, 이 책 고마워요. 잘 읽을게요.

그는 뒤돌아서 갔다. 나에게 책을 남겨두고. 다시 만날 일은 없겠지만 솔직히 미련이 남는다. 저 남자가 아니라 저 남자가 가지고 있고 이제는 처분하게 될 책들이. 파스칼 키냐르를 인용한 여자가 읽게 만들었던 책들이.

*

집으로 돌아오는 길에 아버지 가게로 갔다. 점심시간이 지난 지 한참인데 여전히 북적거린다. 아버지 식당의 메뉴는 단순하다. 된장찌개와 김치찌개 딱 두 개뿐이다. 집에서 흔히 먹을 수 있는 음식을 먹겠다고 저렇게 길게 줄을

서는 것을 이해하지 못하겠다. 별것도 아닌 메뉴인데 중독
성이라도 있는지 한 번 찾아온 손님은 계속 찾아온다. 점
심시간의 식당은 인산인해다.

나는 이 시장통 같은 분위기를 싫어하지도 좋아하지도
않는다. 호불호를 따지기 전에 살갗처럼 익숙해져 버린 광
경이다. 내 인생에서 가장 오랜 시간을 보낸 곳, 그래서
내 인생의 가장 강렬한 배경이 되어버린 곳. 내 인생은 이
곳에서 시작되었겠지만 절대 이곳에서 끝낼 수는 없다는
생각을 하게 만드는 곳. 나를 있게 하고 지금도 내 삶의
아주 많은 부분을 지탱해 주고 있는 아버지를 지탱해 주
고 있는 곳.

식당으로 들어서는 나를 보자마자 아버지가 눈살부터 찌
푸린다.

—밥은 먹었냐?

나는 가볍게 고개를 저었다.

—저어기 앉아라.

아버지는 손님이 금방 일어난 구석자리를 가리킨다. 내
가 그 자리로 한 발 떼자마자 아버지가 외친다. 된장찌개
하나. 아버지가 그렇게 외치는 순간 김치찌개가 먹고 싶어
진다. 그러나 이미 늦었다. 아버지의 말은 여기서 유일한
법이다. 메뉴는 딱 두 개다. 김치찌개와 된장찌개. 그런데

김치찌개를 선택하면 된장찌개가 더 맛있을 거 같고, 된장찌개가 내 앞에 놓이면 김치찌개가 더 맛있어 보이기 시작한다. 단순하기 그지없는 선택, 이것 아니면 저것밖에 없는 선택에서 망설이는 내가 짜증스럽다. 도대체 몇 넌째 이러고 있는 것이냐.

어쩌면 내가 진짜 짜증스러운 건 아버지일지도 모르겠다. 이제는 쉬어도 될 만한데 절대 쉬지 않는 아버지. 줄을 서 있는 저 사람 하나하나가 돈이고, 식당 문을 열어놓은 시간이 모두 돈이다. 그 돈 때문에 아버지는 쉬지 않는다. 쉬지 않으니 돈을 쓸 시간도 없다. 아버지의 돈을 소비하는 유일한 사람은 나이지만 나도 예전처럼 아버지 돈을 쓸데가 없다. 거액의 등록금이 들지도 않고 용돈 정도는 스스로 해결하고 있으며 나의 소비는 책 사는 게 거의 전부인데 책은 아버지의 재산을 축낼 정도로 비싸지도 않다. 어떤 여자들이 중독된 구두 하나 값이면 책을 20권도 넘게 살 수 있고, 핸드백 값이면 50권에서 100권은 살 수 있다.

나는 테이블에 놓인 된장찌개를 한술 떠서 입 안에 넣는다. 온몸의 피곤과 긴장이 풀린다. 어릴 때 사람들이 아버지의 식당에서 하던 이야기가 있다. 이 집 음식에는 무슨 약을 타는지 자꾸 오고 싶어지네, 하는 소리에 어린 나는 아버지가 음식에 진짜 약을 타는 건 아닌가 의심하기도 했었다. 그래서 경찰을 보면 괜히 움츠러들곤 했었다. 순진하기 그지없던 시절이었고, 탐정소설을 지나치게 많이 읽던 시절이었다. 그 시절의 나는 추리소설의 여왕 애거사 크리스티의 '마플 할머니'가 되고 싶었다. 안락의자에 앉아서 모든 것을 이해하는 사람.

어릴 때 나는 아버지의 식당에서 책을 읽었다. 그래서 그 시절에 내가 읽던 책을 생각하면 김치찌개나 된장찌개 냄새가 나는 것 같다. 어떤 사람에게는 그것이 그리움을 상징하는 것이 될 수도 있겠지만 내게는 기다림을 의미한다. 나는 그 자리에 앉아서 무언가를 끊임없이 기다렸다. 아마도 내가 기다린 것은 시간이었으리라. 다만 시간이 지나가길. 그래서 아버지가 나와 시간을 보낼 수 있기를. 그러나 아무리 시간이 지나도 그런 시간은 오지 않았다. 그래서 나는 포기했다. 그리고 아버지처럼 살지 않기로 했다.

*

집으로 돌아와서 옷을 벗고 욕실로 향한다. 깨끗이 씻은 후에는 곧장 책을 읽기 시작한다. 남자에게 받은 저번 책들은 지나치게 깨끗했다. 밑줄이나 메모, 접은 자국 같은 것을 발견하지 못했다. 책을 아주 깨끗하게 보는 부류임에 틀림없었다. 그러나 이번 책 모디아노의 『잃어버린 거리』에는 밑줄이 있었다.

  그녀는 그보다 훨씬 더 먼 곳에서 돌아오고 있다. ……이마에 커다란 상처 자국이 보인다. 어쩌면 시간의 흔적인지도 모른다. 아니면 삶에 대한 기억을 모두 상실하게 만든 저 우발적 사고 중 하나가 남겨놓은 흔적인지도 모른다. 나 역시 오늘부터는 아무것도 기억하고 싶지 않다.

이것이 이 소설의 마지막 대목인데 '나 역시 오늘부터는 아무것도 기억하고 싶지 않다.'에 아주 굵게 신경질적으로 단호하게 밑줄이 그어져 있었다. 이 책의 다른 페이지에서는 밑줄이나 여타의 흔적을 발견하지 못했다. 책에 몰입한 결과일 수도 있지만 말이다. 저런 문장에다가 밑줄을 그은 저의는 무엇일까. 특별히 공감이 간다는 뜻일까. 아니면 카롤린 봉그랑의 『밑줄 긋는 남자』처럼 밑줄로 무슨 메시지라도 전달하겠다는 의도일까.
  잠이 오지 않아서 그런 쓸데없는 상상을 해보다가 냉장고에서 맥주 한 캔을 가져와 마신다. 일을 하지 않은 지

제법 되었다. 아직 통장에 남아 있는 돈은 꽤 된다. 그러나 내일부터는 간단한 아르바이트 자리를 알아보아야겠다고 생각한다. 너무 급해지면 원하지 않던 일을 하게 된다. 내가 닥치는 대로 일하는 것처럼 보이겠지만 내게도 나름대로의 원칙이란 것이 있다. 일단 정신노동은 사양이다. 그러나 육체노동의 경우 지나친 육체의 사용 또한 사양한다. 간단히 더 쉽게 말하자면 단순노동을 선호한다는 얘기다.

남들이 보기에는 별 차이 없는 아르바이트에 지나지 않겠지만 이런 일들도 줄곧 하다보면 자신에게 맞는 것을 알아가게 된다. 내가 그리 원하지 않는 일은 과외 자리이다. 사실 과외는 노동 강도에 비해 수입이 꽤 된다. 그러나 그일은 나에게 아주 극심한 피로감을 느끼게 한다. 요즘 애들과 나는 어떤 면에서는 다를 바가 없다. 나도 그 애들도 부모님 집에서 살고 여전히 부모님의 지원을 받고 있으며 목표를 위해서 원하지 않는 짓을 해야 한다. 하지만 또 다른 측면에서는 세대 차이가 꽤 난다. 내가 과외를 하던 그 애들이 유별났는지는 모르겠지만 이성 친구는 웬만하면 다 있고, 혼자서 공부할 의지라곤 없는데 다 만들어놓은 음식 혼자서 떠먹는 것도 귀찮아해서 아예 숟가락을 들고 입 안에 넣어줘야 할 지경이다. 나도 그 나이 때 공부에 취미라고는 없었지만 그래도 다른 사람이 집어주는 것 억지로 겨우 외우는 것보다는 혼자서 풀고 깨닫는 것이 좋았던 것 같은데, 요즘 아이들은 학교에서 배우는 것이 말짱 쓸모없으니까 시험 칠 때까지만 머릿속에 집어넣어 뒀다 미련 없이 버리겠다는 의식이 철저한 것인지도 모르겠다. 어쩌면 그 아이들이 나보다 영리한 것일 수도 있겠다.

과외를 하면서 나는 그다지 도덕적이지 못했다. 사실 그냥 돈을 받아 챙겼다는 편이 옳았다. 그래서 마음이 불편했느냐, 꼭 그렇지도 않다. 내가 아니라 누구라도 그 돈을 받는 자가 있었을 것이고, 그 누군가도 그 아이들의 미래에는 그리 도움이 되지 못할 존재들이었을 것이다. 내가 그나마 나았다는 얘기다. 왜냐하면 나는 아무것도 하지 않았으니까.

어떤 사람들은 책을 읽는 걸 공부라고 생각한다. 그러나 내 책 읽기는 공부라는 성실하고 고리타분한 말과는 전혀 어울리지 않는다. 내 책 읽기는 처음부터 놀이였을 뿐이다. 내가 설사 아주 어려운 학술 책을 읽고 있다고 해도 그것 역시 놀이일 뿐이다. 놀이가 꼭 쉬울 필요는 없는 것 아닌가. 내가 보기에는 아주 지능적이어야 하고 연마를 거듭해야 하는 바둑이나 장기, 체스를 놀이로 하는 사람들도 있으니까 말이다.

내가 지금 책을 읽으면서 노닥노닥 그럭저럭 잘 지낼 수 있음을 행운이라고 생각한다. 이십 대에 읽고 싶은 책이나 읽으면서 지낼 수 있는 시간과 돈이 있다는 건 어쨌든 축복이다. 그리고 그런 나를 가끔 심하게 욕하기는 하지만 자신의 불행이라고 여기지 않는 부모가 있다는 것도. 아버지는 나에게 취직하라고 닦달하지 않는다. 그리고 내가 명함을 가진 직업을 갖고 있지 않다고 해서 부끄러워하지도 않는다. 나에게는 죽이네 살리네 하시지만, 다른 사람들에게는 제 하고 싶은 것 맘껏 하게 해줄 수 있으니 기쁘다고 말하고, 뭐 저 인생이야 자기가 알아서 하는 거지, 이 나이 되도록 키워 줬으면 됐지, 더 이상 상관 안 한다고 말하는 이중적인 달관의 경지를 보일 때도 있다. 아버지 자신의 인생에 대해서는 쫀쫀하기 그지없으면서 딸인 나의 인생에 대해서는 아주 쿨한 괴상한 아버지라고 할 수 있다.

책을 읽어서 뭐 할 거냐? 라는 질문을 자주 받곤 하지만 정작 나는 나 자신에게 그런 질문을 하지는 않는다. 그건 언젠가는 해결해야 할 문제일지도 모르지만 지금의 나로서는 감당하기 어려운 질문이기도 하다. 어떤 사람은 책 읽는 것이 그리 좋으면 그걸 직업으로 삼으면 되지 않느냐고 충고하기도 한다. 아무나 다 하는 책 읽기를 직업으로 삼을 수 있는 것일까. 서점에 취직이라도 하라는 건가. 돈은 돈대로 벌고 좋아하는 일은 좋아하는 일대로 하는 것도 나쁘지는 않겠지만 그러기에 우리 인생은 너무 짧다. 적어도 내가 아는 것은 이것뿐이다. 싫은 일을 하면서 인생을 소비할 필요는 없다.

나는 그냥 좋아하는 책을 읽을 뿐이다. 막연하긴 하지만 책을 읽고 있는 순간만은 적어도 내 삶이 허무하게 느껴지지 않는다. 현재로서는 책이 나를 계속 살아갈 수 있게 하고 살고 싶게 만든다는 것밖에는 알지 못한다.

5 아마 그럴 일은 앞으로도 없을 것이다

하루에 한 가지 일만 하면서 살고 싶다고 생각한 적이 있었다. 지금도 그다지 다르지는 않지만 이제는 한 가지 일을 제대로 하기도 얼마나 어려운가를 생각한다. 마음에 꼭 드는 만족스러운 책 한 권을 고르면서 보내는 시간의 여유. 그렇게 고른 책을 읽으면서 시간 가는 줄 모르고 보내는 하루. 무언가를 읽고 있으면 행복하고, 세상의 어떤 것을 하는 것보다 만족스럽다. 쓸데없이 좋은 일이 일어날 거라는 기대도 하지 않고, 그저 내게 주어진 현실을 담담히 걸어 나갈 수 있는 힘만 있으면 된다고 생각하게 된다. 실망하지 않고 좌절하지 않고 꿋꿋하게 책을 읽는 나를, 이 하루가 다 지나고도 여전히 그러할 나를 생각하면 흐뭇

하다. 그래서 지금도 계속해서 읽는다.

무언가를 하염없이 읽었나 보다. 2백 개도 넘는 문장에 밑줄을 그었는데 난 아직 그 부분을 다시 읽지 않았다. 다시 읽다니. 아마 그럴 일은 앞으로도 없을 것이다.
'이러니저러니 해도 소설 쓰기란 결국, 하찮은 것을 진지하게 생각하거나 진지한 것을 하찮게 생각하기 둘 중 하나다.' 소설을 위해 궁구하는 일 역시 마찬가지. 책을 읽으며 밑줄을 긋고 메모를 하는 따위가 다 그렇다. 그렇다, 고 생각했다.

구효서의 『깡통따개가 없는 마을』이란 소설을 읽고 있다. 소설가가 쓴 소설가 이야기인데 누군가가 삶을 위해 매일 노동을 하는 것처럼 소설가들도 매일 소설을 쓰고 있을지도 모르겠다. 모든 소설가가 그렇게 성실히 열심히 소설이란 걸 매일 써주면 참 좋을 텐데, 꼭 그렇지만도 않은 듯하다. 다작하는 소설가라고 해도 1년에 한 권쯤 내는 것이 고작이니까. 1년에 한 권이라면 나쁘지 않다고 생각한다. 기다리는 맛은 딱 거기까지이고 2년쯤 되면 초조해지고 3년이 되면 포기가 된다. 읽는 데는 하루도 걸리지 않는 책이 쓰는 데는 그렇게 오래 걸리다니 한숨이 나올 지경이다. 살아 있는 소설가, 나와 동시대를 숨 쉬며 살아가는 작가를 더 선호하는 나로서는 기다림은 필연적이다.

하지만 어쨌든 내가 한 권이라도 그 작가의 책을 읽었고 다음 책을 은근히 기대하고 있는 소설가라면 어디선가 무언가를 쓰고 있다면 고맙다고 생각한다. 세상에는 다음 책을 쓸 생각이라고는 아예 없는 소설가도 있으니까. 세상에 나온 소설책이라고는 딱 한 권뿐이긴 해도 우리 외할머니도 소설가이고, 내가 그녀를 알아온 시간 동안 소설은커녕 무언가를 끼적거리는 것도 보지 못했다. 그녀가 혹시라도 소설을 쓸 수 없는 소설가라면 화가 나서라도 소설책이라고는 안 볼 것 같은데 지금도 꾸준히 소설책들을 사들이고 읽고 있는 걸 보면 자발적인 절필일 가능성이 크다.

지금 이곳은 내가 세상에서 제일 좋아하는 곳, 그 절필한 소설가인 외할머니의 서재이다. 할머니라고 부르기엔 미안할 정도로 젊고 아름다운 외할머니는, 내 어머니를 낳아준 어머니가 아니다. 그러니까 우린 피 한 방울 섞이지 않았다. 외할머니는 지금까지 결혼을 두 번 했고, 두 번째 결혼의 상대가 내 어머니의 아버지였다. 내 외할아버지와 외할머니는 서른 살쯤 나이 차가 났는데, 외할아버지는 결혼하고 3년 후 돌아가셨다. 그 3년의 결혼 생활 때문에 그녀는 내 외할머니가 된 것이다.

외할머니라고는 하지만 아직 예순도 되지 않았다. 외할머니는 아이를 낳아본 적이 없다. 아이를 낳아보지 않은 여자는 천천히 늙는 것일까. 예순에 가까운 나이에도 불구하고 외할머니는 곱다. 그리고 곱게 늙는다는 말이 아직 어울리지 않을 정도로 젊다. 적당한 조명 아래에서는 사십대 초반으로도 보이고, 아무리 각박하게 보아도 쉰이라고 말하면 실례가 될 것 같은 어처구니없는 분위기가 있다.

나랑 하등의 혈연은 없지만 어쨌든 그녀는 나의 외할머니이다. 그리고 어쨌든 소설책을 낸 적이 있으므로 외할머니는 소설가인데 그 사실을 그리 달가워하지 않는다. 스무 살이 되던 해에 쓰고 스물한 살이 되던 해에 출판된 그 장편소설은 지금도 서점에서 찾아볼 수 있는 스테디셀러 겸 베스트셀러이다. 비교적 어린 나이에 쓴 첫 책이 베스트셀러가 되어 작가로서의 유명세를 치르게 된 예는 내가 알고 있는 이들 중에도 몇 명 있는데 프랑수아즈 사강이나 요시모토 바나나가 그런 경우이다. 외할머니의 경우도 그와 비슷한데, 감성적인 그 책은 지금 읽어도 하나도 촌스럽지 않다. 프랑수아즈 사강이나 요시모토 바나나의 경우와 다른 점은 외할머니가 그 책 이후로는 책을 낸 적이 없다는 것이다.

외할머니의 서재는 2층 전체를 아우르고 있는데 그곳의

책들은 일단 외할머니의 아버지, 그리고 외할머니의 남편, 그리고 외할머니 자신의 컬렉션으로 이루어졌다. 외할머니의 아버지는 시대를 앞서 나가는 지식인 부류였고 외국에 유학을 가서 대학을 나왔고 에세이스트였다. 그러므로 그의 컬렉션은 오래된 외국의 책, 낡고 게다가 세로쓰기와 한자가 혼용된 우리나라의 책들로 이루어져 있다. 이 부분에 관한 한 내가 손댈 여지는 없다. 일단 내가 해독이 가능한 외국어는 영어뿐이고, 요즘 애들답게 나는 한자에 관해서는 문맹에 가깝다. 읽을 수가 없다. 외할머니의 남편, 그러니까 나의 외할아버지는 대학교수였다. 그의 전공 분야는 경제학이었지만 그의 관심사는 실로 다양해서 오만가지의 책들이 있다. 문학의 고전부터 시집, 전기, 철학, 자연과학, SF와 탐정물에 이른다.

내가 제일 관심이 있는 건 외할머니 자신의 컬렉션이다. 외할머니의 책들은 소설과 화집과 사진집, 그리고 각국의 다양한 그림책으로 이루어져 있다. 나는 외할머니의 컬렉션에서 아주 오래전 처음으로 루이제 린저, 잉게보르크 바흐만, 아나이스 닌, 미시마 유키오, 피츠제럴드, 버지니아 울프, 제인 오스틴을 만났다. 그것은 아주 우연한 만남이었고, 그 우연에서 나는 더 많은 행복을 느끼곤 했다. 외할머니의 서재에는 숨을 쉬듯 독특한 냄새를 뿜어내는 시간의 마력을 가진 책들이 있다.

*

외할머니는 차와 쿠키를 탁자에 놓아준다.

—이거 먹으면서 읽어라.

—네. 새로 만드신 거예요?

—그래.

그러면서 외할머니는 눈을 반짝이신다. 외할머니가 나에게 무얼 기대하고 있는지 알고 있다. 나는 얼른 쿠키를 한입 베어 물고 차를 한 모금 마신다.

—맛있어요.

외할머니는 요즘 쿠키를 만들고 계시다. 사실 나는 외할머니가 왜 쿠키나 굽고 있는지 모르겠다. '쿠키나'라는 표현은 물론 외할머니에게만 해당된다. 외할머니 집에는 이 쿠키를 맛있게 먹어줄 사람이 없다. 물론 외할머니 자신이 있지만 만약 나라면 나 혼자 먹으려고 이렇게 많은 시간과 정성을 소비하지는 않을 것이다.

—쿠키 만드시는 건 재밌으세요?

—그럼. 재밌으니까 계속하지.

요즘 외할머니는 차를 수집하고 쿠키를 굽는다. 그 이전에는 와인을 수집했고 케이크를 구웠다. 그리고 그 이전에는 그림을 수집했고 초콜릿을 만들었다. 그렇게 취미로 시작한 어떤 것에 관한 한 할머니는 전문가 수준이다. 단순히 재미로 시작한 취미가 어떻게 전문 영역으로 변화해 가는지 나는 잘 알지 못한다. 하지만 적어도 외할머니의 경우라면 그건 재미 때문이다. 즐겁고 좋으면 계속하게 되고 그러다 보면 누구보다 많이 알게 되고 결국 잘할 수밖에 없게 되는 것이라고 한다. 어쩌면 그래서 외할머니는 혼자서도 충분히 잘 살고 있는 것인지도 모르겠다.

─그 책 재밌니?

외할머니의 질문에 나는 네, 라고 대답하고는 고개까지 끄덕인다. 내가 지금 읽고 있는 책은 라틴아메리카 출신의 여성 작가가 쓴 소설로 단순히 재밌다는 말로 간단히 말해 버릴 수는 없는 책이다. 그러나 외할머니의 절대 기준으로는 이 세상만사에는 두 가지 종류가 있다. 재밌는 것과 재미없는 것. 그러므로 지금 내가 읽고 있는 이 책은 재밌는 책이 된다. 영광의 역사가 아닌 고난의 역사, 넘쳐나는 부가 아닌 고통스러운 가난을 가진 나라에 사는 이들은 생각이 많아지는 것일까. 이를테면 일본이나 독일이나 프랑스의 여성 작가들이 들려주는 이야기와 라틴아메리카 여성 작가들의 이야기는 사뭇 다르다. 정말로 강한 인간은 상처 없는 인간이 아니라 상처를 똑바로 바라볼 수 있는 인간일 지도 모르겠다.

─네 엄마는 너를 가졌을 때 이 서재에서 계속 책을 읽었다. 네가 이 서재에서 편안함을 느낀다면 그건 엄마 뱃속에 있었을 때의 기억 때문일 거다.

외할머니는 나에게 또 그 이야기를 한다. 하던 이야기, 그것도 오래전의 이야기를 반복하는 이런 때에만 외할머니가 정말 할머니로 느껴진다. 하지만 나는 그런 외할머니에게 그 사실을 지적하지는 않는다. 자꾸만 반복해서 읽고 싶은 책의 구절이 있는 것처럼 자꾸만 반복해서 말하고 싶은 이야기도 있을 테니까. 나는 내 어머니에 대한 외할머니의 회상을 들으면서 눈으로 계속 책의 구절을 쫓아간다.

지금 나는 발코니에서 우리 엄마가 나를 찾아오길 기다리고 있다. 엄마가 나를 찾으러 오실 것을 알고 있기 때문이다. 매일 나는 엄마를 생각한다. 가장 기억나는 것은 엄마가 커다란 갈색 눈을 지니고 있었고, 남자들을 울게 했던 여자라는 사실이다. 그리고 내게 결코 거짓말을 하지 않으셨다는 것도 기억한다. 그래서 여기 발코니에서 내 작은 가방과 함께 엄마를 기다린다. 이미 일주일이 지난 지

한참이 되었다. 내가 이렇게 말할 수 있는 것은, 이미 날짜를 셀 줄 알기 때문이다. 그리고 하얗고 푸른 옷들이 더 이상 나에겐 맞지 않기 때문이다.

마갈리 가르시아 라미스의 『일주일은 칠일』의 여자 아이처럼 나는 엄마를 기다려본 적이 없다. 나는 엄마를 기억하지 못한다. 기억하지 못한다고 해서 엄마가 세상에 존재하지 않았던 것은 아니다. 하지만 만약 내게도 엄마가 있었다면 이 서재에서 하염없이 그녀를 기다릴 수도 있었을 것이다. 엄마가 이 서재에서 책을 읽으면서 내가 태어나길 기다렸던 것처럼.

우리 엄마는 우리 아버지처럼 가난한 인종이 아니었다. 고생이라고는 모르는 부잣집 딸이었다. 엄마는 그 빌어먹을 사랑 때문에 기꺼이 가난뱅이가 되었고, 지지리 고생만 하다가 살 만해지자 병에 걸려 죽었다. 가난이 어떤 종류의 비극인가를 짐작할 수 있는 그런 집에서 태어나고 자랐다면 엄마는 가난이 무서워서라도 아버지랑 결혼할 수 없었을 것이다. 철이 없었던 엄마에게 가난은 자신의 사랑을 증명해 주는 빛나는 무엇처럼 보였을지도 모른다. 돈도 없고, 명예도 없고, 학벌도 없고, 정말 있는 거라곤 몸 하나뿐이었던 아버지와 결혼한 후 외할아버지는 엄마를 거들떠

보지 않았다.

나의 엄마도 외할머니나 나처럼 책에 특별한 인력을 느끼는 부류의 인간이었을지도 모르겠다. 그러나 엄마가 아버지와 결혼하고 몇 해 동안 책은 쌀보다 중요하지 않았으리라. 그 가난 때문에 엄마는 내게 어떤 책도 남기지 못했다. 그러나 외할머니 서재의 책 곳곳에는 내가 모르는 엄마의 흔적이 있다.

*

오늘도 나는 외할머니의 서재에서 빌려갈 몇 권의 책을 고른다. 예전에 쓰인 책들도 다시 포장되어 나온다. 1997년에 나온 책이나 2002년에 나온 책이나 2046년에 나올 책이나 내용은 똑같다. 겉표지만 달라지고 가격만 물가에 맞추어 올라갈 뿐이다.

외할머니의 서재에 있는 초록색 표지의 1990년 19판 강석경의 『숲속의 방』은 3500원이다. 1997년 소양과 비슷한 나이가 되어 내가 산 갈색 표지의 『숲속의 방』은 8500원이다. 내게는 어릴 적 아무것도 모르고 읽었던 외할머니의 초록색의 『숲속의 방』도, 주인공과 같은 나이가 되어 다시 읽은 나의 갈색의 『숲속의 방』도 소중하다. 그것은 내게 단순한 책이 아니라 추억이기 때문이다.

　'이 세상이 생긴 이래 모든 인간이 가졌을지 모르는 기억보다 더 많은 것들을 혼자 지니고' 있다는 호르헤 루이스 보르헤스의 「기억의 천재 푸네스」처럼 나는 내가 밑줄 그은 모든 문장을 기억한다. 그 문장들은 내 삶의 순간순간 재생되고 반복되고 변용된다. 푸네스처럼 나에게도 '이러한 기억은 단순한 것이 아니라, 각각의 시각적 이미지는 근육이나 체온 등의 감각과 연결되어' 있다. 나는 그것보다 지금의 나를 더 잘 설명할 무엇을 알지 못한다.

6 한 권씩 한 권씩 모든 책을 다 읽었다

또 책을 읽으면서 밤을 꼬박 새우고 말았다. 첫 장만 읽으려고 했으나 멈출 수가 없었다. 한 단락이 한 페이지 이상을 차지하는 폴 오스터 같은 작가의 책은 잠자리에서 좋지 않다. 책의 매혹은 언제나 잠의 유혹을 이긴다. 내가 처음 읽은 폴 오스터의 책은 『달의 궁전』이었고 그 이후로 나는 그의 거의 모든 책을 읽어왔다.

나는 하나하나의 책을 끝까지 다 읽었을 뿐 거기에 대해서 판단을 내리려고 하지 않았다. 나에게 있어 하나하나의 책은 다른 모든 책들과 똑같았고, 하나하나의 문장은 똑같이 옳은 숫자의 단어들로 이루어져 있었고, 하나하나의 단어는 정확히 있어야 할 곳에 있었다. 그것이 내가 외삼촌을 애도하기 위해 선택한 방법이었다. 하나씩 하나씩 나는 모든 상자를 열어 한 권씩 한 권씩 모든 책을 다 읽었다. 그것이 내가 나 자신을 위해 설정한 과업이었고, 맨 마지막까지 나는 그 일에 매달렸다.

하지만 어젯밤에 읽은 폴 오스터의 『브루클린 풍자극』은 약간 실망이었다. 내가 기대한 건 변화였는지도 모른다. 하지만 그는 너무나 여전했고 그래서 더 이상 새롭지 않았다. 당신을 다 알 것 같다는 기분은 다음을 기약하기 어렵게 만든다. 세상의 모든 만남처럼 책과의 만남도 어느 특정인에게 함몰되는 건 위험부담이 있다. 내가 폴 오스터에게 실망한 이유는 오래된 연인에게 가끔 싫증을 내는 것과 비슷한 것일 수도 있다. 그 작가의 책이라면 무조건 구해서 읽는 작가가 몇 명 있는데, 순서대로 쳐서 그중 마지막 자리에 폴 오스터가 있다. 다행히 폴 오스터는 요 몇 년 사이에도 줄기차게 책을 낸 작가였다. 하지만 그런 이유로 우리는 너무 오래 그것도 너무 자주 만난 모양이다. 기다림의 고통을 겪을 시간도 없이 언제나 그의 새 책이 있었으니까.

그의 한결같음의 미덕을 깨닫기 위해서라도 잠시 외도를

해야겠다고 생각하지만, 폴 오스터에게 내는 싫증을 이길 만큼의 매력을 갖춘 작가를 만나기가 쉽지 않다. 최소한 세 번 정도는 만나서 나를 매료시켜야 하는데 아직은 적당한 상대가 없다. 한 권의 책을 읽고 아주 괜찮은데, 하면서 다음 책을 기다려보지만 그 다음 책의 출판이 요원하거나 내가 그의 매력을 다 잊어버릴 만큼의 세월이 지난 후에야 새 책이 나오는 경우, 이미 두 권의 책이 출판되었으나 한국 사람들의 반응이 영 시원치 않은지 두 권 모두 절판된 경우.

평생 읽고 또 읽어도 좋을 만한 멋진 책 한 권을 만나는 일도 어렵지만, 내가 살아갈 나머지 시간 동안 나에게 새로운 이야기를 선물해 줄 한 사람의 작가를 만나는 일도 아주 어렵다. 솔직히 말하자면 단번에 폴 오스터를 배신할 수 있는 새로운 작가의 출현을 기다린다. 왕성하게 활동해서 적어도 1년에 한 번은 책을 내고 그리고 나보다 젊어서 내가 이 세상에 있는 동안에는 책을 낼 것이 거의 확실하면 더 이상 바랄 것이 없겠다.

그리고 그런 배신의 충동은 자주 일어날수록 좋다. 현실에서는 한 사람의 연인에게만 충실한 것이 좋은지 모르겠지만 독서의 세계에서는 가요 순위 프로그램처럼 베스트50, 베스트20, 적어도 베스트10을 뽑으면서 살아갈 수 있어야 한다. 쓰는 작가의 고통과는 무관하게 오로지 읽기의 즐거움을 누리는 한 명의 독자로서 내가 꿈꾸는 작가에 대한 열망은 그렇다. 그런 이유로 사실은 폴 오스터의 책 중에 몇 권은 아직 일부러 읽지 않고 얌전하게 모셔두었다. 자연의 법칙에 의하면 나보다 한참 나이가 많은 폴 오스터는 나보다 먼저 죽을 것이고 어쩌면 더 이상 글을 쓰지 않게 될 경우도 있을 수 있고, 따라서 언젠가는 읽어야 할 그의 새 책이 없어질 것이기 때문이다. 아직 읽어야 할 그의 책이 있다는 사실은 숨겨둔 연인처럼 나에게 흥분을 안겨준다.

그러나 『브루클린 풍자극』을 밤새워 읽고 일어난 아침, 그 사랑에 위태로움을 느낀다. 언제나 한결같은 영원한 무엇은 이 세상 어디에도 없는 것인지도 모른다. 이 세상의 모든 연인 관계가 경쟁이듯이 독자와 작가의 관계 또한 그러하다. 그런 면에서 나는 아주 리버럴하기 그지없는 나쁜 독자이다. 이리저리 옮겨 다니기 좋아하고 대부분의 관계가 몇 시간이면 끝나고, 또한 다시 돌아보는 경우가 거의 없다.

나는 책 읽기를 좋아하지만 책이라면 무엇이든 상관없이 읽는다는 주의는 아니다. 좋아하는 것일수록 사람들의 취향은 까다로워지고 선택은 복잡해지기 마련이다. 많이 보고 많이 겪은 사람들은 눈이 높아진다. 연애를 많이 한 내 친구 채린에 따르면 세상 남자들은 다 똑같다. 하지만 채린은 매번 더 특별한 남자를 찾아 연애를 하는 모험을 한다. 그 모험의 끝은 이 남자도 다른 남자들과 다를 바 없다, 가 될지라도.

사실 책에 대한 취향은 사람에 대한 취향과 비슷한 데가 있다. 책의 경우에도 첫눈에 반할 수 있고, 남들이 좋다고 해서 나도 기대했다가 실망할 수도 있다. 모두가 좋아하는 사람에게는 그럴 만한 매력이 있긴 하지만 그래서 나만의 사람으로 품고 있기가 어렵다. 오직 나만을 위해서 존재하는 듯한 사람이 세상에 있다면 아마도 오직 나만을 위해서 쓰인 듯한 책도 있지 않을까. 나는 어쩌면 그런 책을 찾고 있는지도 모른다.

*

새벽까지 책을 읽고 잠들었다가 오후 늦게 일어났더니 배가 너무 고프다. 커피포트에 물을 끓여서 컵라면에 붓는다. 그리고 그 위를 어젯밤을 함께 보낸 폴 오스터의 『브루클린 풍자극』으로 덮었다. 두꺼운 양장본의 책은 컵라면 덮개로 아주 유용하다. 책은 쓸모가 아주 많다. 특히 이런 유의 양장본은 살인 무기로 써도 손색이 없을 만큼 단단하다. 3분이 지난다. 적당히 불은 컵라면을 아버지 식당에서 가져온 김치와 함께 먹는다. 『브루클린 풍자극』은 늦은 오후의 컵라면과 신 김치와 함께 기억될 것이다.

컵라면을 먹은 후 커피 한 잔 마시면서 책들 사이에서 빈둥거리다가 딱히 잡히는 책이 없어서 비디오나 볼까, 하는 생각으로 집을 나선다. 채린의 비디오 가게에 가야겠다. 채린을 본 지도 오래되었고, 오랫동안 혼자 집에만 있었더니 입이 심심하다. 미치지 않으려면 현실감 있는 인간과의 대화가 필요하다. 그렇지만 채린이 거기에 맞는 인간이란 뜻은 아니다. 적어도 채린은 텔레비전 드라마도 보고 뉴스도 보고, 유행이 뭔지도 알고, 콩나물 값이나 두부 값이 얼마인지 정도는 아는 인간이란 뜻이다.

채린은 나와 중학교 동창이다. 대학을 졸업하자마자 지금의 남편과 결혼했다. 채린은 아직도 로맨스를 꿈꾸는, 못 말리는 아줌마이다. 채린의 비디오 가게는 책 대여점을 겸하고 있는데 채린의 취향을 절대적으로 반영한 로맨스물의 비디오와 연애소설과 순정만화로 그득하다. 채린은 중학교 시절에는 뭐뭐 로맨스라고 이름 붙은 시리즈물만 읽었다. 나도 덩달아 채린을 따라서 몇 권 읽었는데, 책이라고 생겨먹은 건 웬만하면 가리지 않고 다 읽는 편인 나이지만 그 로맨스물들은 도무지 읽히지 않았다. 무슨 소리를 하는 건지, 어떻게 일이 그런 식으로 진행될 수 있는지 이해를 못하겠다. 나의 뇌 구조 혹은 심장은 로맨스하고는 정반대로 구성되어 있는 모양이다. 나는 로맨틱하지도 않고 로맨스를 꿈꾸지도 않는다. 그렇게 생겨먹었고 그냥 그렇게 살련다.

로맨틱한 채린과는 달리 채린의 남편은 상당히 건실한 샐러리맨이다. 그는 채린의 대학 선배인데 채린은 그가 지방의 유지 아들이라고 믿었고 그래서 결혼했다, 라고 지금은 나에게 이야기한다. 전혀 로맨틱하지 않은 이야기이다. 그러나 사실 그들이 연애하는 과정은 유치찬란하고 눈물 나고 황홀한 로맨스물이 부럽지 않았다. 채린의 남편은 사실 그냥 고만고만한 집의 장남일 뿐이다. 남편이 재벌이나 왕자도 아니고 그 흔한 전문직도 아닌 탓인지 채린은 결혼하고도 갖가지 일을 했고 지금은 비디오 가게의 어엿한 사장님이 되었다.

채린은 자신의 본분은 여왕님인데 남편을 만나고 결혼하여 이렇게 되고 말았다고 생각한다. 그러나 내가 보기에는 채린이 말하는 '이렇게'가 그다지 나빠 보이지 않는다. 채린의 남편은 일단 사람이 너무 좋다. 그렇게 성격 좋고 무던한 사람을 본 적이 없는 것 같다. 하긴 내 주변에는 다들 제 잘난 맛에 사는 이들뿐인데 채린의 남편은 자신이 아주 평범한 사람이라고 생각한다. 게다가 그는 채린을 위해서는 뭐든 할 사람이고 결혼한 지 한참 된 지금까지도 채린을 얼마나 예뻐하는지 믿어지지가 않을 지경이다. 채린은 능력 없는 남편을 만난 덕분에 결혼하고도 일에서 놓여나지 못하고 있다고 말하는데 그것도 근거 없는 이야기이다. 채린이 돈을 꽤 잘 벌긴 하지만 그 돈을 버느라고 쓰는 돈도 꽤 되고 돈을 버는 덕분에 쓰는 돈도 꽤 된다. 그러니까 채린은 자신이 버는 돈은 거의 자신을 위해서 쓴다. 비디오 가게 일은 채린에게는 비싼 취미 생활일 수도 있다. 채린은 자신이 좋아하는 사랑 영화나 연애소설, 그리고 순정만화를 거리낌 없이 몽땅 구입하고 항상 그것들을 보면서 지낸다.

그렇다고 해서 채린이 특별히 심각한 문제를 일으키거나 하는 것은 아니다. 위태위태하기는 하지만 채린의 로맨스는 그녀가 즐기는 로맨스 영화나 소설, 순정만화를 실물의 인간을 대상으로 혼자서 상상하다가 운 좋으면 데이트 몇 번 하고 끝나는 선이다. 내가 아는 한 험악하고 악랄한 불륜의 수준까지는 간 적이 없다. 요즘은 꽤 잠잠했었는데 그런 채린에게 그 로맨티시즘이 다시 부활한 것 같다. 일단 나한테 전화하는 일이 부쩍 많아졌고 그 전화의 내용이 별것 없다. 채린은 내 쪽에서 묻기 전에는 먼저 털어놓는 일이 별로 없다. 그러니까 채린이 상상해서 만들어내는 그 로맨스물의 청취자가 나인 셈이다.

채린이 그렇게 자주 전화를 했음에도 나는 그동안 묵묵히 침묵을 지켰다. 이야기는 한번 시작되면 텔레비전의 일일 드라마처럼, 신문의 연재소설처럼 끝나는 날까지 거의 매일 계속된다. 그러므로 이 로맨스물의 청취는 자꾸만 지연된다. 그러나 오늘은 아무래도 채린의 이야기를 들어주어야 할 것 같다.

*

채린의 비디오 가게로 간다. 내가 가장 좋아하는 것은 책을 읽는 일이고 가끔 영화를 보기도 한다. 물론 시간이 많으니 다른 사람보다 많이 볼 것이다. 오후의 비디오 가게는 한가했다. 채린은 귀에 이어폰을 꽂고 분위기에 젖어 있었다.

—알은체 좀 하지.

나는 채린의 코앞으로 얼굴을 들이밀고는 말했다.

—이 노래 좀 들어봐.

채린이 이어폰 하나를 내밀었다.

—왜?

—잘 들어보라니까.

나는 채린이 시키는 대로 귀에 이어폰을 꽂고 노래를 듣는다.

—이 노래 있잖아. 헤어진 여자 친구를 그리워하면서 만든 곡이래. 그 여잔 정말 좋겠지.

—좋긴 뭐가 좋아. 싫어서 헤어졌을 텐데, 노래까지 부르면서 지금까지 저러니 정말 지긋지긋하겠다.

나는 귀에서 이어폰을 빼내 채린에게 돌려주면서 말했다.

—사랑한다잖아.

—그러면 그런 거지. 왜 추억까지 팔아먹고 그러냐. 그냥 조용히 노래만 불러도 그 여자는 다 알 텐데, 왜 구구절절 사연까지 밝히냐고. 그 여자가 얼마나 곤란하겠어. 나 같으면 불쾌해서 돌아버리겠다.

—그런가? 그렇게 생각하니 또 그렇기도 하네. 그래도 넌 너무 매정해.

나도 내가 매정한 구석이 있다는 건 안다. 그리고 채린 앞에서는 더 매정하게 군다. 채린의 연애 지상주의, 로맨스 지향은 지나친 데가 있기 때문이다. 누군가는 거기에

찬물을 끼얹어 줘야 한다. 그 마땅찮은 역할이 늘 나의 몫이다. 그런데 오늘은 너무 찬물을 세게 끼얹은 건가. 채린의 표정이 갑자기 처연하도록 침울해져서는 잘못 보면 결연해 보이기까지 하다. 이런. 나는 저런 표정을 딱 한 번 본 일이 있다. 채린은 자신의 결혼식에서 저런 표정을 짓고 있었다. 나중에 결혼식 사진을 보면서 내가 왜 이랬냐고 물었더니, 채린은 인생의 중대한 전환점에서 짓는 표정이라고 농담처럼 말했었다.

　─너, 진짜 무슨 일 있니?

　─응, 있어.

　바야흐로 채린의 파란만장한 멜로드라마가 다시 한 번 시작될 모양이다. 비디오 가게 문 닫을 일만 남았다. 사랑은 나이랑은 아무 관계도 없다. 그리고 관계와도 관계없다. 그러므로 남편까지 있는 내 친구 채린이 사랑을 하지 말란 법은 없다. 그리고 이번이 처음도 아니다. 하지만 처음으로 심상치 않다. 누군가의 인생에 중대한 전환점이라고 할 만한 일이 그리 여러 번 있는 것은 아닐 테지만 이십 대에 두 번씩이라면 굽이굽이라고 할 만하다. 아무 사건 없는 이십 대 후반을 무심히 보내고 있는 나는 그렇게 생각한다.

　연애가 인생을 지루하지 않게 만들 수 있는 유일한 방법이라는 채린의 견해에는 동의하지 않지만 이 세상의 모든 일을 연애하듯 하는 것이 지루하지 않다는 것쯤은 나도 알고 있다. '연애하듯'이라는 말에는 설렘과 기대가 포함된다. 하지만 설레면서 기대하는 것에는 실망할 여지도 아주 높다. 그러나 연애는 유일하지 않다. 이것이 아니라면 저것도 괜찮은 것이다. 그러므로 나는 채린의 연애를 그리 심각하게 받아들이지 않는다. 모든 연애는 결국 지나간다.

—비디오 빌려갈 거야?

—응.「정사」라고 있니?

「정사」는 저번에 만났을 때 유희가 이야기한 영화 중의 하나이다. 특별히 그 영화를 기억하는 까닭은 일단은 짧고 자극적인 제목 때문이다. 유희는 책을 거의 읽지 않는다. 영화만 본다. 그리고 자기 멋대로 영화 이야기를 나에게 들려주곤 한다. 내가 그 영화를 직접 보게 되면 유희가 말해 준 것과는 아무 상관도 없게 느껴지는 때가 많다. 영화를 보면서 혼자서 다른 영화라도 만들어내는 모양이다.

채린은 여태 이것도 안 봤냐고 이미숙과 이정재가 나오는 「정사」를 준다.

—이거 아냐?

—아냐. 해외 무슨 영화제에서 상 받은 거라던데. 프랑스 영화인가 그럴 거야.

─제목이「정사」맞아?

─그럴걸.

─잠깐만 기다려봐.

채린은 컴퓨터로 검색을 하더니 진열대로 가서 비디오를 가져다 준다.

─이거 야하니?

─모르지, 뭐.

─이건 봤냐?

이정재와 이미숙의「정사」를 가리키면서 채린이 말했다.

─아니.

─그럼, 이것도 가져가.

─왜?

─내가 좋아하는 영화야.

그렇게 해서 나는 두 개의「정사」를 가지고 집으로 돌아왔다. 채린이 언제까지 정신 못 차리고 사랑이니 연애니 로맨스 운운할까 봐 솔직히 두려울 지경이다. 나는 아무런 색깔도 없이 시간에 얽매이거나 사람에게 집착하지 않고 연애나 사랑 따위에 몰입하여 불타오르지 않고 아주 조용히 살 수 있는 인간인데 내 옆에 있는 인간들이 도무지 도와주지를 않는다. 그들의 바람은 때때로 나의 평화로운 일상을 가볍게 흔든다. 이번에도 지나가는 바람, 딱 그 정도

이기만을 제발 바랄 뿐이다.

*

유희가 말한 영화 「정사(Intimacy)」의 남자 주인공은 대머리 기가 다분한, 사는 게 더럽게 재미없다고 얼굴에 쓰인 그런 사람이다. 그 남자의 썰렁한 집을 수요일마다 찾아오는 여자는 그냥 보통 아줌마처럼 생겼다. 여자는 연극에 대한 열정만 있고 재능이 없다. 남자는 오래전에는 뮤지션이 되는 것이 꿈이었으나 지금은 음반을 모으는 것 외에는 그가 그런 꿈이 있었다는 걸 보여줄 만한 아무것도 남아 있지 않다.

남자와 여자는 순수한 섹스 파트너이다. 섹스를 마치고 잠든 남자가 먼저 깨어나 여자의 다리를 바로 놓아주고 의자에 앉아서 정말로 쿨쿨 잘 자고 있는 벗은 여자를 바라보는 장면이 기억에 남는다. 남자의 표정만으로는 신상 명세도 모르면서 만나서 단순하게 섹스만 하는 사이인 그들이 사랑하는 건 아닌가 하는 착각이 들 정도이다. 그런데 그 순간 새근새근 잠자던 여자가 황망히 일어나 옷을 챙겨 입고 나가버린다. 영화 속의 정사는 남자와 여자가 무료하고 지긋지긋한 자신들의 삶을 견디기 위해서 벌이는 수요일 세 시의 연기였을지도 모르겠다.

여자는 자신이 원하는 사람의 품에 안기는 것이 그렇게 나쁜 거냐고 묻는다. 더 이상 연극배우로서의 자신의 꿈을 이룰 수 없다는 걸 아는 여자의 '정사'를 보면서 나는 채린을 떠올렸다. 채린의 꿈이 무엇이었던가. 중학교 때부터 채린의 꿈은 결혼해서 예쁘게 잘 사는 것이었다. 그렇다면 꿈을 이룬 것인데 왜 채린은 다른 사람을 꿈꾸는 것일까. 아무튼 내가 아는 건 그 로맨스가 채린에게 활기를 불어넣는다는 것이다. 그리고 결국 끝나고 추억으로만 남을 뿐이다. 그 정도는 봐줄 수 있다. 내가 채린의 남편이 아니고 친구라서 그럴 것이다. 그렇지만 그런 단순한 바람도 채린의 남편에게 들킬까 봐 마음이 좋여진다. 그 로맨스 사건에서 나는 항상 공모자의 위치이다. 채린은 나를 핑계 대고 애인을 만난다. 채린의 남편은 나를 믿는다. 그 사실이 몹시 부담스럽다. 유희 정도는 아니지만 나도 거짓말이라면 꽤 하는 편인데 아마도 채린의 남편이 너무 착한 탓에 그런 것 같다.

나는 채린이 추천해 준 또 다른 「정사」를 본다. 영화를 보고 있는데 너무 익숙하다. 이미 본 것처럼. 다시 생각해 보니 나는 이 영화를 책으로 이미 읽었다. 영화에는 나오지 않지만 책 『정사』에는 다음과 같은 대목이 나온다.

"언니, 그런 얘기 알아? 한 사람이 아홉 번의 인생을 윤
회하면서 태어날 때마다 한 번씩 하늘이 맺어준 운명의 사
람과 만난대. 그냥 스쳐갈 수도 있고, 어쩔 땐 조금 만나다
가 슬프게 헤어지기도 하고, 그러다가 아홉 번 중에 한 번
은 꼭 사랑을 이룬대. 그런 사람을 소울 메이트라고 한대.
그런데, 신기한 건, 그 이루어질 때의 만남에서는 한눈에
상대가 자신의 소울 메이트라는 걸 느낀대."

아홉 번의 인생을 거듭 살아서 단 한 번만 명징하게 알
아볼 수 있는 사랑이 소울 메이트라면 어떤 식으로든 소울
메이트라고 생각할 수 있는 사람을 만난다는 건 대단한 행
운이 아닐까. 그것이 비록 「정사」의 여자처럼 그 모든 것
을 다 합쳐서 나라고 말하던 것을 모두 버리고 떠나야 하
는 일이 될지라도 말이다. 그리고 그건 분명히 사랑에만
해당되는 일은 아닐 것이다.
   첫 번째 「정사」의 마지막 장면에서 남자가 여자에게 말
했다. 다시 올 거라면 가지 말라고. 가지 말고 내 곁에 머
물러 달라고. 여자는 그럴 수 없다고 말했다. 재능이 없는
걸 알지만 연극배우로서의 꿈을 포기할 수 없는 여자이니

까 당연한 결과일지도 모른다. 모든 것을 거는 열정 없이는 아홉 번의 인생을 거듭 살아도 결국 아무것도 이루지 못할지도 모른다. 그러나 나는 채린이 두 번째 영화 「정사」의 여자처럼 모든 것을 걸까 봐 두렵다. 차라리 첫 번째 영화 「정사」의 여자처럼 그렇게 재미없는 이 세상을 견디는 방법으로 또는 아무것도 아닌 자신을 증명하거나 위로하는 방식으로 로맨스를 즐기기만을 바란다.

7 한 남자를 기다리는 일

　낯선 사람들로 가득 찬 카페에서 타인의 삶을 기웃거리며 나는 생각한다. 이 낯선 우주에서 내 눈앞의 오직 한 사람만이 나를 안다. 그러나 그 인간이 입을 여는 순간 여기 내가 왜 이러고 있나 싶은 생각이 든다.
　—처음 만난 여자가 아주 낯이 익다면 일단은 조심할 필요가 있거든. 예전에 내가 잤던 여자일 수도 있고, 내 친구의 여자일 수도 있고, 그것도 아니라면 어머니가 다른 여동생일 수도 있으니까.
　—미친놈.
　—이제 알았냐?
　—아니, 예전부터 알고 있었어.

—그런데 농담 아니고 아까 그 여자 어디서 본 적이 있어. 내가 어디서 그 여자를 봤을까.

　만나자마자 내 앞에서 다른 여자 이야기나 주절대는 이 끔찍한 남자가 내 유일한 남자 친구인 경이다. 정확하게는 '지금까지 살아남아 있는'이라고 표현하는 것이 옳을 것이다. 그렇지만 경에게 나는 수많은 여자 친구 중의 하나일 뿐이다. 무척이나 불공평한 관계이다. 나라고 남자라고는 저거 하나밖에 모르겠는가. 내가 책을 좀 많이 읽어서 오래전부터 남녀 관계에 관해서라면 아는 게 좀 많다. 그래서 진짜만 상대한다고 말하면 좋으련만, 내 연애는 소설 속에서처럼 그렇게 파란만장하지도 멋있지도 재밌지도 않았고, 언제나 늘 아주 한심하고 시시했다.

　하지만 연애는 어쩌면 사람하고만 해야 하는 것은 아닐지도 모른다. 우리 아버지처럼 자신의 식당에 푹 빠진 사람도 있고, 외할머니처럼 수시로 다른 것에 빠지는 사람도 있다. 그렇다면 나는 당연히 책과 사랑에 빠졌다. 그리고 그 사랑은 다른 어떤 것도 대신할 수 없도록 매혹적이고 언제나 새로운 면면을 제공해서 지루해질 틈조차 없다. 그러므로 내 눈앞의 이 한결같이 시시한 남자 친구 하나쯤은 참을 수 있다.

　경과 내 관계가 이렇게 지속되고 있는 건 우리가 서로에게 기대하는 바가 없기 때문이다. 정확히는 그의 미래와 내 미래가 아주 무관하기 때문이다. 지금보다 나은 관계를 꿈꾸지 않으며, 내가 이 정도를 하면 너도 저 정도는 해줘야지 하는 것도 없으며, 남들에게 서로를 소개시키지도 않으니 굳이 어떤 관계로 규정을 내릴 필요조차 없다. 그러므로 우리는 다소 애매모호하고 부정확하지만 친구라는 표현 외에 적당한 것이 떠오르지 않는 그런 관계이다.

경은 스스로를 야망이 있는 인간이라고 생각한다. 사실 경의 그 야망이라는 것도 잘 포장하면 썩 괜찮아 보이는데 자세히 알고 나면 시시하고 웃긴다. 경이 야망을 이야기할 때마다 나는 '야망은 실패자의 마지막 도피처'라는 오스카 와일드의 말을 떠올린다. 경은 성공하고 싶어 하고 훌륭해지고 싶어 한다. 그러나 집안, 학벌, 능력 또한 변변치 않은 경이 성공하는 방법은 이미 성공한 훌륭한 여자나 앞으로 그럴 것 같은 여자를 만나는 것뿐이다. 경은 그 사실을 누구보다 잘 알고 있다. 그래서 잘나가는, 돈 많은, 게다가 예쁘고 멋진 여자를 만나서 결혼하는 것이 경의 유일한 꿈이 되었다. 그것 말고는 꿈도 없고 희망도 없는 인간 말종이라고 말하고 싶으나 나는 경의 그 뻔뻔하기 그지없는 솔직함이 싫지 않다.

—나는 생각을 하면서 살아오지 않았어. 그냥 느낌으로

살아왔어. 좋으면 좋은 대로 싫으면 싫은 대로 그렇게 살아왔어. 복잡하게 생각 따위를 하지 않은 탓에 실수를 많이 했고 본의 아니게, 아니, 어차피 내게는 본의 따위는 없으니까, 다른 사람에게 피해를 입힌 경우도 많았어. 그렇지만 나 같은 인간이 생각을 한다고 뭐가 달라지겠어.

경이 자주 하는 말이다. 그냥 느낌대로 산다. 생각을 한다고 뭐가 달라지겠는가. 나 역시 그렇게 생각한다. 그렇게 사는 데 동조한다는 뜻이 아니라, 경의 경우 그 편이 낫다고 생각한다. 뭘 생각하는 꼴을 보지도 못했지만, 아니, 여자에 관해서는 생각을 하긴 하는데 그의 말대로 그의 생각은 아무것도 바꾸지 못한다. 생각하지 않고 그냥 움직이는 편이 차라리 낫다. 어떤 인간은 이성을 기저로, 어떤 인간은 감정을 기저로 움직인다면, 경은 야성을 기저로 움직이는 인간, 아니 동물이라고 할 수 있다.

경은 스스로는 생각이라고는 하지 않으면서, 나한테는 '어떻게 생각해?'라는 질문을 아주 자주 한다. 그 질문의 99퍼센트는 여자에 관한 것이다. 경에게는 허심탄회하게 다른 여자 이야기를 할 수 있는 여자가 나뿐인 모양이다. 그건 그러니까 경에게 미래를 고려하지 않는 여자는 나뿐이라는 뜻도 되는 것이며, 나는 절대 경이 바라마지않는 그 '잘나가는, 돈 많은, 게다가 예쁘고 멋진 여자'가 아니라는 뜻이다. 그러나 사실 여자에 대해 나는 잘 모른다. 나도 여자지만, 나는 그리 보편적인 여자가 되지 못한다는 것을 내가 제일 잘 안다. 자신이라는 거울에 비춰 얘기할 수밖에 없으나 그 거울로 나는 적당하지 않은 것이다. 그래서 나는 경에게 책 이야기를 한다. 책 속에 나오는 여자 이야기.

    작년 9월 이후로 나는 한 남자를 기다리는 일, 그 사람이 전화를 걸어주거나 내 집에 와주기를 바라는 일 외에는 아무것도 할 수 없었다.

—뭐?
—아니 에르노라는 프랑스 여자의 『단순한 열정』이야.
—단순한 열정. 나랑 딱 어울리는군.
 물론 너랑 어울리지. 열정의 질이 달라서 그렇지, 라고 생각하지만 입 밖으로 내어 말하지는 않는다. 일부러 상처를 줄 필요는 없지 않은가. 그리고 구태여 충고할 필요도 없다. 그는 나로 인해 인생을 바꾸지 않을 것이고, 나 역시 그럴 것이다.
 나는 경에게 계속 이야기한다. 아니 에르노라는 프랑스 여자의 단순한 열정을. 그녀는 그에게 전화가 올까 봐 안

절부절못하고, 그를 만나는 일만 상상하면서 온종일을 보낸다. 그녀의 모든 관심은 그를 중심으로 한다.

—나도 그런 적 있어.

—응?

—나도 그런 적 있다고. 온종일 한 여자만 생각한 적 있어.

—그 여자가 아니라 그 여자의 돈이나 뭐 그런 걸 생각했겠지. 그건 다른 거야.

—다른 건가?

물론 다르다. 아니 에르노는 남자를 생각하고 기다리고 있을 뿐, 남자를 소유할 수 없다는 걸 알고 있다. 그러나 그녀는 그 남자를 위해 온 시간을, 온 열정을 바친다. 이런 종류의 열정적인 사랑은 소설에서는 얼마든지 가능하다. 하지만 아니 에르노는 자신이 쓴 것이 허구, 그러니까 단순한 소설이 아니라고 말하고 있다. 그녀는 자신이 겪지 않은 일은 쓰지 않는다고 말한다. 아멜리 노통브의 『살인자의 건강법』의 악랄한 작가 선생 프레텍스타 타슈의 말처럼 세상에서 제일 뻔뻔한 직업이 바로 작가인지도 모르겠다. 프레텍스타 타슈는 문체니 주제니 줄거리니 수사법 같은 것들을 통해서 작가가 이야기하고자 하는 건 오로지 작가 자신이라고 했다. 작가들이 이야기하고 싶어 하는 것이 결국 자기 자신일 뿐이라면 그들은 하나같이 지독한 나르시시스트임에 틀림없다. 자신을 기록함에 충실한 사람들, 자신이 기록될 가치가 있다고 믿는 사람들.

—그래서 그 남자랑 그 여자는 어떻게 되었어?

—남자는 자신의 나라로 돌아가고 여자는 혼자 남아서 그 남자에 대한 기억을 글로 쓰고 있는 거야.

—해피엔딩이 아니군.

—꼭 그런 건 아니지. 남자의 입장에서는 지켜야 할 건 지켰잖아.

소설 속의 남자는 아무것도 약속하지 않고 받아가기만 한다. 그러고 보니 경도 그런 유형이다. 다만 지성에 대한 호기심이 전무하다는 것만 다를 뿐. 어쩌면 사랑은 상대방이 지니는 가치와는 무관한 것인지도 모르겠다. 그래서 나는 내 인생에 아무 도움도 안 되는 경을 이렇게 가끔 만나고 있는 것인지도 모르겠다. 나는 아니 에르노와는 달리 이를 '복잡한 열정'이라고 명명하고 싶다.

나는 경을 사랑하지도 않고 소유하고 싶은 욕심은 더더구나 없다. 나는 경의 욕망을 이해하고 경은 나의 무심함을 받아들인다. 전부를 가지고 싶어 하는 욕심을 버리면 싸우지 않고 각자 잘 살면서 행복할 수도 있고 이렇게 가끔 만날 수도 있다. 만나서 이러고 있는 이 시간만큼은 단

둘이 세상에 아주 단순하게 존재한다. 그것이 우리의 관계이고 우리의 시간일 뿐이다. 오로지 현재만이 존재한다. 과거도 없고 추억도 없고 미래도 없고 계획도 없다.

*

누군가를 만나고 돌아오는 길, 나는 늘 안도한다. 뭔가가 빠져 있는 듯한 삶이지만 그걸 굳이 채우려고 발버둥치지 않아도 된다는 사실을 확인한다. 그럴듯한 애인도 없이 자랑할 만한 직업도 없이 살고 있지만 나에게는 책이 있다. 추운 방에서 홀로 책을 읽으면서 지내도 누구보다 행복할 자신이 있다. 이 세상 어떤 누구보다도 행복한 표정으로 지낼 수 있을 거라고 믿는다.

내가 진심으로 원하는 걸 알고 있으므로 나머지는 의미 없다고 여긴다. 가질 수 있을 때까지 미루거나 참는 것이 아니라 그런 것들은 내게 없어도 되는 것이다.

8 어느 곳에서도 찾을 수 없는 곳

―회사 그만뒀어. 더러워서 관뒀다.

나는 유희가 그럴 줄 이미 알고 있었다.

―저번엔 지겨워서 관두고 저저번에는 치사해서 관두고 저저저번에는 시시해서 관두고.

―아, 그만해.

―더러워서 관두고는 예전에 써먹었던 거 아니니?

―아, 몰라.

―진짜 왜 관뒀어? 잘렸냐?

―내가 왜 잘려?

―잘리기 전에 관둔 거지?

―계집애. 눈치는 빨라가지고.

─이번에는 무슨 사고냐?

─음, 그러니까 이건 말이지, 개구리의 움츠림 같은 거거든.

─그게 뭔데?

─더 높이 뛰기 위해 잠시 쉬어주는 거지.

─그 잠시가 언제까진데?

─너는 그런 말할 처지가 아닐 텐데.

─그래, 나 할 말 없다.

─그럼, 밥이나 먹으러 가자.

─네가 쏘는 거지?

─야, 넌 치사하게 실업자한테 밥을 얻어먹으려고 하냐?

─퇴직금 이딴 거 없어?

─없어. 국물도 없어.

자기 내키는 대로 제멋에 겨워서 사는 여자, 내가 알고 있는 유희는 그런 여자이다. 그리고 세상 사람들이 생각하는 나도 그 범주에서 그리 벗어나지 않는다. 그러나 나는 유희보다는 부주의하지 않고 보다 용의주도하며 다행히도 눈에 잘 띄지 않는다. 유희는 학교에서와 마찬가지로 회사에서도 꽤 눈에 띄는 존재인 모양이다. 유희가 잠시라도 스치고 지나간 자리의 사람들은 모두 유희를 기억했다. 나쁜 것도 있고 좋은 것도 있었다. 그리고 그런 유희와 내가 친구라고 하면 다들 아, 그럴 것 같아요, 라는 반응을 보인다. 솔직히 불쾌하다.

나는 유희처럼 대놓고 문제를 일으키지 않는다. 나는 조용조용 살기를 원한다. 그러나 유희의 옆에 있으면, 그것이 쉽지 않다. 고등학교 때부터 그랬다. 수학 시간이었다. 미친개란 별명의 수학 선생은 아이들에게 문제 풀이를 시키고 문제를 못 풀 경우 자기가 들고 있는 몽둥이에 아이들 스스로 머리를 부딪치는 벌을 내리곤 했다. 몽둥이를 휘두를 가치도 없다는 뜻이었다. 그냥 한 대 맞는 것보다 모욕적이어서 아이들은 몹시 싫어했고 그 미친개는 그 짓거리를 아주 재밌어했다. 그날 아이들은 연거푸 문제를 풀지 못하고 미친개의 몽둥이에 스스로 머리를 부딪치며 나가떨어졌고, 그 미친개 수학 선생은 마침내 유희에게 문제를 풀라고 지시했다. 그 당시 유희의 성적은 전교 1, 2등이었고 유희가 풀 수 없는 문제가 아니었다. 그러나 유희는 그 문제를 풀지 않았다. 심지어 분필조차 들지 않았다. 수학 선생은 문제를 풀지 않은 유희에게 몽둥이를 향해 머리를 받을 것을 지시했으나 유희는 꿈쩍도 하지 않았다. 참다못한 수학 선생은 몽둥이로 유희를 때렸다.

유희로부터 시작된 문제 풀기의 거부 사태로 우리 반 아이들 모두가 칠판 앞으로 불려나갔으나 더 이상 아무도 문제를 푸는 시늉조차 하지 않았고, 결국 우리 모두는 교무실 복도에 꿇어앉아야만 했다. 교무실 복도에 꿇어앉아서 멍이 든 얼굴로 유희는 아이들에게 무슨 영화 이야기를 해주었다. 유희가 어찌나 이야기를 재밌게 하는지 우리는 벌을 서고 있는 건지 놀이를 하고 있는 건지 헷갈릴 지경이었다.

유희는 재주가 많은 인간에 속하지만 참 알 수 없는 재능이 있었다. 그것은 자기가 본 것을 이야기해 줄 때 본래의 사실보다 훨씬 재미있고 흥미진진하게 한다는 것이다. 나도 사람들에게 책 이야기를 가끔 하지만 내 전달 능력은 지극히 사실적이다. 내 기억력은 아주 정확하고 내 의견은 객관적이다. 그러나 유희는 근본적으로는 같은 이야기를 매우 다르게 이야기한다. 유희가 해주는 영화 이야기에 빠져들다 보면 악한은 아주 매력적이 되기도 하고 착한 주인공은 바보 멍청이가 되기도 한다. 그리고 아무리 훌륭한 영화도 유희의 모노드라마보다 재미가 없다.

그날 유희는 때로 웃으면서 때로 울면서 우리에게 영화 이야기를 해주었지만 사실 그날 유희의 상태는 그다지 좋지 않았다. 미친개의 폭력으로 유희는 팔과 다리에 골절상을 입었고 얼굴의 멍이 오랫동안 색깔을 바꾸면서 자리를 지켰지만 유희는 꿋꿋하게 학교에 나왔다. 그 수학 시간

이후 우리는 더 이상 미친개가 든 몽둥이에 머리를 스스로 부딪치지 않아도 되었지만, 달라진 건 별로 없었다. 미친개는 여전히 우리의 수학 선생이었다. 누군가는 다치고 누군가는 퇴학을 당하고 누군가는 스스로 학교를 걸어나가도 학교는 그 자리에 서 있었다. 늘 제자리걸음이거나 어떤 면에서는 더 한심해지거나 악랄해졌을 뿐이었다.

학교에서 늘 자고도 항상 전교 1등 아니면 2등이었던 유희의 공부 비결을 아이들은 늘 궁금해했다. 유희는 그 아이들에게 이런 말을 하곤 했다. 내가 다른 걸 잘할 수 있으면 공부 안 한다고. 이를테면 다리가 예쁜 반 아이에게는 내가 너처럼 다리가 예쁘면 공부 안 하고 모델 하겠다고 했고, 만화를 좋아하는 반 아이에게는 내가 너처럼 만화를 잘 그리면 수학 문제 풀 시간에 만화 한 컷 더 그려보겠다고 했다. 그건 물론 유희에게도 해당되는 바였다. 그래서 그렇게 말하는 유희 앞에서 내가 웃기지 말라는 투로 얘기를 하면 유희는 또 이렇게 얘기했다.

—세상에서 제일 쉬운 건 시험이야. 다섯이나 넷 중에 하나를 고르거나 머릿속에 떠오르는 단어나 문장을 말하는 거잖아. 난 아무것도 이해한 적 없어. 그냥 머릿속에 저절로 들어가 있어서 줄 긋기가 된 것뿐이지. 이를테면 내 머리는 줄 긋기를 아주 잘하는 기계 같은 거야.

'세상에서 제일' 뭐뭐한 것이라는 표현은 유희가 아주 자주 쓰는 표현이다. 물론 나는 세상에서 제일 쉬운 것이 시험이라는 데는 동의할 수 없었다. 하지만 유희에게 세상에서 제일 쉬운 것이 시험인 것만은 틀림없었다. 유희는 심지어 시험 시간에도 자곤 했는데, 그래서 유희의 뒷자리에 앉은 아이는 시험 종료 10분 전에 유희를 깨우곤 했다. 그러면 자다 일어난 유희는 치던 시험을 마무리하곤 했다.

 학교라는 공간은 우리의 우열을 갈라놓았고 아이들은 여전히 쓸데도 없는 많은 것들을 학교 수업을 통해 배우고, 알아서 좋을 것 없는 악랄한 경쟁의 법칙들을 학교를 통해 일찍이 체득하고 있다. 그리고 세상도 학교랑 그리 다르지 않다는 걸 이제는 안다. 백이면 많은 것들이 손쉽게 해결되고, 돈이면 안 되는 것이 없으며, 쌈 잘하고 목소리 큰 인간들이라면 다들 슬슬 피해 다닌다. 어쩌면 우리는 아직도 여전히 세상이라는 학교와 대항하는 아이들일지도 모른다. 그것도 이미 열등생으로 찍혀 가망이 없어진. 그 지옥을 이기는 방법으로 나는 책을 택했고 유희는 잠을 택했는지도 모르겠다.

 유희가 학교에 와서 자는 건 학교에서 배울 것이 없어서였기도 했지만 밤마다 영화를 보았기 때문이었다. 사실 책이야 어떤 시간, 어떤 곳에서 보아도 상관이 없는 거지만 영화는 자유롭게 아무 때나 어느 곳에서든 볼 수 있는 것이 아니지 않은가. 그 점에서 책을 좋아하는 내가 영화를 좋아하는 유희보다 몇 배나 유리했다.

담임선생의 책상이나 교탁 위에 앉아서 반 아이들을 모아놓고 영화 이야기를 떠들던 유희. 수업 시간 대부분 잠만 자거나 자습 시간에 혼자 사라지곤 하던 유희. 유희는 확실히 문제아였다. 그럼에도 불구하고 그 문제들이 모두 덮일 수 있었던 것은 유희가 학교가 가장 인정할 수밖에 없는 그 공부를 잘했기 때문이었다. 유희는 자신이 가장 잘할 수 있는 것을 알고 있었고 그것으로 다른 모든 문제를 무마시켰던 것이다. 원하지 않는 것으로 원하는 것을 얻는 방법을 유희는 그때 알고 있었다.

유희는 학교에 다닐 필요도 없었고 학교에 가지 않는 편이 나은 아이였다. 어쩌면 지금도 같은 상황일지도 모르겠다. 회사를 그만두는 것이 옳을 것이다. 그러나 그 다음은, 그 다음은 어찌한다는 말인가. 나와 마찬가지로 유희도 꿈이 없다. 우리의 유일한 꿈이라면 나는 하루 종일 빈둥거리면서 책을 읽는 것이고 유희는 영화를 실컷 보는 것이다. 생산자로서의 꿈이 아니라 소비자로서의 꿈이다. 그러기 위해서는 돈을 벌어야 한다. 책 볼 시간, 책을 살 돈, 영화 볼 시간, 영화 티켓을 살 돈을 구하기 위해 우리는 일해야 하는 것이다. 그러므로 직업은 우리 인격의 어떤 부분도 반영하지 않는다. 그런 일을 목숨 걸고 열심히 하는 인간들이 한심하기 그지없다고 늘 생각한다.

*

어쨌든 유희는 퇴직금은 받지 못했으나 마지막으로 일한 월급도 나올 것이고 통장에 아직도 돈이 남아 있으니 걱정 없다고 했다. 그러므로 밥도 자기가 사겠다고 했다. 그러나 나는 유희를 데리고 아버지 식당으로 갔다.

유희는 우리 아버지 식당의 음식을 매우 좋아한다. 그리고 우리 아버지도 유희를 좋아한다. 내 친구 중에는 유희가 겉으로 보기에는 제일 멀쩡하다. 알고 보면 제일 이상하지만 말이다. 유희는 우리 아버지 앞에서 좋은 집안에서 잘 자란 교양 있는 여자 아이의 역할을 잘도 한다. 타고났다.

아버지는 나한테 유희 같은 친구가 있는 것이 신기하다고 했다. 우리 아버지는 나에 대해서 아주 냉정하도록 객관적인 것만큼은 틀림없다. 보통 부모님들처럼 자기 자식만 특별한 줄 아는 사람은 아닌 것이다. 다행이다. 그 점에서는 유희도 매우 다행일 것이다. 유희의 부모는 지나칠 정도로 유희의 일에 상관하지 않는다.

유희는 대학에 들어가자마자 집에서 독립했다. 독립했다는 표현보다는 사실 집에서 쫓겨났다는 표현이 맞을 것이다. 유희의 부모는 키워줄 만큼 키워줬으니 이제는 둘이 살고 싶다면서 유희에게 있을 집을 구해 주고 대학 4년 동안의 등록금과 용돈, 거기에 플러스알파의 돈을 한꺼번에 주고는 알아서 살라고 했다. 그 이후로 유희는 혼자서 살았다. 가끔 집에 가기도 하지만 그렇다고 집에서 김치며 반찬 가지를 챙겨오는 상황은 아니었다. 그래서 나는 지금도 가끔 우리 집, 정확히는 우리 식당 김치며 반찬을 유희에게 갖다 주기도 한다. 유희 부모는 그렇게 한 이후로는 일까지 줄이고 진짜 둘이서만 즐겁게 잘 지낸다고 한다.

유희가 말하기를, 유희의 존재는 부모의 실수였다고 한다. 무슨 말인고 하니, 그들은 처음부터 결혼 같은 거 영원히 할 생각이 없는 사람들이었는데, 실수로 유희를 임신하는 바람에 제도로서의 결혼을 하지 않을 수 없었다는 것이다. 그러니까 유희의 부모는 원래의 인생 계획을 유희를 위하여 20년이나 미룬 것이다. 대단한 희생이지 않니? 라고 유희는 웃으며 내게 말했었다. 비웃음 비슷하기도 했고 슬픔 비슷하기도 했는데 그 감정의 정확한 정체는 잘 모르겠다.

유희는 세상에서 제일 맛있다는 말을 연발하면서 된장찌개와 김치찌개에 번갈아 숟가락을 담그고 있다. 된장찌개와 김치찌개 둘 중 하나는 분명 내 몫인데 두 개 다 제 것인 양 감탄하면서 잘 먹어대고 있는 유희를 보자니 신기할 지경이다. 나로서는 이해할 수 없는 일이지만 어쩌면 유희처럼 부모가 있긴 있으나 너무 바쁘거나 이기적이어서 자식을 위해서 저런 된장찌개나 김치찌개를 해줄 수 없는 사람들이 점점 늘어나서 아버지 식당이 호황인 것 같기도 하다. 아버지의 찌개에 들어가는 된장이나 김치, 그리고 밑반찬까지 모두 직접 만든 것이고, 모두들 하나같이 입을 모아서 꼭 집에서 먹는 것 같다. 엄마가 해준 것 같다고 말하지만, 그들은 처음부터 그런 음식은 먹어본 적도 없거나 이제 다시는 엄마가 해준 집 음식 같은 건 먹을 수 없는 사람들일 것이다. 그리고 애석하게도 나는 엄마가 해준 음식 맛 같은 걸 알 수가 없다. 그들이 모두 입을 모아 집에서 먹는 것 같다는 아버지 식당의 음식도 아버지 식당에서만 존재하는 일의 결과물일 뿐 그건 나에게는 우리 집 음식이 아니기 때문이다.

—그렇게 맛있냐?

—진짜 너무너무 맛있어. 비결이 뭐래?

─그걸 내가 어떻게 알아? 비결이 있기나 있는 건지도 모르겠다.

─진짜 너도 몰라? 알면 나 좀 가르쳐줘.

─가르쳐주면 어쩌려고? 알았으면 내가 벌써 팔아먹었다.

─아버지 이 식당 네가 물려받아야 하는 거 아냐?

─물려받아? 물려줘야 물려받지.

─아니야?

─그래.

─왜?

─우리 아버지가 누군데 이걸 날 주냐?

─그럼 누구 주는데?

─모르지.

─안 돼.

─뭐가 또 안 돼?

─이 식당 꼭 네가 물려받아야 돼. 그래야 내가 계속 이렇게 맛있는 음식을 먹지.

─내가 안 물려받아도 이 식당은 여기 그대로 있을 거니까, 걱정하지 말고, 밥이나 먹어.

─그래도 그건 다르단 말이야. 음식 맛은 손맛이라는 말이 괜히 있는 줄 아니? 네가 해야 이 맛이 계속 이어진단 말이야.

―음식 솜씨가 무슨 유전자인 줄 아니?

―그런 거 아닌가?

식당 집 딸로 잔뼈가 굵은 나인데 어찌 요리를 못하겠느냐고 말하고 싶지만, 나는 요리에는 그다지 소질이 없는 듯하다. 아니, 관심이 없다는 표현이 더 맞다. 나 혼자서 먹고사는 데는 요리 솜씨까지는 필요 없다. 아버지 정도의 요리 솜씨는 더더구나. 그 요리 솜씨 때문에 아버지 팔자가 이 모양인 거 아닌가. 다른 말로 하면 그 덕분에 잘 먹고 잘 사는 것이지만. 아버지가 물려줄 리도 없지만 나는 이 식당을 물려받을 생각이 없다. 이 식당은 아버지의 인생이다. 나는 그런 크고 무거운 것을 짊어지고 살고 싶지는 않다.

*

아버지 식당에서 밥을 먹고 유희와 함께 우리 집에 왔다. 맥주 한잔 마시는 데 쓸데없이 돈을 쓰고 싶지 않아서 둘이서 할인 마트에 가서 맥주와 안주 몇 가지를 샀다. 비어 있던 싸늘한 집은 유희의 열기로 달아오른다. 사람 하나 보탰을 뿐인데 집 분위기가 순식간에 달라진다.

맥주를 마시면서 유희가 말한다.

—미움 받지 않고 적당히 좋은 게 좋은 거지 하면서 사는 게 뭐 어렵겠니? 적당히 일하고 주는 돈 받으면서 남들 하는 것처럼 그렇게 하면서 살면 되는 거지.

유희는 어디 가서도 미움 받을 타입은 아니다. 유희 자신이 아는지 모르는지 잘 모르겠지만 유희는 일단 생긴 것 덕을 좀 본다. 얼핏 보면 착하고 순하게 생겼다. 그 외모 덕이 3개월은 간다. 유희가 이상한 짓을 해도 사람들은 실수를 하는 거라 믿고 싶어 한다. 하지만 그건 대부분 실수가 아니라 명백한 고의다.

—그런데 뭐가 문제라서 자꾸 회사를 그만두고 그러냐?

—막상 그렇게 살다 보니까 왜 사는지 모르겠다는 생각이 자꾸 든다. 굳이 살려고 노력할 필요도 없잖아. 싸워서 이길 것도 없고 참고 견뎌서 얻을 것도 없고 그냥 내버려 두면 그렇게 시간이 지나가고 나이를 먹는 게 전부인데.

—그렇게 사는 게 뭐 어때서 그래?

나는 싸워서 얻는 것이 있는 인생이 바람직한 거라고 생각하지 않는다. 이기고 싸우고 얻으면서 사는 걸 좋아하는 사람도 있을 것이다. 그런 사람이 정치가도 되고 군인도 되고 혁명가도 되어서 자신이 세상을 변화시킨다고 믿을지도 모르겠지만 세상은 그런 사람 때문에 변하는 게 아니다. 그 사람들이 세상을 변화시키겠다고 목소리를 높이고 사고를 칠 때, 그럼에도 불구하고 아무렇지도 않게 하루하루를 살아내야 하는 사람들 덕분에 세상은 그나마 괜찮은 지경으로 지켜진다. 도무지 벗어날 길 없는 궁지로 스스로를 몰아넣는 것이 더 근사하다고 생각하는 사람들, 자기가 아니면 이 위대한 일을 해낼 사람이 아무도 없다고 믿는 사람들, 그 사람들은 그 사람들 나름의 인생이 있을 테니까 꼭 그러겠다면 말리고 싶은 생각은 없다. 그러자면 나 또한 유치하고 피곤한 인생을 살아야 하니까.

　—오늘과 내일이 그리 다를 것도 없는 삶을 살면서도 이 정도면 괜찮다고, 나쁘지 않다고 스스로를 위로하면서 사는 것보다는 힘든 상황에서도 조금씩이라도 앞으로 나아가고 싶은 곳이 있는 삶이 낫고, 그저 묵묵히 견디고 참아가면서 사는 것보다는 단번에 부수어버리고 떠날 수 있는 삶이 낫다고 생각해.

　돌이켜보면 유희는 싸움질에 꽤 소질이 있었다. 학교에서는 선생과 싸웠고 회사에서는 상사와 싸웠고 승차 거부한 택시 기사와 싸운 적도 있었고 식당을 운동장인 양 뛰어다니는 버릇없는 아이 야단치다가 그 아이 부모와 싸운 적도 있었다. 도대체 이번에는 또 무엇과 싸우려고 하는 것일까.

―넌 네가 인정하는 삶을 살면 되는 거잖아. 안 그래?

　―그래, 내 스스로가 인정할 수 있는 삶. 그건 이를테면 그런 걸 거야. 만약 내가 타고 있는 배가 타이태닉처럼 난파된다면 나는 사람들을 밀쳐 내면서 제일 먼저 구조선으로 달려가고 싶지는 않아. 살아남아서 반드시 해야 할 일이나 만나야 할 사람이나 지켜야 할 약속이 있는 건 아니니까. 내가 살아남아야 할 이유 같은 건 없을지도 몰라. 하지만 우연이든 실수든 내가 선택되고 구조선에 타게 되어 결국 살아남게 된다면 내 자리에 타지 못해서 죽었을지도 모를 다른 사람들을 생각하면서 죄책감으로 괴로워하다가 아무것도 못하면서 살지는 않을 거야. 그 모든 걸 다 기억하면서도 꿋꿋하게 살아갈 수 있어야 한다고 생각해. 그 사람들 대신 혹은 그 사람들 몫까지 하며 살 필요까지는 없어. 내 몫만이라도 제대로 챙기면서 내 인생만이라도 제대로 누리면서 살아야 한다고 생각해. 살아야 한다면 그렇게 살아야 해.

　이런 말 할 때의 유희는 다른 사람 같다. 술에 취해서 그런 것일까. 내일이면 아마 자신이 저런 말을 했는지도 잊어버릴 것이다. 그러나 나는 유희의 저 말들을 모조리 다 기억할 것이다. 그래서 유희를 버릴 수 없고 유희를 비난할 수 없을 것이다. 그리고 유희와 그리 다르지도 않으면서 저런 잠깐의 반성이나 결심조차 하지 않는 나조차도 무조건 용서할 것이다. 더 이상은 추락할 곳도 없다. 왜냐하면 나는 올라간 적이 없기 때문이다. 게다가 실패도 모른다. 무얼 바라고 희망해야 실패란 것도 있는데 그런 적이 없다. 그런 적이 있을지도 모르겠지만 너무 오래되어 기억도 나지 않으니 없는 것과 마찬가지다.

*

언제 심각했었나 싶은 얼굴로 유희는 텔레비전을 틀고 리모컨으로 채널을 이리저리 돌리고 있다. 그러다가 어떤 채널에 멈추고는 말했다.

—너, 서기 닮았다.

—서기?

—저 여자 말이야.

유희가 가리키는 텔레비전에서는 오래전의 영화가 방송되고 있었다. 치렁치렁한 긴 검은 머리의 여자가 익숙하다.

—저 영화 우리 같이 보지 않았니?

—오. 기억력 좋은데. 「밀레니엄 맘보」잖아.

그렇게 말하고는 유희는 맥주를 가지러 일어섰다. 유희

는 벌써 잊은 모양인데 저 여자, 서기를 닮은 건 내가 아니고 유희이다. 한때 유희는 서기를 닮았다는 소리를 꽤 듣고 다녔다. 아마도 머리 모양 때문인 걸로 추측된다. 유희는 머리 모양만 바꾸면 누군가와 닮았다는 소리를 듣던 시절이 있었다. 단지 머리 모양 때문에 유희가 닮았다는 소리를 들어야 했던, 한 시대를 풍미한 미녀들이 어디 한 둘이랴. 세상 사람들이 인정해 마지않는 대다수의 미녀들은 대개 유희처럼 창백한 하얀 얼굴에 커다란 눈과 호리호리한 몸매를 가졌다. 그러나 이제 유희는 더 이상 어느 누구와도 닮았다는 소리를 듣지 않는다. 머리 모양과 상관없이 자신만의 얼굴을 갖게 된 것일까.

텔레비전을 보면서 멍하니 맥주를 마시며 밀레니엄이 온다고 호들갑을 떨던 시절을 무심히 떠올리고 있자니, 고등학교 때의 어떤 하루, 어떤 순간, 어떤 말이 생각났다. 그때 내가 유희에게서 들은 말은 지금까지 살아오면서 들은 말 중에 제일 황당했다고 해도 과언이 아니다.

유희가 내게 말했었다.

—우리 쌍둥이 할래?

말이 되는 소리인가. 쌍둥이라니…… 형제나 자매가 없는 유희가 나와는 달리 외로움을 많이 느끼는 타입이었는지도 모르겠다는 생각이 이제는 좀 들기도 하지만, 그때 내 나이는 열일곱 살이었고 유희의 그 말은 정말 어이가 없었다. 유희는 중학교 때 자기 반에 쌍둥이인 친구들이 있었는데 그 애들이 그렇게 부러울 수가 없었다고 했다.

—뭐가 부러운데…….

—일단 말이야. 걔들은 다른 사람에게 서로를 말할 때 이렇게 불렀어. 우리 누구누구 하고 말이야.

—그게 뭐야?

—그러니까 너랑 내가 쌍둥이라면 나는 너를 다른 사람에게 얘기할 때 우리 서연이라고 부르는 거지.

—꼭 쌍둥이어야 하는 거 아니잖아. 지금도 그렇게 부르면 되잖아.

—진짜 그렇게 불러도 돼?

나는 아차, 실수했다 싶었다. 우리 서연이라니. 게다가 내가 '우리 유희'라고 부르는 걸 상상해 보니 그야말로 소름이 쫙 돋을 지경이었다. 그 말이 씨가 되었는지 유희와 나는 언젠가부터 둘이 쌍둥이 아니냐는 얘기를 자주 듣게 되었다. 그것도 아마 머리 모양 때문일 것이다. 언젠가부터 유희와 나는 머리카락을 그냥 치렁치렁 기르기 시작했다. 나는 미용실에 가는 돈도 아깝고 귀찮아서 그냥 내버려 둔 것인데 어쩌면 유희도 그리 다르지 않았을 것이다. 사실 나로서는 겉모습이야 유희를 닮았다면 기분이 그리

나쁠 일은 아니었지만 그 이상한 행동거지를 보고 닮았다고 하는 거라면 그야말로 문제가 크지 않을 수 없었다.

유희는 나와 쌍둥이가 되고 싶어 했지만 유희와 쌍둥이가 되고 싶어 했던 여자 아이는 따로 있었다. 유희에게는 어릴 적부터 친구인 S가 있었다. 유희는 나에게 S의 이야기를 자주 했었다. S도 나처럼 책을 좋아한다고 했으며 둘이 만나면 아마도 좋은 친구가 될 수 있을 거라고 유희는 말하곤 했다. 그래서 내가 S에 대해서 호기심이나 관심을 갖게 되었다면, 그건 거짓말이다. 나는 사람에게 관심을 갖는 그런 종류의 인간은 아니다. 물론 호기심이 많고 오지랖이 꽤 넓은 인간이긴 하지만 그건 대부분 나와 상관없는 세계에 관한 것이었다. 그러니까 유희가 S에 관해서 '너처럼' 혹은 '너와 닮았다.'라는 표현을 쓰지 않았다면 나는 S를 궁금해했을지도 모른다.

S를 처음 만난 것은 대학 입학시험을 치르고 난 후였다. S는 몹시 창백하고 하얀 얼굴을 가지고 있었고 머리는 사내아이처럼 짧게 커트를 하고 있었다. 미소년 같은 외모였다. 유희의 표현대로 S도 나처럼 책을 좋아하고 많이 읽긴 했으나 그 책은 내가 읽는 것과는 종류가 전혀 다른 것이었다. S가 읽는 책들은 고전이었고, 현대의 소설가 책은 거의 읽지 않는 것 같아 보였다. 그리고 대학에 가서 가끔

만나면서 어깨 너머로 본 그녀의 책들은 마르크스, 그람시, 헤겔, 엥겔스, 데리다의 것이었다. S는 무엇이든 최선을 다했고 언제나 열심히 했다. 그 점이 어떤 면으로는 분명 천재적인 유희나, 범재 수준이 아니라 아예 재능이라고는 없는 나에게는 도무지 찾을 길이 없는 S만이 가진 어떤 것이었다.

그 시절 자연과학 전공에 어려운 책 좋아하는 S, 경제학 전공에 영화 좋아하는 유희, 사회과학 전공에 소설 좋아하는 나는 아무런 공통점도 없었지만 가끔 함께 만났다. 유희나 나는 괴로워하지도 않았고 바라보지도 않았고 지나쳐가기만 했던 순간, S는 멈추어 서서 바라보고 괴로워하다가 마침내 뛰어들었다. 유희나 나는 S를 이해할 수 없었다.

*

그건 10년 전인 2001년의 일이었다.

「밀레니엄 맘보」가 끝을 향해 가고 있다. 유희와 나는 계속해서 맥주를 마셨다. 마침내 마지막이다. 우리는 아무

말 없이 잔을 마주친다. 하지만 이제는 '위하여'라고 소리 칠 만한 것이 없다. 그래도 마지막 잔까지 모두 마셔버려 야 한다. 있는 것은 모두 써버려야만 한다. 아무것도 남겨 두지 않아야 한다. 지금 있는 것의 의미가 내일도 오늘과 같지는 않다. 누군가의 죽음 이후 우리는 그렇게 생각하게 되었다.

S가 떠난 후 나는 잠이 오지 않는 날이면 아주 어려운 책들을 읽었다. S가 읽었고 S가 읽을 책들. 나에게는 한 문장을 이해하기에도 역부족이었다. 나는 그런 문장들을, 전혀 이해할 수 없는 문장들을 큰 소리로 리듬감 있게 읽 어 내려갔다. 그리고 그런 책들 속에서 어떤 특정 단어를 찾아내곤 했다. 그러면 마음이 평온해지곤 했다.

유토피아(utopia)라는 말은 희랍어 'ou topos'(no place)라는 말에서 기원한다. 어느 곳에서도 찾을 수 없는 곳이라는 뜻이다. 사람들이 묘사하고 설명하는 아름답고 질서 정연하고 모든 사람들이 자유롭고 평등하고 그래서 행복하기까지 한 세상은 사람들의 상상에서만 존재할 뿐이 다. 그것은 단지 미래를 표현할 뿐이며 순수한 이상을 구 체화하고 있을 뿐이다. 그러므로 우리가 살고 있는 현재 세상에는 유토피아는 존재하지 않는다.

유토피아는 잘못된 기존의 세상을 상상력을 동원하여 재건하는 것이다. 그렇다고 해서 제멋대로 상상해도 좋다는 의미는 아니다. 상상에 의해 세상을 재구성하더라도 현실과 관련이 있어야 한다. 이상향은 인간 생활에서 실제로 잠재성이 있고 가능한 것을 반영해야 하는 것이다. 그렇지 않으면 그저 망상에 불과할 뿐이다.

사람들이 그려내고 상상하는 유토피아는 현재에 대하여 그 무엇을 이야기한다. 현재의 상황을 가능한 것에 비추어 보면 현재의 잘못된 점과 한계를 알아내기가 쉽다. 건강한 정신 상태가 어떠한 것이라는 것을 잘 알 때 분열증이나 편집증 환자를 이해하기가 쉬운 것과 마찬가지이다. 어떤 것이 잘못되고 무엇이 틀렸는지를 알아야 우리는 이 현실을 바로잡고 우리가 희망하는 그 유토피아에 가까이 갈 수 있다. 주어진 현실을 올바르게 인식해야만 현실에서 가능한 이상을 재건할 수 있다.

유토피아적인 비전에 의하여 재건하는 세상은 인간과 이 세상에 대한 진실을 담고 있다. 그렇다고 해서, 이것이 단순한 의미에서 경험적 진실을 담고 있지는 않다. 그러나 유토피아는 우리가 이룩할 수 있는 완전성에 대한 진실을 전하려고 한다. 유토피아는 인간이 달성한 것보다는 인간이 앞으로 이룰 수 있는 것을 말하려고 하는 것이다.[1]

그런 문장들을 되풀이해서 큰 소리로 읽고, 때로 유토피아 같은 단어를 희망으로 바꾸어보고는 했다. '그러므로 우리가 살고 있는 현재 세상에는 '희망'은 존재하지 않는다. …… '희망'은 잘못된 기존의 세상을 상상력을 동원하여 재건하는 것이다. …… 사람들이 그려내고 상상하는 '희망'은 현재에 대하여 그 무엇을 이야기한다. …… '희망'은 인간이 달성한 것보다는 인간이 앞으로 이룰 수 있는 것을 말하려고 하는 것이다.' 그 시절의 소소한 희망들은 모두 잊었다. 그때나 지금이나 내 유일에 가까운 희망은 편안하게 책이나 마음껏 읽으며 사는 것 뿐이다. 그리고 그것은 점점 유토피아가 되어가고 있다. 불가능하다는 뜻의 유토피아. 뭔가 해야 한다.

1) Thomas Arthur Spragens. Jr., *Understanding Political Theory*, St. Martin's Press: New York, 1976.

9 미리 알고 있었던 것처럼

주유원으로 일하기 시작했다. 심야에 주유소에서 일하는 건 처음인데 그리 나쁘지 않다. 이 시간에 나 외에도 두 명이 더 있다. 할아버지들이다. 한밤에는 손님이 많지 않아서 책을 읽기에도 그리 나쁘지는 않다.

대부분의 사람들은 내가 검소하거나 가난하다고 생각한다. 검소하거나 가난하거나 사실 그게 그거이긴 하지만. 그러나 나는 그들이 생각하는 것만큼 가난하지 않다. 그들이 생각하는 것보다 나는 훨씬 풍족하다. 그렇다고 무슨 위로가 되겠느냐마는 아무튼 그렇다는 얘기다. 지금 가진 것으로도 충분하며 앞으로 가질 수 있는 것도 있다. 그렇지만 나는 일한다. 남들이 보기에 하찮은 일을. 편의점에서 야간 아르바이트도 하고, PC방에서도 일하고, 대형 마트의 캐셔로도 일한다. 지금도 이렇게 주유소에서 아르바이트를 하고 있다. 그 정도의 돈으로 해결될 만큼 내 삶은 간소하다. 사실은 돈을 쓸 일이 거의 없다. 나는 취미도 없고, 만나는 사람도 지극히 제한적이다. 내가 돈을 쓰는 것은 유일하다. 책을 사는 것.

자신이 돈이 많다고 떠들고 다니는 사람들도 있겠지만 나는 그렇지 않다. 기본적으로 나의 돈들은 전부 내 돈이 아니다. 내 아버지의 돈이다. 살아 있는 동안 나는 그가 내게 물려준 돈을 가능하면 쓰지 않을 생각이다. 아버지 집에 사는 것만은 하는 수 없다. 겨우 이 정도의 능력밖에 물려주지 않고서, 나를 이 세상에 태어나게 한 사람이니까, 그 정도쯤은 이용해도 괜찮다고 생각한다.

나는 이 세상에서 가장 하찮은 부류의 사람이지만, 상관없다. 애초부터 내 삶의 방향은 부나 명예와는 거리가 멀었다. 나는 아주 조용히 이 초라한 도시 한 모퉁이에서 점점 더 가벼워지고 있음을 즐긴다. 어떤 사람에게는 그것이 추락의 공포일지 몰라도 나에게는 일상이다. 나는 희망이 없다. 아니, 있긴 있으나 단순하다. 그러므로 두려울 것이 없다. 나는 잃을 것이 거의 없다. 나는 가볍고 의미 없고 비생산적이다. 그리고 나는 그런 내가 마음에 든다.

*

미끈하게 잘빠진 외제 차 한 대가 다가온다. 당연한 일
이지만 주유소에서 일하게 되니 차를 자주 보게 되고 또
유심히 보게 된다. 나는 운전면허도 없고 앞으로 차를 갖
게 될 것 같지도 않지만 가끔은 저런 차 한 대 있는 것도
나쁘지 않겠군, 하는 생각이 들게 만드는 차가 있다. 작고
낮은 스포츠카. 아마도 아주 비싸겠지.

―얼마나 넣어드릴까요?

―꽉 채워주세요.

―네, 알겠습니다.

운전을 하고 있는 사람은 남자이고 그 옆에는 여자가 앉
아 있다.

―카드 그 옆에 있어.

이렇게 말한 건 여자이다. 남자는 카드를 찾아서 내게
건넨다. 카드를 넘겨받으면서 보니 아는 얼굴인 거 같기도
하다. 단골손님인가. 저런 비싼 차는 대충 기억을 하는데.
아, 그 남자였다. 내게 책을 팔았던 남자. 이렇게 좋은 차
를 몰고 다녀. 다시 봐야 하는 건가. 아니지. 여자 차인가.
보기보다는 재주가 좋은데. 이런 걸 재주라고 여기는 건
분명 경의 영향이다. 그것도 나쁜 영향.

카드를 넘겨주고 여자가 영수증에 사인을 하는 동안에 그가 나를 바라본다. 나를 알아본 것인가.

—여기서 일하는 거요?

—네, 보시다시피.

그는 옆자리 여자가 사인한 영수증을 나에게 돌려준다. 그리고 휑하니 사라졌다. 한밤의 주유소에서 나는 다시 책을 읽는다.

오래전부터 나는 이 순간을 기다려왔다. 이제 나는 내가 받았던 것을 되돌려줄 것이다. 어쩌면 나는 스스로 깨닫지 못하면서도 언젠가는 이런 순간이 오도록 하기 위해 그 모든 노력을 기울여왔던 것인지도 모른다. 시몬느는 이렇게 될 줄 미리 알고 있었던 것처럼 우연이란 없다고 입버릇처럼 말하곤 했던 것이다.

오늘 일이 다 끝나기 전에 아마도 르 클레지오의 『황금 물고기』를 다 읽을 수 있을 것이다. 다음으로 읽을 책은 아직 생각하지 않았다. 나는 읽고 싶은 책이 아주 많지만 그것에 관해 특별한 계획을 갖고 있지는 않다. 그래서 그 순서는 무작위이다. 그러나 때로는 무작위로 선택되는 책이 마법처럼 내 상황과 맞아떨어지거나 내 소소한 고민을 해결해 주기도 한다. 분명 내 스스로 발견해 내는 것이겠지만 어떤 때는 그 책이 나를 찾아온 것만 같은 때가 있다.

*

『연인』을 입수했던 그날 남자에게 넘겨받았던 책 중의 한 권이 생각났다. 읽고 또 읽지만 세상에는 언제나 내가 읽어야 할 책들이 넘쳐 난다. 나는 일을 마치고 집에 돌아오자마자 그 책을 찾아 온 방을 뒤진다. 넓다면 꽤 넓은 집인데도 불구하고 내 방은 물론 온 집이 책들로 어지럽다. 책상 위에도 침대 위에도 식탁 위에도 소파에도 화장실에도 책들이 놓여 있다.

우리 집을 찾아오는 사람은 거의 없지만 그래도 어쩌다 방문하는 사람들은 어울리지 않는 집 크기에 놀라고 여기저기 무질서하게 놓인 책들 때문에 어이없어한다. 이곳은 내 공간이다. 그러므로 일시적으로 방문하는 그들을 위해 그것들을 정리하거나 치울 필요를 느끼지는 못한다. 우리 집은 정확히는 내 집도 아니고, 엄연히 아버지 집이지만 아버지는 자신의 방 이외의 영역을 거의 사용하지 않는 편이고 식당 일이 워낙 바쁘셔서 집에서 지내는 시간이 거의 없다. 나는 혼자 사는 것과 마찬가지라고 할 수 있는데, 그런 점에서 이 집은 대단히 비효율적이다. 일단 둘이서 감당하기에는 너무 커서 청소하고 유지하는 데 시간과 힘이 많이 들고 물건이 어디 박혀 있는지를 모르겠다. 봐라. 책 한 권 찾기도 이렇게 힘들지 않은가. 책 한 권을 찾기 위해 집 안을 돌아다니는 것만으로도 충분히 운동이 될 지경이다.

마침내 찾았다. 레몽 장의 소설집 『오페라 택시』. 나는 소파에 누워서 책을 보기 시작한다. 1998년 우리나라에 출판된 책이지만 작가가 쓴 건 1983년 이전이다. 1983년에 나는 어디서 무얼 하고 있었던가. 기억을 할 수 있는 나이가 아니다. 그러나 상상해 볼 수는 있다.

아버지의 가게 계산대가 있던 자리 그곳이 그때 내 자리였다. 그 자리에서 나는 책을 읽었다. 아마도 그림책으로 시작했을 것이다. 만화책일 수도 있다. 식당의 마스코트처럼 나는 그곳에 앉아서 책을 읽었다. 소란스럽게 사람들이 움직이고 식사를 하고 떠나는 그곳에서 어린 나는 책을 읽고 혼자만의 세상을 보고는 했다. 인어공주는 물거품이 되어 사라지고, 백설공주는 왕자의 입맞춤에 오랜 잠에서 깨어나고, 피터팬은 웬디와 함께 날아다니고, 알라딘은 40인의 도적을 상대하고 있다. 그래서 아버지의 가게, 김치찌개와 된장찌개의 냄새로 가득했던 그곳은 내게 이상한 나라로 가는 통로였다.

아버지의 가게는 아주 늦게 문을 닫았다. 문을 닫고도 아버지는 좀처럼 집에 돌아갈 줄 몰랐다. 아버지가 주방에서 내일의 장사 준비를 하고 오늘의 벌이를 계산하고 있을 때도 나는 책을 읽었다. 그런 나의 머리를 아버지는 가끔 한 번씩 쓰다듬곤 했다.

1983년의 기억에 비해 1998년의 기억은 비교적 또렷하다. 지금과 그리 다르지 않았다. 세상이 변해도 나는 달라지지 않는다. 그리고 달라지고 싶지 않다고 생각한다.

그녀는 테라스로 통하는 몇 개의 계단을 거의 부자연스러우리만치 당당하게 몸을 가볍게 뒤로 젖히고 똑바로 걸어 올라갔다. 바다를 향해 몸을 돌린 그녀는 물 위의 석양빛을, 다음에는 왼쪽으로 지붕들과 사원들을 한동안 바라보았다. 그리고 그녀는 가방 속에서 매우 긴 담배 파이프를 꺼내 로스만 한 개비를 꽂고 불을 붙였다. 밤이 오고 있었다. 바로 이것이 실제로 내가 기억 속에 간직하고 있는 그 여자의 마지막 모습이었다.

「린다 리」라는 단편이 끝났다. 소설집에 실린 단편 하나

하나가 끝날 때마다 나는 숨을 고른다. 장편소설을 읽는 것이 장거리달리기 같다면 단편소설이 차례차례 실린 소설집을 읽는 건 100미터 달리기의 반복 같다. 단숨에 전력 질주하고 쉰 뒤 다시 뛴다. 이기든 지든 상관없는 이 경기에서도 취향에 따른 승패는 결정된다. 지금까지의 승리자는 '린다 리'이다. 그러나 다음에 혹시 이 책을 다시 읽게 된다면 그때의 승부는 또 달라질지도 모른다.

*

아침이 밝아오고 『오페라 택시』의 질주는 끝났다. 본래 이 책의 주인이었던 남자가 다시 생각났다. 무심한 표정으로 읽고 있던 책을 그냥 넘겨주던 때의 그가 이상하게도 슬프다. 너절하게도 슬프다. 그리고 책을 왜 읽느냐던 남자의 질문을 다시 생각하고 있다.

다카하시 겐이치로의 『우아하고 감상적인 일본야구』에 등장하는 남자는 야구에 관해 얼마나 적혀 있는가를 알기 위해 책을 읽는다. 그는 매일 아침 여덟 시에 눈을 떠, 얼굴을 씻고, 이를 닦고, 커피와 토스트로 간단히 아침 식사를 끝내고 방 안의 책상으로 출근해서는, 책꽂이에서 몇 권의 책을 꺼내 주의 깊게 읽고, 거기에 야구에 관한 중요한 기술이 있으면 그것을 만년필로 공책에 옮겨 적는 일을 한다. 일을 해도 조금도 돈이 되지 않지만, 그는 오전에 한 권, 오후에 한 권, 이렇게 평균 페이스를 유지하며 그 일을 계속한다.

내가 바라는 일 또한 그 남자와 유사하다. 그는 야구에 관한 아름다운 문장을 옮겨 적지만 나는 어떤 문장들을 기억한다. 그러나 그것이 내 일이라고 우길 생각은 없다. 다만 그러는 것이 좋다. 살아 있는 것이 즐거울 만큼 좋다. 다카하시 겐이치로는 유명한 야구광인 헤밍웨이의 책들뿐 아니라, 야구와는 상관없는 카프카의 책들, 심지어 야구가 생기기도 전에 쓰인 르나르의 『박물지』에서도 야구를 찾아낸다. 세상의 모든 것에서 야구를 찾아내는 것이 가능하다면 야구에서 세상의 모든 것을 찾아내는 것도 가능하지 않은가? 책도 유사한가. 그러나 나는 책에서 무언가를 찾아낼 생각은 없다. 그건 분명 다른 일이다.

『우아하고 감상적인 일본야구』의 남자가 야구에 미쳤다면 나는 책에 미쳤다. 그럴 때의 '미치다'는 사전적으로는 '어떤 일에 지나칠 정도로 푹 빠지다.'로 풀이된다. 미칠 만큼 열중할 무언가가 있다는 건 꽤 괜찮은 일이다. 어떤 한 가지에 지나치게 열중하다 보면 다른 일들은 모두 조금씩 사소해진다. 이를테면 밥 한 끼 거르는 일은 대수롭지도 않고 남의 비난 따위도 우스워진다는 얘기다.

그러나 그렇게 미치는 것만으로 인생의 모든 문제가 해결되지는 않는다. 하지만 해결되지 않으면 어떤가. 그냥 그렇게 살면 되는 거지. 지나칠 정도로 푹 빠지다 보면 다른 건 망각하게 되는 것 또한 사실이다. 그리고 망각은 미친 사람만이 가지는 탁월한 능력이다. 이 어처구니없는 낙천주의가 가장 비관적인 상황에서도 나를 살아 있게 할 것이다.

10 세상의 바보들에게

현재의 내 삶은 지극히 단출하다. 책을 읽고 가끔씩 일하고 또 가끔씩 친구들을 만나고 그게 전부다. 오래전부터 이렇게 살아왔던 것처럼 살고 있다. 살갗처럼 익숙해진 것은 아니지만, 문신처럼 지우기 어려운. 나는 매일 밤늦게까지 책을 읽고 가끔 나가서 육체노동에 가까운 일로 삶을 지탱할 푼돈을 벌고 세월을 서성거린다. 바쁘지 않지만 그렇다고 한가하지도 않다. 대부분의 사람들의 미래는 10년 후, 20년 후가 그리 다르지 않을 것이다. 내 미래도 그럴 것이다.

수요일인지 목요일인지 모를 오후, 나는 경에게 빌려줄 책을 고르고 있다. 솔직히 내가 무슨 책을 고르든 경이 읽을 거라고 기대하지 않기 때문에 정확하게는 경에게 이야기해 줄 책을 고른다는 편이 옳다. 나는 책을 좋아하고 많이 읽는 편이지만 책을 읽지 않는 사람을 무시하거나 하지는 않는다. 책을 읽지 않고도 행복할 수 있다면 그걸로 됐다고 생각한다. 내가 아는 한 경은 그런 사람이다. 경은 책을 읽지 않고 책을 만나지 않고 세상 속으로 곧바로 걸어 들어간다. 삶에 대해 저마다 자신만의 독법이 있을 뿐이다. 나는 내 방식을 강요할 생각이 없다.

주유소 심야 아르바이트 덕분에 내게는 여유가 없었다. 그건 경을 만날 시간이 없었다는 뜻이다. 이를테면 아무리 바빠도 나는 책은 읽는다. 그리고 유희나 채린과는 전화로 수다를 떨기도 한다. 하지만 경은 다르다. 나에게는 경을 위해 일부러 내어줄 시간 같은 건 이제는 없다. 그리고 경도 그럴 것이다. 경과 나의 만남은 언제나 차선일 뿐이다. 그런 면에서 우리의 관계는 아주 공평하다.

어제 유희도 채린도 전화를 받지 않기에 경에게 전화를 걸었다. 경은 왜 이제 전화했냐며 대뜸 화를 내더니 자기가 얼마나 내 전화를 기다렸는 줄 아느냐고 했다. 새빨간 거짓말이다. 하지만 나는 그래, 그랬어, 하면서 엄청나게 바빴다고 대답했다. 유희나 채린, 그리고 결정적으로 우리 아버지 같았으면 너한테 그렇게 바쁠 엄청난 일이 어딨냐고 나를 비웃었겠지만 경은 그러지 않는다. 어떤 면으로는 예의가 있다는 얘기고 다르게 말하면 내가 그런 인간이라는 걸 경이 잘 모른다는 얘기다. 사실 우리는 서로의 어떤 면에 대해서는 아무것도 알지 못한다. 나는 경의 휴대폰 번호밖에 알지 못하고, 나는 휴대폰도 없으니 그나마 알려 줄 것도 없다.

아무튼 경은 자신이 나를 기다렸다고 계속 말했다. 어찌나 애절하게 들리는지 마음이 흔들렸다면 거짓말이고 아무튼 그리하여 경이 저번에 부탁한 책은 골라주어야겠다고 생각하게 된 것이다. 경은 내 전화를 기다렸다. 『여자, 전화』의 코라 휩시도 전화를 기다린다.

여성 동지들이여, 솔직히 말해 보자.
정말로 가장 끔찍한 여성들의 문제 영역은 다름 아닌 남자다.

경이 나에게 책을 선택해 달라고 부탁한 것도 실은 경의 문제 영역인 다름 아닌 여자 때문이다. 경은 늘 여자 문제로 고민한다. 사실 경의 인생의 유일한 목표는 돈 많은 여자를 만나서 편안한 여생을 누리는 것인데 그런 여자를 만나는 것이 그리 쉽겠는가. 사실 돈 많은 남자는 미모만 가진 여자를 선택하기도 하지만, 돈 많은 여자는 대부분 자신보다 더 돈 많은 남자를 선택한다. 이런 게임의 법칙 속에서 경은 아주 불리한 위치다. 사실 수많은 책을 읽어봐도 알 수 있다. 예쁜 여자가 부자에다가 멋지기까지 한 남자를 만나는 건 흔하디흔한 사건이다. 그러나 돈도 없고 배경도 없고 오로지 가진 것이라고는 외모밖에 없는 남자는 대개 비극적인 최후를 맞는다. 신데렐라를 꿈꾸는 남자에게는 세상도 작가도 관객도 그리 관대하지 못하다.

경을 위해 『여자, 전화』를 고른 이유는 진행이 아주 빠른, 몹시 수다스러운 친구의 연애가 전화로 생중계되는 느낌의 소설이라는 점이다. 생중계까지는 아니지만 만나기만 하면 경의 연애가 중계된다. 경이 만약 내 전화를 진짜 기다렸다면 그건 자신의 현재 연애를 중계하고 싶어서였을 것이다. 그리고 내가 경을 위해 이 책을 고른 또 하나 이유는 경도 코라 휩시처럼 한심한 오류를 범하고 있기 때문이다. 여자들은 어떨 거라는 편견의 오류. 아무튼 나의 이 깊은 뜻을 경이 알 수 있으랴. 경을 만나면 분명 나는 다른 이야기를 하게 될 테지만 아무튼 내 처음의 의도는 그렇다는 얘기다.

그리고 경을 위해 몇 권의 책을 더 고른다. 책을 고르는 순간 그 대상이 누구이든 나는 즐겁다. 그래서 다행이다.

*

　몇 권의 책과 함께 경을 만났다. 내 전화를 기다렸다는 거짓말을 뻔뻔스럽게 아무렇지도 않게 하는 이 남자는 내 이야기, 아니, 내가 해주는 책 이야기에 귀를 기울이고 있다.

　—그러니까 너는 이것만 알면 돼. 네가 딴 짓 하고 있는 사이에 여자는 너의 전화를 기다리며 온갖 망상에 시달리고 있다는 것을.

　—그럼 여자들은 뭘 알아야 하는 거지?

　—여자들? 이 책의 끝을 보면 알겠지만 여자들이 이 세상의 온갖 연애의 법칙을 준수하고 있는 동안 남자도 여자의 전화를 기다리며 상심에 빠져 있을 수 있다는 것을 알아야겠지.

　—그런데 말이야. 난 일부러 전화 안 하거든. 애를 좀 태워야 미끼를 덥석 물지.

　—난 그래서 네가 싫어.

　—난 네가 좋은데.

　—시끄러.

　솔직히 말하자면 경이 나를 만나는 시간만큼은 다른 여자 이야기를 하지 말았으면 좋겠다. 내가 그런 불만을 표시하면 경은 질투를 한다고 여기지만 사실 나는 그런 이야기가 재미가 없을 뿐이다. 열렬히 사랑해서 아름다운 순애보나 상큼 발랄한 연애담도 아니고 좋은 여자를 만나서 팔자를 고쳐보겠다는 속물 그득한 이야기가 뭐 그리 즐겁겠는가. 하지만 경은 끊임없이 그런 여자 이야기를 나에게 한다. 그의 입장에서는 나에게 끊임없이 자신의 희망 사항을 이야기하는 것이고 분명 아주 중요한 문제일 테지만 재미없는 건 재미없는 거다.

　—나 좋아하면 안 돼, 그거 알고 있지?

　—미친놈.

　경은 웃는다. 나도 웃는다. 경은 끊임없이 나에게 도망친다. 나는 한 번도 경을 잡은 적 없는데 경은 도망칠 구멍을 마련해 둔 개새끼처럼 군다. 어떤 순간에는 그 사실이 끔찍하게 느껴진다. 이성에게 자신을 오래도록 기억하게 하는 두 가지 방법은 하나는 변태를 가르치는 것이고, 다른 하나는 음악을 선물하는 것이라고 한다. 이건 김영하의 산문집 『포스트 잇』에 나오는 얘기다. 변태를 가르치는 것보다 음악을 선물하는 것이, 아니 선물 받는 것이 더 치명적이라고 한다. 나는 이성에게든 누구에게든 주로 책을 선물해 왔다. 그런데 이상하게도 그건 반대의 효과를 일으킨다. 상대방이 나를 기억하는 것이 아니라 내가 상대방을 기억하는 매개체가 되는 것이다. 그런 의미로 경을 떠올리는 책이 자꾸만 늘어가는 것이 싫다.

*

경을 만나고 주유소에 가기 전에 아버지 가게에 들르기로 했다. 밥을 먹으러 가는 건 아니고, 무슨 일인지 알 수 없으나 아버지가 가게에 잠깐 들르라고 했다. 이유를 묻는다고 말해 줄 아버지가 아니므로 나는 순순히 응, 이라고 대답했다.

아르바이트를 하게 되면 아무리 단순노동이라고 할지라도 나는 조금 바빠진다. 하루 중의 일정 시간을 일에 바쳐야 하므로 하든 안 하든 상관없는 짓거리는 잘 안 하게 된다. 이를테면 멍청하게 텔레비전을 하염없이 바라보게 되는 일이라든가, 비디오를 빌려 보는 일이라든가, 경을 만나는 일, 그리고 아버지 식당에 가는 일이 그에 해당된다.

아버지는 아마도 내가 밤에 주유소에서 일하고 있다는 사실을 모를 것이다. 아버지가 집에 있는 밤 시간에는 내가 주유소에서 일하고 있어서 집에 있지 않으나 아버지가 그 사실을 알고 있을 리는 없다고 생각한다. 어쨌든 아버지가 오라면 가야 한다.

저녁밥 먹을 때가 한참 지났을 시간인데도 식당은 바쁘다. 나는 카운터 옆에 무심히 서 있다. 그런 나를 알아본 아버지가 다가오더니 무언가를 내민다. 아버지가 내민 것은 휴대폰이었다.

—이게 뭐야?

—보면 모르냐?

—글쎄. 나도 휴대폰인 건 알아. 그런데 그걸 왜 날 주느냐고?

—선물이다.

—싫어.

—받기 싫어?

—싫어.

—왜?

—그거 주고 자꾸 전화하려고 그러지?

—아니.

—그럼 왜 주는데?

—누가 나한테 주던데 나는 필요 없어서 너 주는 거야.

—누가 아버지한테 이딴 걸 줘?

—너도 필요 없어? 그럼 버리냐?

—필요 없어. 전화할 데도 올 데도 없어.

—내가 하루에 한 번씩 전화해 줄게.

이런 말 할 때면 우리 아버지 귀여운 데가 있다. 그러면서 끝내 내 손에 망할 놈의 휴대폰을 쥐여주신다. 움베르토 에코의 『세상의 바보들에게 웃으면서 화내는 방법』이란 책의 〈휴대폰을 사용하지 않는 방법〉에 의하면 휴대폰 사용자는 다섯 가지 부류로 나뉜다. 장애우, 직업상의 책무로 즉각적인 대응이 필요한 사람들, 내연의 커플, 휴대폰으로 쓸데없이 끊임없이 통화를 하지 않으면 불안을 견딜 수 없는 족속이나 긴급한 업무로 끊임없이 통화하지 않으면 안 된다는 것을 과시하는 한심한 말단 사원. 그러나 나는 비난받거나 조롱을 당할 이유가 없는 세 가지 부류와 동정받아 마땅한 두 부류, 그 어디에도 속하지 않는다.

—아버지.

—왜?

—전화 안 할 거지?

—그래, 안 한다.

나는 휴대폰을 들고 아버지 식당을 나와 주유소를 향해 걸어갔다.

생각해 보면 예전의 아버지와 나는 이렇게 분리되어 있지 않았다. 내가 술을 많이 마시던 시절, 그러니까 대학교 때 있었던 일이다. 나는 그날도 엄청나게 술을 많이 마시고는 택시를 탔다. 그런데 속이 좋지 않았다. 정 급하면 택시 창을 내리고 고개를 내밀어서 토해야겠다고 생각했다. 유난히 수다스러운 택시 기사였다. 입만 열면 토할 것 같은 상황. 창을 내린다는 것이 올리고 말았다. 입속에서 나온 음식물들이 택시 창으로 폭발하고 말았다. 정말 당황스러웠다. 나는 지갑을 전부 털어서 택시 기사에게 주고 미안하다고 거듭 사과했다.

그 난리를 치르고 집으로 돌아왔다. 이번에는 아버지가 기다리고 있었다. 대학에 가고 난 후 나는 자주 늦었고 그 늦음이 발각되는 날에는 어김없이 야단을 맞았는데 그날의 내 상태는 아주 좋지 않았고 게다가 택시 소동으로 아주 많이 늦고 만 것이다. 아버지는 몽둥이를 들고 나를 따라다녔고 나는 마구 뛰어다니며 아버지를 피했다. 그때였다. 어디선가 불자동차 소리가 들렸다. 때리던 아버지도, 맞던 나도 벌떡 일어나 집을 나갔다. 집에서 그리 멀지 않은 곳에서 불이 난 것이었다. 멀리서도 그 불은 보였고 아버지와 나는 나란히 걸음을 재촉해서 한밤중에 환하게 타오르는 불과 빨간 소방차와 소방복을 입고 불을 끄는 소방관을 보았다.

—멋있지 않니?

—뭐가?

—소방관들 말이다.

아버지는 자신의 어릴 적 꿈은 소방관이었다고 했다. 딱 그 말 한마디뿐이었지만 그들을 바라보는 아버지의 눈길에서 나는 많은 것을 짐작할 수 있을 것 같았다. 그리고 마침내 불이 모두 꺼져버렸을 때 아버지는 다시 입을 열었다.

—아프니?

—괜찮아요.

아버지는 만 원짜리 몇 장을 내 손에 쥐어주셨다. 일찍부터 아버지는 돈이면 다 된다고 생각하는 그런 사람이었고, 나는 아버지에게 돈밖에 기대하는 게 없는 그런 딸이었다. 그러나 나는 그날, 내가 한때는 소방관이 되어 인류에 도움이 되는 삶을 살고자 했던 남자의 딸이라는 사실을 알았다.

그리고 아주 어릴 때의 기억도 떠올랐다. 대학생들이 민주화 시위를 하던 때였다. 아버지는 데모하는 대학생들 불쌍하다고 빵을 사들고 가 대학생들에게 나누어 주었다. 우리 아버지는 꼭 내 자식 같은 젊은이들이 어떤 옳은 일을 하는 것보다 밥 못 먹는 게 더 걱정이었다. 몸조심, 살아남음…… 내 아버지는 그렇게 자기 방식으로 생각하고 자기 방식대로 믿는 것을 실천하면서 살아왔다. 어쩌면 지금 이 순간도 그럴지 모르겠다.

생각하는 것만큼 삶은 간단하지 않다. 내 방에서 한 발만 벗어나도 계산이 시작된다. 내가 누구인가를 말할 수 있는 그 무엇이 지금 나에게는 없다. 나는 어느 학교의 학생도 아니고 어느 회사의 직원도 아니고 어떤 남자의 아내나 애인도 아니고 어떤 아이의 엄마도 아니다. 나를 말할 수 있는 어떤 것으로는 내 아버지의 딸이 지금으로서는 유일하다. 그러나 이제 그것으로는 충분하지 않다. 서른 살을 향해 한 발씩 한 발씩 나아가고 있는 지금 차라리 아버지가 나의 아버지로 불리는 것이 어울릴 어떤 때가 오고 있다. 그러나 아버지가 나의 아버지로 불릴 그런 날은 오지 않을 것이다. 그리고 아버지에게 나로 인한 다른 가족을 만들어줄 수 있을 것 같지도 않다. 그래서 아버지에게 아주 가끔 미안하다. 이 단순한 내 삶을 가끔씩이라도 다시 생각해 보는 건 단지 그 이유뿐일까.

11 아무도 소설 따위는 쓰지 않는다

　백수가 되어 갑자기 여유만만해진 유희를 만났다. 겉모습은 적어도 별로 달라지지 않았다. 화장도 할 만큼은 했고 옷도 제대로 맞춰 입었고 구두도 반질반질하고 가방은 못 보던 것인데 새로 산 것 같다. 나쁘지 않은 것 같지만 그래도 묻는다.

　—어떻게 지내?

　—그럭저럭. 그러는 넌?

　—난 너처럼 백수는 아니지. 일하고 있어.

　—이번에는 어디야?

　—주유소.

　—할 만해?

—응. 이번 주까지만 하면 돼.

—그렇구나. 그런데 그건 뭐야? 너 휴대폰 샀니?

—아버지가 줬어.

—왜?

—몰라.

—너, 걱정됐나 보다.

—무슨 걱정?

—어디서 무얼 하고 다니는지 말이야?

—그럴 리가 있냐?

유희는 우리 아버지를 아주 재밌어한다. 남들이 들으면 아버지와 나 사이의 에피소드들은 코미디가 될 만하다. 우리 부녀는 만나면 으르렁대지만 극적인 경우에는 항상 뭉친다. 그것이 지긋지긋한 가족이라는 것인지도 모르겠지만. 세상에 피붙이라고는 우리 둘밖에 없으니 어쩔 수가 없는 것인지도 모른다.

—그런데 번호는 몇 번이냐?

—모르겠는데.

—이리 줘 봐.

유희가 알아낸 휴대폰의 마지막 네 자리는 내 생일이었다.

—너희 아버지 진짜 너 사랑하나 보다.

—웃기지 마.

—이거 아버지 거라면서. 휴대폰 뒷번호는 보통 자기랑 관계된 번호이거나 아님, 사랑하는 사람이랑 관계된 걸로 하거든.

진심이란 것을 단순히 말로는 표현할 수 없는 사람들이 있다. 아버지도 나도 서로를 사랑한다는 말 같은 건 한 번도 해본 적 없다. 그리고 아버지는 모르겠지만 나는 그 어떤 누구에게도 사랑한다는 말을 해본 적이 없다. 내가 사용하는 단어들은 대개 거칠고 하나도 아름답지 못하다. 그래서 종종 오해를 사기도 하지만 나는 그 오해를 바로잡기 위해 다시 말을 하는 수고를 하지 않는다. 아버지와 나의 관계는 그런 면에서 가장 극단적이다.

—내 미래를 심각하게 생각해 봤거든.

—어련하겠어?

내 반응에 유희는 웃더니 느닷없이 소설가가 되겠다고 한다.

—영화감독이나 시나리오작가가 아니고?

—그런 건 혼자 해서 되는 게 아니잖아. 인간이라면 지긋지긋하다.

—그래서?

—소설 쓰고 싶다니까.

—소설도 안 읽는 애가 어떻게 소설을 쓰려고.

—그럼, 소설 많이 읽는 너는 소설 왜 안 쓰냐?

—하긴 그렇네.

어릴 때부터 나는 책 읽기를 좋아했지만 글을 써볼 생각은 하지 않았다. 언제부터 책을 읽을 수 있었는지는 정확하지 않지만 초등학교 이전에도 나는 책을 읽고 있었다. 이를테면 네다섯 살 무렵에 내가 읽었던 책으로는 『빨강머리 앤』과 『작은 아씨들』이 대표적이었다. 친구가 없었던 나에게 앤과 네 자매는 상상 속에서 친구가 되어주었다. 자매들에게 둘러싸여 지냈던 작은 아씨들의 네 자매가 동경이었다면 고아였던 앤은 바로 나였다. 누가 나에게 책을 읽도록 한글을 가르쳤는지도 의문이다. 아버지는 식당 일로 늘 바빴고 그런 걸 앉아서 차곡차곡 가르칠 위인이 못 되었다. 달리 내 주변에는 사람이라고는 없었고 나는 그야말로 저절로 글을 깨우쳤는지도 모르겠다. 초등학교 교육만 받으면 누구나 글을 읽는다. 하지만 읽을 만한 글을 써내는 건 누구든 할 수 있는 것은 아니다. 어떤 사람은 평생 제대로 된 글을 한 번도 써보지 못하고 죽을 수도 있다. 유희의 말이 옳다. 읽는 것과 쓰는 것은 다른 일이다. 그리고 나는 내가 어느 쪽을 원하는지 아주 분명히 알고 있다.

유희가 말했다.

—어쨌든 쓸 건데, 네가 좀 봐줘.

—어?

—어차피 읽는 거 내 것도 좀 읽어달라고.

—그래, 알았어.

그렇게 말해 놓고 나는 후회했다. 사실 기본이 안 되어 있는 소설을 읽는 것은 상당히 곤혹스럽다. 유희가 소설을 쓴다면 아마도 엽기적이고 기상천외할 것이다. 그러나 곧 마음을 바꾼다. 아주 오래전에 읽은 무라카미 하루키의 소설 후기가 떠올랐기 때문이다. 하루키는 다음과 같이 썼다.

이 『바람의 노래를 들어라』가 출판된 후에, 주변에 있는 많은 사람들은 내게 이런 말을 했다. '그게 소설이라면, 나도 그 정도는 쓸 수 있다.'고. 나 또한 그렇게 생각한다. 그 작품이 소설로 통용된다면, 누구나 그 정도는 쓸 수 있을 것이라고.

그러나 적어도, 그런 말을 한 사람 어느 누구도 소설을 쓰지 않았다. 아마 써야 할 필연성이 없었던 것이리라. 필연성이 없으면—가령 쓸 수 있는 능력이 있다 해도— 아무도 소설 따위는 쓰지 않는다. 그런데 나는 썼다. 그것은 역시 내 안에 그럴 만한 필연성이 존재했다는 뜻이리라.

어쩌면 유희에게도 소설이라는 걸 써야 할 필연성 같은 것이 존재하는 것 아닐까. 무라카미 하루키가 스물아홉 살의 어느 봄날, 야구장의 외야석에서 결심했던 것처럼, 아무튼 자신을 위하여 무언가 써보고 싶어진 것은 아닐까. 자신을 위하여 무언가를 쓴다는 것, '그런데 나는 썼다.'라고 말할 수 있는 순간을 내가 부러워하는 일은 아마도 없겠지만 그런 식으로 쓰인 글을 읽는 일이 즐겁다는 것을 나는 이미 알고 있다.

—서연아, 그래도 책은 좀 읽어야 할 것 같은데. 네가 좋아하는 작가 좀 말해 봐.

—내가 좋아하는 작가, 그건 또 왜?

—어차피 네가 제일 먼저 읽을 거니까 네가 좋아하는 스타일로 쓰려고. 안 되니?

—눈물 나게 고마운데 말이야. 그럴 필요 없는 거잖아. 네 소설은 무슨 주문 제작 방식이니?

—이왕이면 잘 써보려고 그러지. 어떤 소설이 좋은 소설이니?

—사람마다 다르지.

소설의 가치는 읽는 독자가 각자 결정한다. 평론가들이 뭐라고 쓰든 언론이 뭐라고 떠들든 소설은 읽는 자의 몫이다. 작가는 자신의 의도를 피력할 수는 있으나 독자가 그것대로 읽지는 않는다. 독자는 자기 나름의 방식으로 이해하고 다가선다. 채린처럼 연애소설에서 위안을 얻을 수도 있고, 어려운 학술 책에서 문학 책 못지않은 예술적 문장들을 찾아내는 이도 있으며, 시대를 따라가는 유행하는 책에서 동질감을 얻을 수도 있다. 그래서 똑같은 책을 읽고도 우리는 저마다 다른 감정에 사로잡힐 수도 있는 것이다.

　―여하튼 네가 제일 좋아하는 작가를 말해 봐.

　유희는 여하튼 제일 뭐뭐한 저 한계에서 벗어날 수 없을 것이다. 언제나 제일 뭐뭐한 무엇이 있어야만 하고, 그걸 알아야만 한다. 그러므로 나는 유희의 이 질문에서 쉽사리 벗어날 수 없을 것이다. 유희의 그런 질문에 나는 언제나 쉽게 답한다. 이미 말했다시피 나의 기호는 책을 제외하면 늘 간단하고 명료하다. 그러나 책에 관해서라면 언제나 어렵다.

　유희는 언제나 자기 방식으로 난관을 헤쳐왔다. 나는 유희가 특별히 축복받은 존재라고 믿어왔다. 그래서 별 생각 없이 고민 없이 잘 사는 거라고. 타고난 것이 많으니 앞으로도 그럴 거라고. 그러나 유희는 결코 쉬운 길을 택하지 않는다. 소설가가 되겠다고? 내가 그동안 보아온 유희를 생각해 볼 때 이번만은 만만치 않을 것이다. 하지만 예전처럼 나는 옆에서 두고 보겠다.

  쉼보르스카는 『여인의 초상』에서 이렇게 썼다. '선택할 수 있어야 한다. 아무것도 변하지 않게 하기 위해 변해야 한다. 이것은 쉽고, 불가능하고, 어렵고, 해볼 만하다.' 모두들 조금씩 세월에 마모되어 가고 있지만, 자기 자신을 포기하지 못해서 양보할 수 없어서 세상과 여전히 대립하고 있는 사람들이 있다. 타협을 모른다는 건 불행의 첫 번째 근원이다. 하지만 그 타협을 모르는 모습으로 세상 위에 설 수 있다면 절대 행복이 있을지도 모른다. 그 무작정의 믿음으로는 아무것도 할 수 없지만 그래도 희망 없이 살아남는 법을 나는 모른다.

12 더 이상 잃을 것이 없는 고독

한 시간, 두 시간, 세 시간이 흐른다. 나에게 비디오 가게를 맡기고 나간 채린은 오지 않는다. 친구의 불륜인지 로맨스인지의 뒤치다꺼리 덕분에 나는 비디오 가게에 처박혀 꼼짝도 못하고 있다. 가지고 간 책을 다 읽어버린 나는 가게로 김밥을 배달시켜 먹으면서 이번에는 채린이 나를 위해 특별히 골라놓았다는 DVD를 보기로 한다. 가장 숨 가쁜 순간에도 주변을 배려하는 이 특이한 친절함 때문에 나는 채린이 불륜으로 심각한 사고를 치지는 않는다고 믿는 것인지도 모른다.

내가 특별히 좋아하는 영화나 소설은 특별한 목적도 없이 자신이 어디로 가는지 뭐가 될지도 모른 채 내키는 대로 하루하루를 보내는 젊은이들이 나오는 것들이다. 열심히 성실히 내일을 위해 매진해 가는 꿈 많고 욕심 많고 능력 많고 돈까지 많은 애들이 나오는 이야기는 별로 흥미 없다. 현실에서도 그런 아이들을 만나는 일은 그다지 즐겁지 않다. 그들은 세상이 그들에게 가르쳐준 대로 살아가면 되기 때문이다. 그리고 세상이 강요한 삶을 살 수 있는 그들은 이미 거부하기 힘든 선택받은 삶 속에 있는 이들이다. 인생을 몇 번씩 거듭 살 수 있다면 아무 꿈도 없이 아무 생각 없이 죽은 듯이 살아보는 것도 나쁘지 않을 것 같다. 아주 어릴 때부터 꼭 무엇이 되어야만 하는 것처럼 생각하면서 사는 건 너무 지독하지 않은가.

이 영화 「밝은 미래」도 내가 좋아하는, 미래에 아무 관심도 없는 젊은이들이 나온다. 그러니까 '밝은 미래'는 이 영화의 현실과는 아무 상관없다. 이 영화의 실제 주인공은 해파리라고 억지를 부리고 싶을 만큼 해파리의 이미지가 강렬하다. 독을 품고 있는 붉은 해파리는 원래 바다에서만 살 수 있다. 그러나 주인공들이 해파리를 민물에서도 살 수 있도록 적응시켰고 어항을 벗어난 해파리는 숫자를 불려나간다. 그러나 그들의 독은 문제를 일으키고 소탕령이 떨어진다. 해파리들은 계속 움직인다. 주인공은 해파리들이 도시를 벗어나 바다를 찾아가는 거라고 그들을 막지 말

라고 말한다. 그리고 언젠가는 그들이 돌아올 것을 믿는다
고 말한다.

영화에서처럼 인생에는 멈추어 기다려야 하는 때와 움직
여 가야 하는 때가 있을 것이다. 가라는 지시는 오래전에
내려졌는데 지금 여기서 도대체 무얼 하고 있는지 모르겠
다는 주인공의 말처럼 나도 내가 여기서 무얼 하고 있는지
모르겠다. 그리고 사실은 지금이 기다려야 할 때인지 가야
할 때인지조차도 모르겠다.

나는 미래에 대한 어떠한 약속도 기대도 갖지 않은 채로
비교적 잘 살아왔다. 점점 더 내가 남들과 비슷한 인생을
살 수 있을지도 의문스러워지고 있다. 연애를 하고 사랑을
하고 결혼을 하고 아이를 낳고 집을 갖고 그렇고 그런 인
생 말이다. 점점 더 당연한 것들이 내게서 멀어지고 있는
것처럼 느껴진다. 그리고 당연한 말이겠지만 이 세상에 당
연한 것은 없다. 붉은 해파리들이 떠난 바다는 아주 멀고
넓을 것이다. 내가 떠날 수 있는 가장 먼 곳은 어디일까.

*

채린의 책들 중에 한 권을 골랐다. 에쿠니 가오리의 『울

준비는 되어 있다』. 이 책을 빠른 속도로 다 읽었을 때 마침내 채린이 왔다.

　—너 진짜 바람이라도 났니? 무슨 일이야?

　흥분해서 소리치는 나를 바라보지도 않고 채린은 내가 읽던 책을 물끄러미 보고 있다.

　—이 책에 이런 대목이 있어. '하지만, 사랑에 빠진다는 것은 물론 돌아갈 장소를 잃는 것이었다.' 그게 무슨 뜻인지 알 것 같다면 나를 이해하겠니?

　물론 이해 못한다. 똑같은 책을 읽고도 사람들은 저마다 다른 구절을 기억한다. 내가 기억하는 구절은 다음과 같다. '자유란, 더 이상 잃을 것이 없는 고독한 상태를 뜻하는 말이다.' 채린은 사랑을 읽고, 나는 자유를 읽었다. 어차피 우리는 서로를 이해할 수 없는 사람들이다. 그러나 나는 채린을 이해해야 한다. 내가 아니면 누가 저 철없는 아줌마를 이해해 준단 말인가.

　그날 이후로 채린은 간간이 그런 식으로 나를 이용했고 어쩌다 보니 아예 아르바이트로 정착하기에 이르렀다. 오늘도 나는 채린에게 호출되었다. 그리고 이런 질문을 받는다. 누군가를 진심으로 사랑한 사람은 평생 외롭지 않다는데 정말일까? 라든가, 세상에서 제일 위험한 사람은 이 세상에서 책을 한 권만 읽은 사람이래, 그럴까? 하는. 모두

드라마에 나오는 대사들이라고 한다.

채린에게는 그 남자와의 만남밖에는 아무 생각이 없는 듯했다. 하루 종일 사랑만 하면서 지내는 사람처럼 내내 그 남자와 보낸 시간을 되새기고 앞으로 보내게 될 시간을 상상하고 계획하고 기대했다. 그리고 이 로맨스가 심상치 않은 상태로 진행되고 있음을 눈치 챈 나는 이 철없는 아줌마를 타이르기로 벼른다. 누군가를 일평생 사랑하겠다는 일종의 서약으로 받아들여지는 결혼 이후 찾아온 다른 사랑은 감당하기 힘든 결과를 낳는다. 이미 가지고 있는 것, 이루어 놓은 것 중에 내어놓아야 할 것이 생겨나는 것이다.

—너희 남편은 좋은 사람이야. 그런 사람한테 네가 그러면 안 되는 거잖아?

—좋은 사람이라고 나한테도 좋으란 법은 없어. 그리고 그 사람이 좋은 사람이냐, 아니냐는 사랑이랑 관계없어.

—그렇지만 좋은 사랑과 나쁜 사랑은 분명히 있어.

—처음이야. 이런 기분은. 이런 기억만으로 평생을 살 수도 있겠다고 생각했는데 점점 더 욕심이 나는 거야. 왜 기억만 가져야 하지. 왜 그를 가지면 안 되는 거니?

—넌 이미 남편이 있는 여자야.

—그래서? 내가 이미 그것을 가지고 있어서 나한테 더 나은 것이 있는데도 포기해야 한다는 말이니? 누구든 더

나은 것을 선택할 권리가 있어.

　—이건 쇼핑이랑은 다른 거야. 더 나은 물건이 나타났다
고 이전의 것을 버리고 새것을 사면 되는 게 아니란 말이야.

　—쇼핑? 인생이 사랑이 쇼핑이랑 뭐가 다르니? 가질 수
있으면 가져도 돼.

　—그래서 그 남자를 가질 수 있을 거 같니? 그 남자도
너랑 그리 다를 바 없잖아. 처자식 다 버리고 너한테 온대?

　채린은 대답하지 않고 약속이 있다며 나갔다. 채린은 알
고 있을 것이다. 답은 몰라도 이미 알고 있는 문제일 것이
다. 어리석게도 나는 그 문제에 쐐기를 박은 것이다. 사랑
에 빠진 자를 설득하는 것만큼 어리석은 짓은 없다. 사랑
에 빠진 자들은 정상이 아니다. 사랑 때문에 살고 사랑 때
문에 죽는다. 그들이 자신들 이외의 것을 살필 수 있다면
그들은 사랑에 빠졌다고 말할 자격이 없다. 그러나 그 사
랑도 유효기간이 있다. 이성을 잃을 만큼 사랑할 수 있는
시기는 반드시 지나간다. 진짜 사랑이 문제가 되는 건 그
다음부터인 것이다. 기다리면 채린은 제자리로 돌아올 것
이다. 하지만 가만히 묵묵히 있을 수 없는 것이 내가 채린
에게 가진 애정일지도 모른다.

                                    *

  오늘도 나는 주인이 버리고 간 비디오 가게를 지키고 있
다. 사태는 조금 더, 아니 아주 많이 심각해졌다. 채린이
사라졌다. 그날의 논쟁 아닌 논쟁 이후 채린과 나는 냉전
아닌 냉전 상태에 돌입했다. 중학교 시절 서로 좋아하는
가수가 달라서 싸운 이후로 거의 처음이 아닌가 싶었다.
그때도 나름대로 심각했는데 요즘은 그 일로 웃곤 한다.
이번 일도 시간이 지난 후에는 그럴 수 있는 종류의 일이
될까.
  일주일 전 새벽, 채린이 전화를 했다.
  ―있잖아.
  ―왜?
  내심 반가웠지만 나는 퉁명스럽게 반응했다. 사소한 것
으로 다툴 경우 언제나 화해의 메시지를 먼저 보내는 쪽은
채린이었다. 누가 먼저 싸움을 걸었고 누가 잘못을 했는지
에 상관없이 채린은 침묵과 불편함을 견디지 못하고 항상
먼저 손을 내밀었고, 그러면 나는 못 이기는 척하면서도
사실은 아주 빠른 동작으로 그 손을 붙잡고는 했다. 채린
의 그 애교 넘치는 성격이 아니었다면 우리는 오래전에 소
원한 사이가 되고 말았을 것이다.

―비디오 가게 좀 봐줄래.

―또 무슨 일인데?

―나, 어디 좀 가거든.

―어디?

―부탁할게. 너밖에 부탁할 사람이 없어.

―그래, 알았어. 그런데 언제 돌아오는데.

―모르겠어.

―네가 모르면 누가 아는데?

―그러게 말이야. 그런데 이번에는 정말 모르겠어.

채린은 나에게 비디오 가게를 부탁하기 위해서 전화한
것이 아니었다. 그 정도는 나도 알고 있다. 자신의 상황을
말할 누군가가 필요했던 것이다.

채린의 남편은 채린이 엄마가 아파서 캐나다에 간 것으
로 알고 있지만 채린은 남자와 함께 있는 것이 틀림없다.
채린은 그 이상은 아무것도 말하지 않았다. 채린은 나에게
거짓말을 하지 않는다. 나는 혼자서 중얼거린다. 미쳤다
고. 미친 거라고. 미친 게 틀림없다고.

아주 오래전 채린이 「귀여운 여인」이란 영화를 보고 울
었다고 했을 때도 나는 미친 게 아니냐고 했었다. 그때 채
린이 말했다. 창녀도 저렇게 멋진 남자를 만나서 사랑을
받는데 나는 왜 혼자인 거냐고. 내가 말했다. 넌 줄리아

로버츠가 아니잖아. 그리고 얼마 후 채린은 지금의 남편과 결혼을 했다. 최근에도 채린은 영화를 보면서 울었다는 얘기를 했었다. 「첫키스만 50번째」라는 영화였다. 나는 그 비디오를 찾아서 보았다. 단기기억상실증에 걸린 여자를 유혹하려고 좌충우돌하는 남자의 이야기를 그린 로맨틱코미디였다. 같은 여자를 유혹하기 위해 같은 짓을 매번 반복하는 남자는 이 세상에 없다. 도대체 이 영화의 어떤 부분에서 채린은 운 것인가. 행복한 영화를 보면서 우는 사람은 아마도 불행한 사람일 것이다. 나는 왜 이제야 채린이 불행해하고 있었다는 사실을 깨달은 것인가. 바보처럼.

책을 이해하는 것은 쉽다. 책은 이미 한 사람을 완전히 통과해서 정리된 기록이기 때문이다. 그러나 사람을 이해하는 것은 어렵다. 작가처럼 일관된 어조로 자신을 설명할 수도 없고 상황을 묘사하지도 않는다. 그러므로 나는 어디에서 무엇을 하고 있는지 어떤 마음일지 다만 짐작할 뿐이다. 채린에게 내가 바라는 것은 아주 단순하고 간단하다. 다시는 채린이 행복하라고 노골적으로 만든 영화를 보면서 울지 않게 되는 것이다. 세상에 없는 것 때문에 울지 않게 되는 것이다.

13 인간이 거주했던 모든 영역

　오래간만에 「해피 투게더」를 보고 있다. 내가 왕가위란 감독의 영화를 좋아하게 된 건 유희 때문이었다. 유희와 함께 처음으로 본 영화가 「해피 투게더」였다. 영화는 너무나 단순했다. 두 사람이 사랑을 하다 싸우고 다시 만나지만 결국 다시 헤어지고 마는 이야기였다. 이 이야기의 뼈대에 살을 붙이고 피가 흐르게 만들어 마침내 살아서 움직이도록 만드는 건 왕가위의 스타일이었다. 그리고 관조하듯 읊조리는 독특한 내레이션. 단순하게 말하면 왕가위의 영화에서 주인공들의 내레이션은 1인칭 시점을 가진 소설 같다.

멀리 떨어져 있어도 서로 같은 생각을 하고 있다면 그건 함께 있는 것과 마찬가지야. 네 목소리를 여기 녹음해. 너의 슬픔을 땅 끝에 묻어줄게. ...... 녹음기에는 아무 소리도 녹음되지 않았다. 단지 가끔 흐느끼는 소리가 들려왔을 뿐이다. 멀리 떨어져 있어도 서로 같은 생각을 하고 있다면 그건 함께 있는 것과 마찬가지야.

멀리 떨어져 있어도 서로 같은 생각을 하고 있다면 그건 함께 있는 것과 마찬가지일까? 그래도 역시 함께 있는 것이 좋을 것이다. 그래서 채린도 그와 함께 있을 것이다. 채린이 돌아오지 않은 처음 며칠은 불안하고 초조했으나 이제 나는 거의 아무렇지도 않다. 채린을 이해하려고 노력한다고 이해할 수 있는 일이 아니라는 것을 알기에 그것마저도 포기했으나 나는 내가 채린을 위해 할 수 있는 것을 하려고 한다. 그건 이 비디오 가게에서 채린을 기다리는 것이다.

비디오 가게 문을 열고 한 사람이 들어선다. 어서 오세요, 라는 나의 인사에 가볍게 고개를 숙이는 남자의 얼굴이 낯설지 않다. 어디서 본 듯한 얼굴인데……. 나에게 『연인』을 판 그 남자였다. 그런데 그 남자가 여기에 왜?

남자가 내 앞에 비디오 하나를 내민다. 그리고 말한다.

―저것도 빌리고 싶소.

―「해피 투게더」 말인가요?

왜 하필 내가 보고 있는 걸. 나는 가볍게 인상을 찌푸렸다.

―당신도 항상 내가 보고 있는 걸 탐냈잖소.

남자가 나를 기억하고 있었다. 웃음이 난다. 나는 플레이어에서 테이프를 꺼내 남자에게 건네주었다.

―전화번호는요?

―…….

―처음 오셨어요? 비디오 가게에서 전화번호가 회원 번호인 거 모르세요?

―난 또 나한테 관심 있어서 전화번호를 묻는 줄 알았소.

하하하. 이 아저씨 생각보다는 귀엽다. 그와 나는 우연히 만나게 된 오래전의 친구처럼 반가운 척 이야기를 나눈다. 지금은 어디 살며 어떻게 지내고 있는지, 처음부터 알지 못했던 사실을 궁금해하는 척 혹은 알려 주고 싶은 척한다.

그는 철거 협상 중인 아파트에 살고 있었다. 그는 자신의 동네를 좋아한다고 했다. 하지만 낡은 아파트가 사라지고 새 아파트가 나타나면 그때도 좋아할 수 있을지는 의문이라고 했다. 어쨌든 그는 곧 이 동네를 떠나야 하고 그래서 세간을 처분 중이라고 했다. 가능하면 빠른 시간 내에 자신이 가진 모든 것을 처분하게 될 것이라고 했다.

　—그러고 나서는요?

　그는 대답하지 않고 쓸쓸한 미소를 지었다. 여러 가지 감정을 미묘하게 담은 미소였다. 도대체 그러고 나서는 뭘 할 건데요? 라고 묻고 싶었으나 참았다. 가 아니고 사실 관심도 없었다. 뭐 내가 그럴 여유가 있는 사람도 아니고, 는 아니고 사실 여유야 남아돌지만 더 이상 물으면 안 될 것 같은 이상한 분위기 같은 게 있었다. 눈칫밥 먹은 지 오래되어서 내가 그런 거 하나는 좀 잘 알아보는 편이다.

　—나한테 자꾸 아저씨, 아저씨 하는데 진짜 몇 살이오?

　—몇 살인지 알아서 뭐 하시려고요?

　—나이로 뭐 할 수 있는 게 있소? 있으면 좀 가르쳐주시오.

　—하여튼 아저씨, 진짜 이상해요.

　—몇 살이냐니까? 스물다섯 살 넘었다는 거 거짓말이지 않소?

　—스물다섯 살 지난 지 한참 됐어요.

　—그런데 왜 이렇게 어려보이는 거요? 화장을 안 해서 그런 건가? 철이 안 들어서 그런 건가?

　이 아저씨 자세히 보니 괜찮게 생겼다. 몇 살일까? 나도 이 아저씨의 나이가 궁금해졌다. 나이 알아서 어디에다 쓸지 모르겠지만. 이런 건 유희가 잘 맞히는데 말이다. 유희는 사람 나이나 키, 몸무게, 허리 사이즈 같은 걸 기막히게 잘 맞혔다. 그리고 사람 얼굴도 아주 잘 기억한다. 그러니까 그 수많은 영화배우의 프로필을 다 외우는 거겠지만. 그는 서른 살쯤 되어 보이기도 하고 마흔 살쯤 되어 보이기도 했다. 10년의 세월을 읽을 수 있을 것 같은 나른하고 느긋하고 허무한 얼굴이다.

인간의 얼굴은 설사 그것이 사진 속에 나와 있더라도 본래의 속성을 절대 속이지 않는다. 내가 아는 한 얼굴은 그 인간이 거주했던 모든 영역을 담고 있는 세밀한 지형도가 아니었던가.

루이스 세풀베다의 『감상적 킬러의 고백』에 나오는 말이다. 루이스 세풀베다는 다른 소설 『핫라인』에서도 비슷한 말을 했다. '마푸체 인디오들은 얼굴이 유일하게 믿을 수 있는 지도이며, 그 지도가 가리키는 영토가 실재한다고 믿었다.' 마푸체 인디오는 아니지만 나도 그와 같이 생각한다. 얼굴은 그 사람이 살아온 시간의 내밀한 축도이다.

내 얼굴은 내 나이를 짐작하기 어렵게 만드는가. 그럴지도 모른다. 본래의 속성을 절대 속이지 않는 것이 얼굴이라면 말이다. 나는 아주 어린 나이에 이미 삶이 권태롭고 허무했다. 그 권태와 허무를 이겨내기 위해 책을 읽었다. 섣불리 남들의 환호에 현혹되지 않고 자기 자신의 장점과 단점을 알고 앞으로 나아갈 바가 조금은 걱정도 되고 기대도 되는, 단번에 무엇이 확 바뀌는 그런 건 없다는 것을 알 만한 나이가 나에게는 아주 일찍 와서 오랫동안 머물러 있다. 그것은 지상에는 없는 책 속에서만 존재하는 그런 나이이다.

*

채린이 돌아오지 않아서 내 비디오 가게 아르바이트는 장기전에 돌입하게 되었다. 비디오 가게는 대략 정오쯤 문을 열고 자정쯤 문을 닫는다. 본래 이 비디오 가게의 영업 시간을 나는 모른다. 내가 갈 때는 언제나 문이 열려 있었고 채린이 있었다는 것밖에 기억나지 않는다. 그래서 어떤 날에는 정오 전에 문을 열기도 하고 자정이 훨씬 넘어서 새벽이 밝아올 때까지 문을 닫지 않기도 한다. 내 마음이다.

내가 하지 않아도 되는 일일지도 모르겠지만, 그리고 비디오 가게의 문을 닫고 있는다고 해서 굳이 이상할 것도 없지만, 나는 이 자리를 지켜주고 싶다. 채린이 돌아왔을 때 아무 일도 일어나지 않았던 것처럼.

　평일 자정이 넘은 비디오 가게에는 손님이 없다. 나는 멍청하게 새로 나온 비디오 중의 하나를 틀고 새로 들어온 만화책들을 진열장에 꽂았다. 문소리가 들린다.

　—어서 오세요.

　—서연 씨, 저예요.

　채린의 남편이었다.

　—퇴근하는 길이세요?

그렇게 말하면서 나는 그런 말 하기에는 시간이 너무 늦었다는 사실도 깨닫는다. 나에게 채린의 남편은 그리 편한 사람이 아니었다. 내가 좋아하건 싫어하건 간에 내 주변의 사람들은 대개 예의가 없는 편이다. 내가 그들을 그리 대하기 때문에 그들도 나한테 그런 것일 수도 있지만 말이다. 나의 경제권을 쥐고 있다고 말할 수 있는, 나이 든 아버지한테도 반말을 찍찍해 대는 사람이 나인데 다른 사람이 무서울 리가 있겠는가. 그렇지만 그런 나도 채린의 남편은 어렵게 대하는 편이다. 허물없는 농담 같은 것 해본 적 없고 하나마나한 쓸데없는 이야기를 해본 적도 없다. 하지만 그가 좋은 사람이란 건 안다.

　—서연 씨, 시간 괜찮으면 저랑 한잔 하실래요?

―네, 그러죠, 뭐.

그렇게 해서 우리는 술을 마시기로 했다. 남편의 친구와는 무슨 술을 마셔야 할지 몰랐다. 채린이 소주를 좋아했기 때문에 나는 소주를 마시자고 했다. 그리고 그는 안주로 오징어를 골랐다. 우연인지 모르겠지만 채린은 오징어를 좋아했다. 그리고 또 어차피 그와 나의 공통 화제는 채린뿐이었다. 나는 그가 알지 못할 채린의 중학교 시절 이야기를 해주었다. 그는 재밌어했다. 그 시절 채린은 꽤나 깜찍했었다. 지금은 교정을 해서 이가 가지런하지만 그때 채린은 덧니가 있었고 치열이 고르지 못했다. 웃을 때 보이는 덧니와 보조개가 정말 귀여웠다. 하지만 그 시절의 사진에도 채린의 그런 모습은 남아 있지 않다. 채린은 덧니를 콤플렉스로 생각해서 사진을 찍을 때마다 입을 앙다물었기 때문이다.

하지만 돌이켜보면 몇 년 전 그를 처음 만났을 때 나는 벌써 이런 이야기들을 그에게 모두 해주었다. 나는 채린의 모든 남자 친구들에게 이 이야기를 하고 있다. 그만이 제외되었을 이유가 없다. 그렇다면 그도 나도 연기를 하고 있는 것이다. 그러다가 결국 하지 않을 수 없는 이야기, 이 불편한 만남을 불사해야 했던 이유로 그가 움직여 갔다.

―우리 채린이 어디 갔어요?

―네?

―서연 씨는 알 거 아니에요?

―사실은 저도 몰라요.

―장모님 계신 캐나다에 간 거 아니죠.

―전화 안 해봤어요?

―채린이 전화하지 말라고 했어요. 자기가 전화한다고요. 그리고 사실은 거기 없을까 봐 전화 못하겠어요. 우리 채린이 돌아올까요?

채린의 남편이 간절한 눈빛으로 물었다. 나는 알지 못한다. 채린이 돌아올지, 돌아온다면 언제쯤 돌아올지, 그리고 예전으로 돌아갈 수 있을지. 그러나 그의 눈빛을 외면할 수 없었다. 그래서 나는 말하고 만다.

―돌아올 거예요.

―고마워요. 정말 고마워요.

왠지 눈물이 날 것 같은 기분이었다. 이 나쁜 계집애는 도대체 저렇게 착한 남자를 두고 어디서 무슨 짓을 하고 있는 건가. 나는 후회하고 있다. 채린의 이야기를 가벼운 로맨스물로 치부해 버린 것을, 그리고 그 남자에 대해 많은 질문을 하지 않은 것을, 좀 더 열심히 단호하게 채린을 말리지 않은 것을.

14 넌 인생의 목표가 없어

이선 호크의 『웬즈데이』는 비디오 가게에서 읽기에 썩 괜찮은 책인 것 같다. 내용이랑 상관없고 그저 이미지상 그렇다는 얘기다. 영화배우인 이선 호크가 소설을 쓴다는 이야기는 예전부터 들려왔다. 가끔 이선 호크가 쓴 소설이 어떨지 궁금했었다. 적어도 내가 보기에는 이선 호크는 영화 속에서 소설가 역을 맡으면 아주 잘 어울릴 것 같았기 때문이다. 소설 『웬즈데이』는 어쩐지 영화 같다. 배우인 이선 호크가 썼기 때문에 더 그렇게 느끼는 걸 수도 있겠지만 말이다.

나는 소설을 읽으면서 등장인물마다 어울리는 사람들을 혼자 캐스팅해 보곤 한다. 대부분의 소설이 1인칭일 경우

화자이자 주인공 자리는 일단 작가에게 돌아간다. 작가와 소설 속의 '나'의 성별이 일치하지 않는 경우를 제외하고. 성별이 일치하는 경우에도 표지의 작가 사진의 이미지와 주인공이 너무 차이가 나는 경우는 다른 캐스팅이 필요하다. 한국 소설의 경우 내 주변 인물을 가끔 출연시키기도 하지만 외국 소설의 경우에는 배우들을 캐스팅하여 상상한다. 실제로 이런 식으로 읽은 소설이 나중에 영화화되는 경우도 있는데 그런 영화를 볼 때면 나의 캐스팅이 훨씬 훌륭했다고 생각하게 된다. 그런데 이 소설 『웬즈데이』는 그런 면에서 최상의 캐스팅이 저절로 떠오른다. 남자 주인공은 이선 호크, 여자 주인공은 이선 호크가 이 소설 쓸 당시의 아내였던 우마 서먼.

세세한 부분에 집중하고 주의를 기울이는 것, 그것이 비결이다. 지나온 길을 기억 속에 주입시키면서 눈앞에 펼쳐진 도로를 바라본다. 주위 차들을 눈여겨보고 숫자를 센다. …… 서툰 운전자를 만나면 꼭 사고가 난다. 누구나 아는 사실이다. 경찰차를 앞서 가라. 머리를 써라. 훌륭한 운전자는 속도 감지기가 작동하기 전에 알아차린다. 항상 깨어 있고 자기가 무엇을 하고 있는지 자각하라. …… 감정을 버려라. 빠른 노래, 느린 노래, 좋은 날, 궂은 날. 다 마찬가지다. 지구가 여전히 돌고 있다면 운전자는 앞서 가는 차 세 대, 뒤따르는 차 두 대를 눈여겨봐야 한다. 가는 동안 지표가 될 만한 것들도 주목하라. 그래야 길을 잃거나 되돌아갈 때 제대로 찾아갈 수 있다. 본능을 믿고 즉시 판단을 내려라. 실수를 하면 실수를 인정하고 계속 전진해야 한다.

나는 운전을 해본 적이 없지만 소설 속에서 열일곱 시간째 운전하고 있는 지미의 충고가 마음에 와 닿는다. 세세한 부분에 집중하고 주의를 기울이고, 지나온 것을 기억하고, 자기가 무엇을 하고 있는지 자각하고, 지표가 될 만한 것을 주목하고, 본능을 믿고, 실수를 인정하고, 그래도 계속 전진해야 하는 건 운전뿐 아니라 인생도 마찬가지가 아닐까. 하나에 정통하면 그것을 통해 세상 모든 것을 이해하게 될 수도 있지 않을까. 어떤 사람들은 처세술에 관한 책을 읽기 좋아하는데, 정말 현명해지려면 소설을 읽어야 한다고 나는 생각한다. 처세술에 관한 책은 결론을 가르쳐주지만 소설은 결론으로 나아가도록 생각하는 법을 몸에 배게 해준다. 스스로 생각하여 얻은 결론만이 인생을 좌지우지할 수 있다.

　　―이선 호크가 소설도 써요?

나는 목소리가 나는 쪽을 올려다보았다. 그 남자였다.

—그 소설도 빌려주는 건가요?

—아닌데요.

—그럼 혹시 「리얼리티 바이츠(Reality Bites)」란 영화 있소? 이선 호크가 나온 영화 중에 나는 그게 제일 좋더구만. 우리나라 제목은 뭐였더라?

—「청춘 스케치」.

이선 호크와 위노나 라이더가 한참 파릇파릇할 때 출연한 「리얼리티 바이츠」는 우리나라에는 「청춘 스케치」란 제목으로 개봉되었지만 그 제목만으로는 뭔가 부족한 느낌이다.

—있소?

—네. 찾아드릴까요?

—어디쯤 있어요? 내가 찾을 테니.

—찾기 힘들 텐데요.

남자는 내가 가리키는 쪽으로 갔다.

채린의 비디오 가게에 그 오래된 영화의 비디오가 있는지 없는지를 컴퓨터로 검색해 보지 않고도 아는 이유는 내가 그 영화를 좋아해서 채린이 그 비디오를 구해 놓았기 때문이다. 나는 「청춘 스케치」란 영화 속의 이선 호크의 그 지지부진한 삶이 좋았다. 무언가를 얻으려 아등바등하지 않고, 자신이 좋아하는 것을 그냥 하면서 그렇게 사는 삶. 그래서 조금 우스워 보일 수도 있지만, 그러면 어떤 가, 하고 상관하지 않는, 무심의 경지.

—어떤 책을 주로 읽소?

—네?

—저번에 나한테 가져간 책들은 프랑스 작가 것이 제법 있었던 것 같은데 프랑스 소설을 좋아하오?

—그런 편이죠.

—특히 어떤 것? 저번에 말한 파스칼 키냐르, 아니면 마르그리트 뒤라스.

—둘 다 좋아해요.

—그리고 또?

—미셸 투르니에, 로맹 가리, 장 에슈노즈, 아니 에르노도 좋아해요.

—다른 나라 작가는? 이선 호크는 미국 사람 아니오? 미국 작가도 좋아하오?

—미국 작가는 레이먼드 카버, 커트 보네거트, 폴 오스터, 리처드 브라우티건.

—미국 작가들 중에서 한 사람만 선택하라면?

—음, 리처드 브라우티건. 『미국의 송어낚시』를 아주 좋아해요.

나는 이 책을 읽으면 이런 사람, 저 책을 읽으면 저런 사람으로 평가되는 것도 싫고 평가하는 것도 싫다. 그러므로 나는 어떤 책을 읽는다고 굳이 말하지 않는다. 그리고 어떤 책을 읽는다고 말하기엔 너무 많은 책을 읽는다. 그런데도 내가 책 제목이나 작가를 말한다면 코드가 맞는 사람을 쉽게 구별해 내기 위해서이다. 내가 어떤 사람인지 말해 주고 싶기 때문은 결코 아니다.

　좋아하는 책을 함께 이야기하는 것은 즐겁다. 싫어하는 것을 비판하는 것을 즐기는 사람도 있지만 나는 그런 부류는 아니다. 그리고 책에 관해서라면 내가 싫다고 말하는 것은 정말 싫어서가 아니다. 그것은 완곡한 표현으로 예전보다 좋지 않다는 뜻이다. 내가 끝까지 다 읽은 책에 대한 내 태도는 그렇다. 싫으면 나쁘면 마음에 안 들면 더 이상 읽지 않는다. 세상에 책은 많다. 책은 사람처럼 죽지도 않고, 한 사람이 아주 여러 권을 만들어낼 수도 있다. 그러므로 마음에 들지도 않는 것을 가지고 버티는 끈기는 무모하고 무가치하다.

*

일이 끝난 후 오래간만에 유희를 만났다. 유희는 학생 때처럼, 아니, 학생 때도 메지 않던 큰 가방을 들고 나타 났다. 책을 읽지 않는 유희는 여느 대학생처럼 책을 가지 고 다니지 않으니 큰 가방이 필요하지 않았다. 늘 너무 조 그마해서 저 안에 도대체 뭐가 들어가긴 하는 건가 싶을 만큼 작은 핸드백만 들고 다니거나 아예 아무것도 들고 다 니지 않았다. 그에 비하면 나는 언제나 큰 가방을 들고 다 녔다. 읽을 책 두세 권은 기본으로 들어 있었고, 시끄러운 소음으로 가득한 세상으로부터 나를 분리시킬 음악 도구도 필수였다. 그렇게 우리는 달랐다.

오늘 유희는 오래간만에 우리 집에 와서 자기로 했다. 유희는 고등학교 때도 시험공부를 핑계로 가끔 우리 집에 와서 자고는 했다. 물론 유희는 시험공부 같은 걸 하지 않 았다. 그리고 나도 쿨쿨 잠만 자는 유희 옆에서 시험과는 아무 상관없는 소설책을 읽었다.

—소설은 좀 썼냐?

—쓰긴 썼거든. 그런데 미칠 것 같아.

—왜?

—너, 이 책 봤어?

유희가 가방에서 꺼낸 책을 보았다. 와타야 리사가 열일곱 살에 썼다는 『인스톨』이었다. 나는 『인스톨』을 읽지 않았다. 와타야 리사의 또 다른 소설 『발로 차주고 싶은 등짝』은 흥미롭게 읽었으나 그래서 더 이상 읽을 필요가 없었다. 열일곱 살에 하는 생각은 대개 비슷한 것 같다. 물론 그때는 그런 생각 안 했을 거고 내 고민이 특별하고 심각했겠지만 지나고 보니 그렇다는 얘기다. 열일곱 살의 나와 그들은 공부를 잘하든 못하든 고등학생일 뿐이다. 네모난 교실의 시간에 갇힌 그들의 꿈이 무엇이든 시작은 그곳을 벗어나는 것이다.

나는 유희가 내민 『인스톨』을 뒤적여 본다. 밑줄이 그어져 있다. 내가 알기로는 유희는 교과서에도 밑줄을 긋지 않는 성격이다.

나는 어른이 되면, 아니 좀 더 가까운 미래에, 지금의 이 시간을 헛되이 보냈다고 후회할 것인가. …… 어떤 인간도 될 수 없다는 이 메마른 깨달음은 대체 뭘까. …… 이대로 보잘것없는 인생을 살게 될지도 모른다고 생각하자 갑자기 괴로워진다. 벌써 열일곱 살이라고 초조해하는 마음과, 아직 열일곱 살인데 뭘 하고 안심하는 마음이 교차한다. ……

넌 인생의 목표가 없어.

그어져 있는 밑줄을 한편으로는 이해할 수 없으면서 한편으로는 이해가 된다. 이 소설의 열일곱 살 소녀는 그때의 우리랑 닮았다. 그리고 더 끔찍한 건 지금의 우리랑도 닮았다는 사실이다.

그러나 나는 시치미를 뚝 떼고 말한다.

—이 책이 왜?

—어떻게 내가 열일곱 살짜리보다 글을 못 쓸 수가 있어.

—나이로 글 쓰냐?

—그렇긴 하지만. 아무튼 좌절감을 느껴. 열일곱 살짜리 여자 아이는 이렇게 소설을 잘 쓰는데 나는 도대체 열일곱 살 때 뭐 했다냐?

—너, 잤잖아.

—농담할 기분 아니야.

지나간, 그래서 죽어버린 것과 같은 시간을 되살려 내는 것과 현재의 시간에 상상력을 보태는 것은 다른 것이 아닐까. 와타야 리사의 소설은 그런 의미에서 어른이 아이의 목소리를 내어 쓰는 성장소설과 다르게 생생하게 살아 있다. 지독했지만 평범했던 내 열일곱 살은 싫었지만 열일곱 살부터 성장해 가는 소설가를 바라보는 일은 나쁘지 않을 것 같다.

나는 『인스톨』을 계속 뒤적인다. 그러다 말한다.

—고3이 열일곱 살이었나. 열아홉 살 아닌가.

—나이가 무슨 상관이야? 게다가 이제 와서.

—그래, 내 말이 그 말이라니까.

한 살이라도 더 먹으려고 아등바등하던 때가 있었다. 미성년, 게다가 고등학생이라면 그 무엇도 아니라고, 물론 대학만 가면, 이라는 말이 거짓말이라는 건 그때도 알았다. 그래도 방법은 그것밖에 없었다. 적어도 나한테는. 그리고 공부에는 관심도 없었고 유희처럼 머리도 좋지 못했던 나는 그 방법을 선택하긴 했지만 선택의 여지가 그렇게 많지는 않았다. 나는 마치 취미를 택하듯 쉬엄쉬엄 공부하고도 졸업이 가능할 것 같은 학과를 택했다. 그리고 그때의 유희는 원하면 어떤 대학 어떤 학과에도 진학할 수 있었지만 정작 가고 싶어 한 과가 없었다. 생각해 보면 한심하고 어이없는 열일곱 살이었다. 그 선택 또한 한심하기 그지없었으나 후회하지는 않는다. 나는 책 읽는 데 방해받지 않고 4년을 그런대로 잘 다녔다.

나는 유희에게 말한다.

—저런 건 저 나이에 제일 잘 쓸 수 있는 얘기잖아. 너도 네 나이에 잘 쓸 수 있는 이야기, 아니, 네가 잘 쓸 수

있는 게 있을 거야.

나이가 많아진다고 글을 더 잘 쓰게 되는 건 아닐 것이다. 누군가는 열일곱 살에, 또 누군가는 스물한 살에 제일 높은 곳에 오르게 될 수도 있다. 외할머니는 일기를 쓰듯 편지를 쓰듯 꿈을 꾸듯 자신의 첫 번째 소설을 썼다고 했다. 그리고 다시는 소설이 될 만한 인생을 꿈꾸지 않게 되었다고 내게 얘기했었다. 하지만 그건 거짓말이다. 외할머니의 진짜 인생에 드라마를 조금 보태면 충분히 소설이 된다. 이십 대인 나도 오십 대인 외할머니도 인생이 무료하긴 마찬가지다. 이대로 이렇게 살면 나도 외할머니처럼 한없이 무료한 평화 속에 잠길 수 있을까. 궁금하다면 살아 보는 수밖에 없다.

행복. 결국은 그것이라고 생각했다. 어떤 생활과 어떤 삶을 선택하든, 그 사람이 매일 매일을 행복하게 보낼 수 있다면 그 사람의 승리. 그렇다면 과연 나는?

『인스톨』의 소녀는 '매일 매일이 행복하다면 그 사람의 승리'라고 한다. 그래서 나는 그 무엇에도 이기지 못했지만 승리자이다. 그렇게 생각하면서 줄곧 살아왔다. 열일곱 살에 열일곱 살을 이야기하는 소설가처럼 내 나이 스물여덟에 스물여덟을 이야기해 줄 소설가가 필요하다. 그리고 서른에도, 마흔에도 그럴 수 있다면 멋지지 않겠는가. 유희를 그런 소설가로 만들 수 있을까. 좀 특이하고 괴상하긴 하지만 말이다.

나는 유희에게 줄 책들을 고른다. 어울리지도 않게 소설이라는 걸 쓰기 시작하면서 한 번도 느끼지 못했을 열등감을 느끼고 있는 내 친구를 위해 내가 해줄 수 있는 일은 그 정도뿐이다.

*

수십 권의 책이 또 내 삶을 지나갔다. 채린의 화사하고 쓸쓸한 비디오 가게를 배경으로. 하지만 그것들은 내 삶에 아무런 직접적인 도움도 주지 않는다. 몇 개의 언어와 몇 개의 학위를 가지고 있는 그 아무리 똑똑한 작가라고 해도 내 삶에 답을 줄 수는 없다. 그 작가는 나와 나이도, 국적도, 식성도, 취향도 다르다. 그 작가는 사랑에 빠져 무작정 집을 나가 소식도 없는 친구의 비디오 가게를 지키고 있거나 하지도 않을 것이다.

하지만 나와는 전혀 다른 이가 창조한 또 다른 이의 또 다른 세계를 읽다 보면 때로는 해답이 보인다. 나는 내가 필요로 하는 것을 언제나 책에서 찾는다. 작가가 숨겨 놓은 것 혹은 작가가 그러기를 바라며 써놓은 것을 찾는 것이 아니다. 나는 다른 것을 찾는다. 오직 나만이 찾을 수 있는 그 무엇.

며칠 후 비디오 반납함에는 남자가 반납했을 「청춘 스케치」가 있었다. 나는 반납된 비디오들을 컴퓨터로 체크하고 제자리에 챙겨 넣고 「청춘 스케치」의 비디오를 플레이어에 넣었다. 그들의 대학 졸업식 장면은 언제 봐도 귀엽다. 나에게는 대학 입학도 대학 졸업도 그다지 의미 있는 짓거리가 아니었지만 그래도 조금쯤은 영화 속의 그들처럼 생각했다.

> 난 스물세 살이 되면 뭔가가 되어 있을 줄 알았어.
> 네가 스물세 살까지 되어야 할 것은 너 자신이야.
> 난 내가 누군지도 정말 모르겠는걸.
> 하지만 난 네가 누구인지 잘 알아.

내게도 내가 모르는 나에게 '네가 누구인지 잘 알아.'라고 말해 줄 누군가가 필요했는지도 모르겠다. 아, 언제나 나에게 그렇게 말해 주는 사람이 있긴 하다. 유희와 채린.

'우리에게 지금 필요한 건, 담배 몇 개비와 커피, 너와 나, 그리고 5달러뿐이야.'라는 저 대사처럼 나에게는 스물세 살 때도, 그리고 지금도 필요한 건 몇 권의 책과 그것을 살 수 있는 약간의 돈뿐이다. 그때도 지금도 내가 되고 싶은 것은 언제나 나 자신이었다. 가장 나다운 모습으로 살아가다 보면, 언젠가는 내가 원하지만 지금으로서는 정확히 알 수 없는 나 자신이 되어 있을 것이다. 결국은 그렇게 되고야 말겠다.

15 목표를 향해 곧장 가는 것뿐

―무슨 일 있는 거요?

―아, 아니오.

―무슨 일 있는 얼굴인데.

―아저씨, 진짜 한가하신가 보다.

―어떻게 알았지. 한가한 거 맞아요.

또 그 남자다. 진짜 할 일 없나 보다. 유희처럼 영화광이기라도 한 걸까. 뻔질나게 비디오 가게를 드나들고 있다. 혼자서 영화관에 가서 영화를 보는 일이 어색한 사람들이 있다. 사실은 나도 그렇다. 혼자서 영화관에 가본 적이 없다. 언제나 유희와 함께 갔다. 하지만 유희는 나 없이도 혼자서 영화를 보러 잘만 다닌다. 유희는 세상 사람들을 그렇게 둘로 나눈다. 혼자서 영화관에 가는 사람과 혼자서는 절대 영화관에 가지 않는 사람. 그러므로 유희와 나는 절대로 다른 부류이다. 그렇다고 이 남자가 나와 같은 부류일 수는 없다. 나는 책을 파는 남자와는 절대 같은 부류가 될 수 없으니까.

　—무슨 걱정 있소?

　—아니오.

　—걱정 있는 거 같아 보이는데.

　—아니라니까요.

　—왜 화를 내고 그래요?

　—화 안 냈어요.

　—아무 걱정이 없어서 평생 그런 얼굴 안 할 거 같은 사람이 그러고 있으니 내 기분까지 좀 그러네.

　—제가 왜 아무 걱정이 없을 거라고 생각하세요?

　—세상일에 관심이 없잖소. 아가씨는 몸만 이 세상에 있고 정신과 마음과 머리는 책 속에 있지 않소. 그런 사람은 걱정이 없는 법이오.

　—책 속에도 세상이 있어요.

　상처 주고 상처 입히고 싸우고 설득하고 오해하고 이해하고 사랑하고 이별하고 배신하고 떠나고 죽는 것이 세상이라면 그런 세상 따위는 알고 싶지 않다. 책 속에도 너무 많은 죽음이 있고 너무 많은 사랑이 있고 너무 많은 이별이 있으며 너무 많은 슬픔과 분노와 기쁨이 있다. 나는 날마다 그런 것들을 겪는다. 때로는 나인 것처럼, 때로는 완전히 타인인 것처럼. 독서는 그것을 가능하게 하는 세상이다. 책을 탁 하고 덮는 순간 그 세상의 문이 완전히 닫히는 건 아니지만 문틈으로 새어 들어오는 어둠 정도는 견딜 수 있을 만큼 나는 강하다.

　―친구가 돌아오지를 않아요.

　―왜 돌아와야 한다고 생각하는 거요?

　―그게 옳으니까요.

　―옳은 일만 하면서 살 수도 없고, 옳은 일이 꼭 좋은 일도 아니잖소.

　맞는 말이다. 나는 내 편에서 생각하고 있다. 만일 채린이 책 속의 등장인물이라면 단지 사랑하고 있다는 이유만으로도 나는 채린의 편을 들었을 것이다. 둘이 멀리멀리 달아나서 행복하게 살기를 간절히 바랄지도 모른다. 어쩌면 이런 종류의 불륜 이야기는 비극이 더 아름답다는 이유로 그편을 은근히 기대할지도 모른다. 그러나 그럴 수는 없다. 이건 현실이고 채린은 돌아와야 한다. 왜냐하면 현실은 소설과 조금은 다르기 때문이다.

　―하지만 그래도 역시 돌아와야 한다는 거요?

나는 그렇게 생각하지만 남자에게 말하지 않는다.

 —선물이오. 저번에 당신이 말한 작가의 책 아닌가 싶소. 집 구석에 있더군.

 그가 내민 것은 리처드 브라우티건의 『워터멜론 슈가에서』였다. 1995년에 나왔다가 절판된 책으로 내가 가지고 있지 않은 책이었고 그러므로 내가 구하고 있던 책이었다.

 —책이 많으신가 봐요.

 —왜 궁금하오?

 —…….

 —궁금하면 한번 놀러오든지. 당신이 갖고 싶어 하는 책들이 더 있을지도 모르잖소.

 내가 그런 뻔뻔스러운 유혹에 넘어갈 것 같은가. 물론 넘어간다. 원하는 책을 구하기 위해서라면 지옥도 마다하지 않는다면 물론 거짓말이고 남자의 집까지 가는 건 일도 아니다. 그리고 그 집은 지옥이 아니고 내게는 천국 같은 곳이었다.

*

 남자의 집에는 과연 책이 많았다. 그러나 그 책들은 남자의 것이 아니라고 했다. 하지만 그것을 처리해야 할 의무나 책임은 남자에게 속하는 것임이 분명했다. 재건축이 결정되어 하나 둘 떠나고 있는 황량한 아파트에서 남자도 떠남을 준비하고 있었다. 책 이외에는 짐이라고는 거의 없었다. 잠을 잘 수 있는 침대와 텔레비전과 비디오 플레이어, 옷가지들, 그리고 커다란 여행용 가방 둘. 쌓이고 쌓인 책들만 없다면 이 집은 노숙자의 임시 거처처럼 보일 것 같았다.

— 집이 누추해서 미안하오.

— 괜찮아요.

— 그럴 줄 알았소. 책만 있으면 앉을자리 같은 건 걱정하지 않는 사람도 있지.

— 뭐 그렇긴 하지만, 좀 앉고 싶기는 하네요.

잠깐만 기다리라더니 남자는 의자를 가지고 나타났다. 이 집에는 어울리지 않는 아주 멋진 의자였다.

— 앉으시오.

적당히 낡은 그 의자는 너무 푹신하지도 단단하지도 않았고 깊이와 폭이 적당한 팔걸이를 가지고 있는 데다가 다리를 움츠리고 눕기에도 부족하지 않은 길이의 독특한 모양이었다. 그리고 이 의자에서는 오래된 책에서 나는 그런 냄새가 났다. 시간의 냄새, 사람의 냄새.

나는 이 방에 놓인 책들을 하나하나 쓰다듬듯 차례로 바라본다. 내가 이미 가지고 있고 읽은 책들에서는 추억이, 내가 읽지 않은 미지의 책에서는 호기심이 불길처럼 일어난다. 마르쿠스 T. 키케로는 '책이라고는 찾아볼 수 없는 방, 그것은 영혼이 없는 육신일지니.'라고 했다. 그렇다면 이 방은 영혼으로 가득 차 있다. 박상우와 구효서가 나란히 서 있고 윤대녕이 옆으로 누워서 층층이 쌓여 있고, 그 곁에는 신경숙과 공지영이 있다. 맞은편에는 장 에슈노즈, 르 클레지오, 파트리크 모디아노가 섞여 있고, 미셸 투르니에와 레몽 장이 다른 방향을 보고 누워 있다. 어리고 돈은 없고 시간은 많았던 시절, 그래서 가지고 싶었으나 다만 빌려 보는 것으로 만족해야 했던 책들, 그냥 넋 놓고 바라보아야만 했던 책들이 지금 내 눈앞에 쌓여 있다.

—아가씨도 어지간히 팔자는 좋은 모양이군.

—네?

—아가씨가 좋아한다는 책 같은 건 팔자가 좋은 인간들이나 쓰고 읽는 것이지.

—제 팔자가 좋은 거라면 그렇게 말하는 아저씨 팔자도 그렇게 나빠 보이지는 않는데요.

—그런가?

—그렇지 않아요? 아저씨가 무얼 보고 나에게 팔자 좋다

느니 그런 말을 하는지는 모르겠지만, 아저씨야 말로 태평해 보이네요.

　이 방을 채우고 있는 옛날 책들 중 일부를 나는 요즘 들어 겨우 나만의 책으로 가질 수 있었다. 모든 책을 소유하고 싶지는 않지만 어떤 책은 반드시 소유하고 싶다. 이를테면 여기 있는 이 책, 레몽 장의『책 읽어주는 여자』같은 건 나에게는 반드시 소유해야만 하는 책이다. 그가 가지고 있는『책 읽어주는 여자』는 세계사에서 1990년에 펴낸 2판으로 3000원인 데 반해, 내가 가지고 있는 똑같은 작가, 똑같은 번역자, 똑같은 출판사에서 2003년에 펴낸 신판『책 읽어주는 여자』는 7000원이다.

　내가『책 읽어주는 여자』를 만지작거리자 그가 말한다.

　—구하던 책이오?

　—아니오. 저도 있어요.

　—그럼 좋아하는 작가인가?

　—그런 셈이죠.

　—그럼, 이 책은 있나?

　그는 나에게 레몽 장의 또 다른 책을 내밀었다.

　「제가 흥분했습니다.」그가 말했다. 「횡설수설하는 것처럼 보였을 테지요. 사실 저는 더 이상 여자의 환심을 사려고 애쓰고 싶은 마음도 소명 의식도 없습니다. 사랑을 위해 행동이나 예의를 가식적으로 꾸밀 나이도 지났습니다. 그래서 목표를 향해 곧장 가는 것뿐입니다. 그게 전부예요.……」

그가 자신의 집을 방문한 기념이라며 레몽 장의 『카페 여주인』을 선뜻 내게 주었다. 나는 반가운 마음을 애써 숨기고 태연하게 책장을 쓰윽 넘겨 보았다. 책에는 시간이 남긴 흔적이 고스란히 남는다. 내가 읽은 책들에는 내가 그들과 함께 보낸 시간이 남아 있다. 내가 그 책을 선택한 이유, 그 책을 읽는 동안 혹은 그 책을 읽었을 즈음 내게 일어난 일까지. 어떤 책은 다만 기억으로, 어떤 책에는 밑줄로, 어떤 책에는 낙서와 메모로.

도서관에서 책을 빌려 보면 더 잘 알 수 있다. 많은 사람들의 사랑을 받은 책은 인쇄된 지 얼마 되지 않아도 표지가 구겨지고 책장이 너덜너덜한 반면 아무도 찾지 않은 책은 세월에도 불구하고 빳빳하다. 어쩌면 사람도 책처럼 많이 사랑받을수록 수명이 짧아질지도 모르겠다. 그렇다면 나는 아주 오래 살아남을 것 같다. 그리고 『카페 여주인』으로 오늘을 오래오래 기억할 것이다.

오래간만에 경을 만났다. 사실 내가 바쁘기도 했고, 경이 특별히 나를 찾을 이유 같은 것이 없기도 했다. 얼마 전에 경을 우연히 만난 적이 있었는데 아버지 식당에서였다. 나는 경이 정확히 무슨 일을 하고 있는지 몰랐다. 일 같은 건 전혀 하지 않는다고 상상했던 것일까. 아무튼 아버지 식당을 취재하고자 하는 방송국 사람들 중에 경이 있었다.

　아버지는 방송에 노출되는 걸 탐탁해하지 않는다. 지금도 식당은 손님으로 차고 넘친다. 더 이상을 위해서는 더 이상의 뭔가가 필요하다. 그리고 그 이상이 아버지에게는 필요하지 않다. 아버지의 식당이 지금처럼 손님이 많아진

건 다 입소문 때문이다. 한 번 다녀간 사람이 또 오면서 맛있다고 친구를 데리고 오고 그 친구가 또 아는 사람을 데리고 온다. 언론이 떠들고 비평가가 좋다고 호들갑 떠는 책보다는 읽은 사람이 조용히 줄을 대어주는 책이 훨씬 신뢰할 만한 것처럼 그런 식으로 아버지 식당에는 단골이 늘었다.

방송국 사람들과 함께 있는 경은 나를 가볍게 모른 척했다. 그리고 아버지가 나를 알은체했다. 마치 아주 급한 용무로 찾아온 누군가를 만나야 한다는 듯. 순간 당황했지만 아버지의 고집을 아는지라 나도 그 연기에 제법 호응을 했다. 그렇게 우리 부녀의 연기로 방송국 사람들은 다음을 기약하며 물러나는 듯 보였다.

아버지의 식당에서 어영부영 시간을 보내다 나오니 식당 건너편 길에 경이 서 있다. 경이 내 이름을 불렀다. 경은 다시 혼자였다. 그날 나는 남자와 약속이 있었다. 그래서 경에게 시간이 없다고 말했다. 경은 진심으로 아쉬워하는 듯한 표정을 짓더니 그럼 다음 약속을 하자고 했다. 이런 일은 없었다. 아주 오래전에 경을 처음 만났던 몇 번을 제외하고는. 경은 끈질기게 졸랐고, 그래서 오늘의 약속이 이루어졌다.

＊

—너, 연애하니?

내가 자리에 앉자마자 경이 물었다.

—아니. 왜?

—갑자기 네가 예뻐 보여서.

—드디어 제대로 미쳤구나.

나는 사람들이 연애를 하고 싶어 하는 걸 이해하지 못한다. 사실 나는 혼자서도 얼마든지 즐거웠다. 남자들은 어리석게도 잘난 체하길 좋아하고, 거기에 단순히 응, 그래, 하고 장단을 맞추어주는 것만으로 피로했고, 데이트라면 근사한 이벤트가 있어야 하는 걸로 착각하는 그 유치함이 무엇보다 끔찍했다. 영화관이나 놀이 공원은 필수 코스였고 겨울 바다의 세찬 바람 속에 서 있거나 허허벌판에서 밤새도록 망원경으로 유성을 들여다보아야 했던 적도 있었다. 나는 조금도 재밌지 않거나 조금 흥미로웠으나 금세 지루해지곤 했다. 그리고 그 다음은 늘 똑같은 짓의 반복이었다.

경과는 그러지 않아도 되었다. 무엇보다 그 점이 편리했고 편안했다. 그래서 경을 만났는데, 나랑 그리 다른 관계를 원하지 않는다고 믿었는데 다른 것을 원하기 시작하면 무척이나 곤란해진다. 경과 내가 한 것도 연애가 아니라고 볼 수는 없지만 일반적인 연애와는 다르다. 거기에는 내일의 약속이 없다. 바람이 없다. 희망 사항이 없다.

—너, 무슨 일 있지?

경이 다시 묻는다. 그것도 어울리지 않게 진지하게. 정말 웃긴다.

—너야말로 무슨 일이니?

경이 말했다. 그날 내 뒤를 밟았다고. 그리고 내가 어떤 남자를 만나는 것을 보았다고.

—그래서 그게 너랑 무슨 상관이 있어? 참, 할 일도 어지간히 없는 모양이구나.

—그 남자 누구니?

—나도 몰라.

이건 꽤 정직한 대답이다. 나는 그 남자에 대해 아는 것이 별로 없다. 특히 경 같은 사람에게 설명해 줄 만한 무엇은 더더욱 알지 못한다. 나는 그 남자의 나이도, 직업도 모른다. 내가 알고 있는 것은 그가 읽은 책들뿐이다.

—모르는 남자랑 그러고 다닌다는 게 말이 되냐?

—내가 뭘 어쩌고 다녔는데.

—둘이 다정해 보이던데. 질투가 날 정도로.

—네가 뭘 봤는지 모르겠지만 그런 거 아니거든.

—그러니까 연애하는 게 아니란 말이지.

—내가 연애를 하면 뭐 하러 널 만나고 있겠냐?

—그럼 우리 연애나 할까?

하고는 경은 잠시 기다리며 나를 살핀다. 우리가 제대로 된 이성 관계였던 적은 한 번도 없었지만 그렇게 될 뻔한 적은 있었다. 하지만 그것이 미친 짓이라는 걸 경도 알고 나도 안다. 욕망의 기호가 다른 사람들이 잠깐의 유혹에 넘어가 사랑하게 되는 것. 아니, 사랑한다고 착각하게 되는 것만큼 불행한 경우가 없다. 그것은 난파가 예정된 배에 승선하는 것과 같다. 그런 면에서 적어도 경과 나는 둘 다 영리했다.

하지만 지금 경은 멍청해지려고 한다. 영리하게 몸을 사리던 경이 왜 이러는지 이해할 수 없다. 그러나 짐작이 가는 바가 없지 않은 것은 아니다. 어쩌면 경보다는 내가 영리한 것인지도 모른다. 하지만 언제나 솔직한 것은 경이다. 그것도 아주 멍청하게 솔직하다.

어떤 의미로 경은 내 첫사랑이었다. 하지만 그것이 정말 사랑이라면 그 사랑의 끝 무렵에 나는 경을 지독히 미워할 것이 틀림없었다. 가질 수 없는 것을 꿈꾸는 사람, 타인이 그려준 자신의 가치 속에 매몰되어 있는 사람, 다른 사람의 그림자가 되어버린 사람, 어쩌다가 공공의 장소에서 마주쳐도 모른 척 지나쳐야 하는 사람이 되는 것이 싫었다.
그래서 나는 오래전부터 우리의 한계를 결정해 놓았다. 그
래야만 훗날 경이 결국 자신이 원하던 여자를 얻었다는 소
식을 누군가로부터 듣게 되어도 진심으로, 아니, 조금은
비웃음을 날리겠지만 축하해 줄 수 있을 거라고 생각했다.
내가 꿈꾸는 경과 나의 관계의 해피엔드한 결말은 이것이
다. 이것 외에 다른 것은 모조리 비극에 속한다. 그리고
지금 막 그 비극이 시작되고 있었다.

　—가까이 두고도 왜 몰랐을까?

　—뭘?

　—너 말이야.

　—내가 왜?

　—너, 나한테 왜 거짓말했니?

　—거짓말이라니?

　경은 아버지의 식당 이야기를 한다. 세상은 그렇게 호락
호락하지 않다. 경은 상처 입을 대로 입었다. 내세울 거라
고는 잘생긴 얼굴과 멀쩡한 허우대밖에 없는데 그런 것에
넘어갈 여자는 시간이 지날수록 희귀해진다. 이제 경의 나
이 서른을 바라본다. 어쩌면 경은 눈높이를 낮추기로 했고
그래서 평범한 식당 집 딸에게도 눈독을 들이기 시작한 것
인지도 모른다. 이토록 눈치 있음이, 이토록 그를 잘 알고

있음이, 이 순간에는 원망스럽다.

—그게 밥집이니?

—밥집 아니고 그럼 뭐니?

—그 정도 밥집이면 중소기업 수준 아닌가? 프랜차이즈 같은 거 하면 정말 사업 되는 거잖아.

—그런 이야기를 왜 하는 건데?

—아니, 뭐 그렇다는 얘기지.

—나하고 갑자기 연애하고 싶어진 건 내가 그냥 밥집 딸이 아니고 잘나가는 식당 집 딸이라서 그런 거니?

—뭐 꼭 그런 건 아니지. 난 예전부터 네가 마음에 들었어. 네가 좋지 않았다면 지금까지 이렇게 만나고 있지도 않겠지. 좀 더 솔직히 말하자면 넌 내가 가장 오랫동안 만난 여자야.

—입은 비뚤어져도 말은 바로 하랬다고 난 너한테 여자가 아니잖아. 내가 너 좋다고 했을 때 싫다더니 그때 내가 싫었던 건, 그러니까 정말 내가 싫었던 게 아니고 내가 돈이 없어서 싫었던 거였니?

—사람 취향 살다 보면 변하는 거잖아. 아무튼 난 네가 좋아. 우리 연애하자.

경의 취향이 변한 것이 아니다. 욕망이 변한 것도 아니다. 우리 아버지 식당의 실체를 알게 된 후 나는 경에게 사냥감이 된 것이다. 모든 이야기를 허물없이 나눌 수 있는 친구가 아니라 보다 편안한 미래를 위한 보험으로서의 사냥감. 롤랑 바르트는 『사랑의 단상』에서 이렇게 썼다. '당신은 내가 가고 싶어 하지 않는 바로 그곳에서 나를 기다리며 내가 없는 거기에서 나를 사랑한다.' 경은 내가 아닌 내가 되기를 원하고 내가 갈 수 없는 곳에 함께 가기를 원한다.

　—너 정말 머리가 나쁜 거니? 아니면 날 무시하는 거니?

　—무슨 말이야?

　—정말 나랑 연애하고 싶으면 우리 아버지 식당 얘기는 하지 말았어야 하는 거 아니니? 네가 다른 여자들에게 접근하듯이 나한테도 좀 공을 들여줘야 하는 거 아니냐고? 너, 바보니?

　—그런 건가? 난 그렇게 생각 안 했어. 다른 여자들은 자기 부모가 누구다. 집안에 돈이 얼마 있다, 노골적으로 이야기하고 그게 자신의 전부인 줄 아는 애들도 있는데 너도 그래도 된다고 말해 주고 싶었을 뿐이야.

　—나는 그게 기분 나쁘다고. 왜 내가 그런 골 빈 애들이랑 같은 취급을 당해야 하느냐고? 그것도 알 만큼은 안다는 친구라는 너한테.

　—미안하다. 사과할게.

솔직히 너 한심하거든, 이라고 말하고 싶었지만 꾹 참는다. 세상에 상처 입은 경에게 나까지 상처를 주고 싶지는 않다. 경이 세상 여자와 똑같이 나를 취급한다고 해도 나는 그러고 싶지 않다. 나는 경의 다음 말을 기다리지 않는다. 그러나 나는 경에게 마지막으로 책을 선물할 것이다. 경이 그 책을 읽는다면 우리가 왜 그만 만나야 하는지를 더 잘 알 수 있을 것이고 그가 그토록 궁금해하는 여자들에 대해 더 많이 알게 되겠지만 아쉽게도 경은 책을 읽지 않는다. 그러나 배수아의 이 책 제목만으로도 내 뜻은 충분히 전달될 것이다. 『나는 이제 니가 지겨워』.

17 두 사람이 함께 공유할 미래

비디오 가게 문을 닫으려는데 그림자가 느껴졌다. 채린이 돌아왔다. 떠날 때보다 야윈 얼굴, 지친 표정, 마음이 쓰려왔지만 나는 화부터 내고 만다.

—도대체 너 뭐야?

—미안해.

—미안하면 다야. 나는 그렇다고 쳐. 네 남편은 어쩌고 너 단단히 미쳤구나.

전 같으면 별것 아니라고 다 지난 일이라고 웃음 한 번으로 무마하려고 들 채린이었지만 오늘은 그러지 않는다. 그래서 나는 더 마음이 놓이지 않는다.

—미안해. 정말 미안해.

나한테 미안할 일은 아닌데 채린은 자꾸만 미안하다는 말만 계속하고 있다.

—어떻게 된 거야? 끝난 거니?

—아니.

—그럼?

—모르겠어.

그리고 채린은 울기 시작했다. 나는 채린의 울음이 그치길 기다렸다. 채린은 아주 잘 우는 여자이다. 감정이입이 지나쳐서 그런지 영화를 보고도 책을 보고도 시도 때도 없이 운다. 그러나 울 만큼 울고 나면 그걸로 끝이다. 내가 언제 울었냐는 듯이 또 깔깔거리기 시작한다. 그러나 오늘 채린은 울음을 그치지 않는다. 눈물이 그렁그렁한 눈으로 피로에 지친 목소리로 지난 이야기를 했다.

채린의 얘기에 의하면 남자는 병에 걸렸고 살날이 얼마 남지 않았다고 했다. 그래서 같이 있고 싶어서, 다시는 같이 있을 수 없어서 함께 떠난 거라고 했다. 병으로 아파하는 남자 곁을 채린은 지켰고 마지막 날을 그렇게 보내도 좋으리라 여겼다. 그런데 남자가 사라졌고 채린은 기다리다가 기다리다가 혼자서 돌아왔다고 했다. 첫사랑을 꿈꾸는 여자는 낭만적이기나 하지, 병으로 죽어가는 남자의 마지막 사랑이라 정말 비현실적이다. 같이 살 수도 없으면서 그 멀리까지 그것도 아무 대책 없이 도망을 가는 건 또 뭔가. 무슨 비행 청소년들도 아니고. 그러나 내가 이렇게 투덜거릴 때가 아니었다.

　—아주 돌아온 거지?

　내 질문에 채린은 대답하지 않았다.

　애석하지만 하염없이 눈물을 흘리고 있는 채린과 함께 나는 울어줄 수가 없다. 이제부터 채린은 어떻게 한다는 말인가? 혼자서 죽어버리면 그만인가? 죽음은 이기적이다. 남자는 자신의 대책 없는 죽음에 채린을 끌어들이지 말았어야 했다.

　이 세상의 모든 로맨스의 결말은 사실 결혼 아니면 죽음이다. 결혼하고 나면 미친 듯이 열정적으로 사랑하던 사람들도 일상으로 돌아간다. '누군가를 사랑하는 사람의 영혼에게 휴식이란 없다.'라고, '그는 늘 고통에게 아침 인사를 건네며 외출을 한다.'라고 시인 유하는 썼다. 1년 365일 휴식도 없이 고통과 함께 하는 사랑의 유효기간은 길어야 몇 년이다. 소중하고 신기하고 매력적이었던 순간은 다 지나간다. 파란만장하던 사랑이 끝나고 지지고 볶는 지리멸렬한 생활이 시작되는 것이다. 혹자는 그것을 정이라고도 부르고 혹자는 여전히 사랑이라고 우기기도 하지만 어쨌든 그것은 그들이 사랑이라고 부르던 것보다는 포괄적인 것으로 일종의 사랑의 그림자이다. 그림자는 빛보다 대개 크기 마련이고, 빛보다 어둠의 세계가 더 기묘한 법이다.

어쨌든 이 세상의 모든 사랑은 어차피 죽을 운명인 것이다. 사람이 죽지 않으면 사랑이 죽는다. 사랑의 죽음을 인정하지 않는 자들이 늘 문제를 일으킨다. 어둠의 세계에서 편안히 휴식하는 평화의 시간을 즐기지 못하고 빛의 세계를 향해 질주할 기회만을 노리는 자들에게 세상은 만만하지 않다. 그들은 사람과의 약속을 버리고 세상의 규칙을 무시하면서 그래서 그것이 더욱더 사랑이라고 믿는다. 사랑의 죽음을 이해하지 못하는 자들은 사람의 죽음도 이해하지 못한다. 그래서 죽음과 상관없이 그들은 사랑을 한다. 그리고 그 사랑은 죽음 못지않게 이기적이다. 진심으로 나는 사랑의 죽음을 이해하지 못하는 자들을 동정한다.

*

—친구는 돌아왔나요?

—네.

주인을 찾은 비디오 가게 분위기가 달라졌는지 남자는 금방 알아챘다.

―무사히?

―비교적.

―비교적이라…… 그럼 이제 이 일은 그만하는 건가?

―그렇겠죠.

―오늘 저녁에 시간 있나요?

―네?

―사람 무안하게 왜 그렇게 큰 소리를 내고 그래요?

아닌 게 아니라 나의 갑자기 커진 목소리에 비디오 가게 손님들의 눈길이 모두 우리 쪽을 향해 있었다.

―오늘 저녁에 시간 있소?

남자가 속삭이듯 아주 낮은 목소리로 말했다.

―얼른 대답해요. 모두 우리만 쳐다보고 있잖소. 아니, 그냥 만나요. 이 앞에서 기다리겠소. 이따가 봐요.

나는 사라지는 남자의 뒷모습을 물끄러미 바라보았다. 그 뒷모습에서 언제든 그의 앞모습을 떠올릴 수 있을 정도로 익숙해졌다는 사실이 내게는 몹시 낯선 현실이었다.

비디오 가게의 문을 일찍 닫았다. 물론 그 남자와의 약속을 의식해서는 아니었다. 이제 주인도 돌아온 비디오 가게를 지키고 있는 일이 싱겁다. 내가 대신해 주는 한 채린은 더 제자리를 찾지 못할 것이다. 나쁜 일이 있을 때 사람들은 그 사람의 일을 도와주는 것이 최선이라고 생각할

지도 모르겠지만 실연한 자에게는 몰두할 무언가가 있는 것이 좋다. 그것이 일이든 취미든 간에, 적어도 그것을 하는 동안에는 자신의 상황을 잊을 수도 있다. 그런 종류의 일로 나는 채린에게 책을 권하고 싶다. 이를테면 추리소설 같은 것. 우리는 모르는 사람들에게 살해될 확률보다 아는 사람, 더구나 사랑하는 사람으로 인해 죽을 확률이 더 높다. 사랑은 잔인하다.

남자는 내게 만나자고 했지만 시간을 정하지는 않았다. 문을 닫으면서 생각해 보니 그는 비디오 가게가 통상적으로 문을 닫는 시간을 약속 시간으로 생각했을 가능성이 높다. 그렇다면 지금은 너무 이르다. 나는 그냥 갈까, 다시 비디오 가게로 들어가 그가 나타나길 기다려볼까 잠시 망설인다. 그러나 곧 다른 방법이 생각났다. 그의 집으로 내가 찾아가면 되는 것이다.

*

나는 남자의 퇴색한 아파트를 향해 걸어갔다. 가는 동안 거리는 점점 어두워지고 있었지만 그 어둠에 싸인 나는 조금씩 명랑해지고 있었다. 어이없는 감정의 변화였지만 나

는 혼자였고 착각에 빠지는 것이 문제가 될 상황은 아니었
다. 나는 콧노래를 부르면서 그의 아파트 입구로 들어섰
다. 층계를 오르면서 나는 흥얼거리던 노래의 속도를 조절
하였다. 그의 아파트 입구에서 정확히 노래의 마지막 구절
이 끝났다. 초인종을 눌렀다.

—어떻게?

—보자면서요. 들어가요? 나가요?

—일단 들어와요.

그는 내가 올 것을 예상하지 못했을 것이다. 그래서 아
무것도 준비하지 못했을 것이다. 그러나 준비가 되었든 준
비가 되지 않았든 그의 집은 한결같았다. 이 어수룩한 단
순함과 심란한 황폐함이 나는 마음에 들었다. 아무렇지도
않게 거기 오래전부터 읽다가 던져둔 듯 쌓여 있는 책들은
너무 유혹적이어서 숨이 막힐 정도이다.

—저녁은 먹었소?

—아니오. 아저씨는요?

—안 먹었는데. 그럼 나가서 저녁부터 먹을까?

—아니오.

우리는 중국집에 전화를 해서 자장면과 짬뽕, 탕수육을
시켰다. 이 집에는 어찌된 모양인지 제대로 된 상도 없었
다. 우리는 배달되어 온 그릇들을 바닥에 늘어놓았다. 허

락도 없이 들여다본 냉장고에는 생수와 맥주뿐이었다. 물과 술만 먹고사는 건가, 궁금했지만 묻지 않았다. 어느 누구도 물과 술만 먹고는 살 수 없다. 그러므로 그 질문은 다른 것들을 포함할 수 있고 그래서 오해를 불러일으킬 수도 있다. 나는 이해받는 것도 좋아하지 않지만 오해받는 것도 아주 싫어한다.

　황량한 남극 같은 그의 냉장고에서 맥주 한 캔을 꺼냈다.

　—이 맥주 마셔도 돼요?

　—다른 것 필요하면 사다줄게요.

　—이거면 됐어요. 자장면 불겠어요. 어서 먹어요.

　늘 그렇지만 그와의 만남은 낭만과는 거리가 멀다. 며칠 굶은 사람들처럼 식사를 하고 맥주를 마셨다. 그리고 나는 남자에게 채린의 이야기를 했다. 아주 단순하게 사는 탓에 고민할 만한 나 자신의 문제는 대학 졸업 이후로 거의 끝났다. 대학 때는 남들 하는 고민을 나도 했었다. 민족과 역사 앞에서 지성인으로서 무엇을 할 수 있을 것인가, 같은 고민을 했다면 거짓말이고 그 모든 번민이 끝내는 계란으로 바위 치기가 될지라도 바위에 계란의 끈적끈적한 흔적이라도 남길 수 있다면 의미 있지 않을까 하는 것 정도였고, 취업에 관해서라면 일찍이 노선이 서 있었던 탓에 고민할 필요도 없었고, 연애나 사랑 문제는 시시했지만 이

때 아니면 언제 또, 라는 심정으로 즐겼다. 하지만 그 시시해서 즐거운 연애의 고민을 채린은 아직까지도 수시로 내게 안겨다 주고 있다.

채린은 이번에는 나에게 처음부터 끝까지 모든 것을 이야기하지는 않았다. 채린이 내게 이야기한 것은 대략의 줄거리일 뿐이다. 그러나 채린이 시시콜콜 이야기하지 않는다는 것으로 인해서 이 로맨스는 일단의 사건으로 끝나지 않고 비극적인 러브스토리의 냄새를 풍기기 시작했다.

—그럼 친구가 아직도 남자를 포기하지 못한 것 같다는 얘기요?

—네, 그런 것 같아요. 좀 달라요. 아니, 많이 달라요. 예전하고는.

—『늦어도 11월에는』이라는 소설 봤어요?

—네.

—도대체 안 보는 책이 없구만.

—아닌데요. 내가 아무리 읽고 또 읽어도 세상에는 여전히 안 본 책들이 더 많아요.

—아무튼. 거기 여자도 사실 아무것도 모자라는 것이 없는데도 처음 본 남자를 따라나서지 않았소. 난 여자들에게는 일종의 그런 낭만의 충동이 있다고 보는데.

나는 남자에게 당신의 여자도 그렇게 당신을 떠났느냐고

묻고 싶은 걸 참았다. 지금 문제는 이 남자가 아니고 내 친구 채린이었다. 이 남자의 여자는 그래도 얼핏이라도 본 적 있지만 채린의 남자에 대해서는 얼굴도 몰랐다. 삼각관계에서 어느 하나를 모른다면 알고 있는 둘에서 시작하는 수밖에 없다. 어쩌면 『늦어도 11월에는』의 부부처럼 채린의 부부에게도 근본적으로 맞지 않는 성향의 차이가 있는 것은 아닌가 생각해 보았다. 확실히 그렇긴 했다. 채린은 보통 여자이면서 특별하다. 가정을 위해서 자신을 희생시키지 않는 특이한 주부군에 속한다. 살림도 거의 하지 않고 자신이 버는 돈은 자신을 위해 거의 모두 소비할 뿐 아니라 남편이 벌어오는 돈만이 그들 가정이라 부를 만한 것을 위해 쓰인다. 그런 채린에게 별다른 불만을 말하지 않는 거 보면 어쩌면 채린의 남편이 더 특이한 사람일지도 모르겠다.

　—당신에게는 낭만적 충동, 그런 것 없소?

　—낭만적 소비라면 가끔 있죠.

　—예를 들면?

　—다른 여자들이라면 평생 한 번이라도 입을 기회가 있을지 없을지 모를 옷이나 그런 걸 사는 거겠지만 저는 들어본 적도 없는 저자의 알 수 없는 책을 사죠.

　—그건 왜죠?

—일종의 모험이긴 한데 아무것도 알 수 없는 책이 더 많이 상상하게 만들거든요. 아무튼 비극을 부르는 낭만적 충동이라면 나는 사양이네요.

　—이 중에도 당신을 더 많이 상상하게 만드는 책이 있소?

　그가 쌓여 있는 책들을 가리키며 물었다. 이 집에서 나를 가장 많이 상상하게 만드는 건 사실 이 남자이다. 그러나 나는 아무 대답도 하지 않은 채 불규칙하게 쌓여 있는 책들의 무더기를 바라보았다. 그가 떠나고 이 집이 사라지고 나면 해체되고야 말 이 책들의 고독. 시간을 담아서 그 자리를 오래오래 지킨 것들이 사라질 때의 서러움. 곧 깨어버릴 것이 분명한 꿈 같은 시간 속에서 내 눈은 사냥꾼처럼 날카롭게 반짝인다. 저거다. 더글러스 커플런드의 『신을 찾아가는 아이들』. 나는 그 책을 집어 든다.

　—그 책이오? 마치 죽은 애인이 살아 돌아온 것 같은 표정이군.

　—그 기분이랑 비슷해요.

　『신을 찾아가는 아이들』 저 책이 나에게도 있었다. 그러나 나는 저 책을 잃어버렸고, 잃어버렸다는 사실을 깨달았을 때에는 이미 저 책을 세상에서 구할 수가 없을 만큼 시간이 지나 있었다. 잃어버려서 잊어버리고 지내왔던 책이었지만 다시 보는 순간 모든 것이 선명하게 떠올랐다. 단

순한 선의 삽화와 건조하고 날렵한 이야기를 내가 얼마나
사랑했었는지가 고스란히 어제처럼 기억이 났다.

　—애인은 없소?

　—음, 글쎄요. 그러는 아저씨는요?

　—있었지요.

　—지금은 없다는 얘기?

　—그렇지.

　—저는 말 그대로 글쎄요, 예요. 비록 애인이라고 할 수
는 없지만 이걸로도 충분하다고 생각한, 나쁘지 않은 관계
의 남자는 있었거든요.

　—도대체 그건 어떤 관계지?

　—'우리의 관계가 계속되는 동안 줄곧, 거의 1년 반 동
안 우리는 그런 식으로 얘기하였으며 우리는 우리들 자신
에 관해서는 결코 얘기하지 않았다. 처음부터 우리는 두
사람이 함께 공유할 미래는 상상할 수 없다는 것을 알고
있었다. 그래서 미래에 대해서는 결코 얘기하지 않았고 우
리들은 마치 신문기사와도 같은 얘깃거리들만 나누게 되었
다. 늘 같은 감정으로.'

　—그건 마르그리트 뒤라스 아니오?

　—알아요?

　—『연인』 아닌가?

나는 대답 대신 웃었다. 그 책이 아니었다면 나는 이 남자를 만날 수 없었을 것이다. 할인 마트의 벤치 앞에서 『연인』을 거래하던 때를 떠올린다. 어제 같기도 하고 전생 같기도 한 개념 없는 세월이 휙 하고 지나갔다.

—친구가 돌아왔으니 그럼 이제 비디오 가게는 그만두는 거요?

—그렇게 되겠죠.

—아르바이트 또 필요하지 않소?

이야기는 이상한 방향으로 흘러가기 시작한다.

*

—아, 전에 주유소에서 함께 차에 타고 있던 그 여자.

그는 아무런 대답도 하지 않는다. 그는 자신을 버리고 떠난 여자, 그러니까 이 모든 책들의 주인이었던 여자에게 복수를 하고 싶다고 했다. 그리고 그 일을 내가 도와주길 바란다고 했다. 복수에 대해서 나는 회의적이다. 그러나 그 대가에 대해서는 호의적이다. 특히 남자가 제시한 거래에 대해서는 그럴 수밖에 없다. 그는 내가 협조한다면 일단 아르바이트임이 분명하므로 금전적인 대가를 치를 것이며, 거기다가 보너스로 이 방에 있는 책들 중 내가 원하는 것은 모두 가져도 좋다고 했다.

그러나 내 욕심이 거기서 멈출 것 같으냐. 나는 그에게 금전적인 대가는 필요 없으며 그녀에게 확실히 복수할 수 있도록 돕겠으니 당신이 깨끗이 잊으려면 그녀의 책, 그리고 당신에게 그녀를 떠올리게 하는 이 모든 책을 전부 나에게 넘기라고 제안했다.

—너무 욕심이 과한 거 아니오? 날 바보로 아느냔 말이오?

—이봐요.

—그래, 봤소.

—내 말이 틀렸어요? 틀린 데 있으면 말해 봐요. 그리고 저 책들 어차피 버릴 거 아니에요?

—그건 그렇군.

—내가 처리해 주겠다는데 뭔 잔소리가 그렇게 많아요. 속아만 살았어요?

—그런 건 아니지만 한 번 제대로 속은 적은 있지.

남자는 쓸쓸한 얼굴로 그렇게 말하더니 한참을 침묵했다. 나는 복수에는 흥미가 없다. 솔직히 그가 어떤 방식으로 그녀에게 복수하겠다는 것인지도 모르겠다. 그리고 그 복수극에서 내가 어떤 역할을 해야 할지도 모르겠고 잘할

수 있을지도 의문이다. 하지만 이 거래는 나쁘지 않다고
여긴다. 아니, 저 책들이 모두 내 소유가 될 수 있다면 무
슨 짓이든 할 수 있을 것 같다. 나는 남자가 내 조건을 거
부할까 봐 마음이 조마조마하다.

드디어 남자가 입을 연다.

―좋소.

나는 이 계약이 무엇을 의미하는지 모른다. 나는 내가
욕심내어 진심으로 갖고 싶은 것만 생각한다. 나머지는 상
관없거나 모두 그 다음 사항이다. 그도 마찬가지일까. 아
니, 다른 거 같다. 나는 갖기 위해, 그는 완전히 버리기 위
해 시작한 일이다. 그가 나와 함께 복수에 성공한다면 그
는 그녀를 잊을 것이고, 그리고 그녀의 모든 책은 내 것이
될 것이다. 그리고 우리는 다시 만나는 일이 없을 것이다.
나는 이 목적의식이 마음에 든다. 그러나 그 목적을 이룰
방법은 아주 애매하고 게다가 번거롭다.

나는 그와 그녀의 사연을 자세히 모른다. 아마도 그녀는
그를 배신하고 더 나은 남자에게로 갔을 것이다. 그러나
그런 일은 흔하디흔하다. 고작 그런 일로 복수를 하겠단
말인가. 하지만 이유 따윈 의뢰인인 그 남자가 판단할 몫
이다.

일단 계약금 조로 이십 권의 책을 받기로 했다. 적을 노

리는 킬러의 눈처럼 책의 제목, 그리고 작가를 선택하여 내가 열 권을 골랐다. 그리고 그가 부주의한 손놀림으로 아무 책이나 무작위로 짚어서 열 권을 넘겼다. 흐뭇한 마음으로 이제는 나의 책이 된 그의 책들을 살펴본다.

누군가의 손길이 지나간 책은 더 흥미롭다. 인간도 그러하다. 버려진 사랑을 줍는 일. 사연을 더듬는 일. 나는 그의 책들을 통해 그의 사연을, 사랑을, 그리고 복수를 계획하고 돕는다. 책을 다 읽을 때까지 결말은 알 수 없다. 물론 시작부터 끝이 보이는 책도 있다. 끝이 시작인 책. 아마도 그는 일종의 그런 책이다. 그러나 나는 그가 원하는 것이 복수가 아님을 알고 있다. 그랬다면 그는 저 책들을 모조리 불태웠을 것이다. 모든 분서는 살인인 동시에 의식이다. 그러므로 그가 원하는 건 어쩌면 용서일지도 모르겠다. 그의 책들은 나로 인해 살아남을 것이다.

　이제 그와 나는 만나서 의식적으로 식사를 하고 영화를 보고 차를 마시거나 술을 마신다. 이 평범한 데이트의 과정은 어디선가 보고 있을 여자의 시선을 의식하고 있다. 떠나버린 연인을 잊지 못하는 남자의 심정은 어떤 것일까, 궁금하기도 했고, 거기에 내가 동참하고 있다는 기분은 새롭고 신선했다.

　나는 단 한 번도 내가 인생의 주인공이라고 생각해 본 적이 없다. 주인공 역할을 맡기에 나는 너무 평범하고 내 인생은 너무 평온하고 심심하다. 하지만 그래서 내가 썩 마음에 들고 좋다. 그런 의미에서 그의 복수극은 나에게는 일종의 이벤트 같은 것으로 다가왔는지도 모르겠다. 아주 평범한 여자에게 오늘 하루쯤은 다른 사람이 되어보게 해주겠다는 마법 같은 것.

하지만 다시 생각해 보면 이 복수극의 주인공은 내가 아니다. 그와 그녀이다. 어쩌면 나는 꽤 괜찮은 내레이터는 될 수 있을지 모르겠다. 지켜보는 것, 바라보는 것, 읽고 즐거워하는 것이 이 세상에서 내가 아주 잘하는 일이므로.

처음 며칠간 나는 내가 의식해야 할 어떤 여자, 그리고 그 시선의 정체를 알고 싶어 했으나 얼마 지나지 않아 시들해졌다. 책을 제외한다면 내 모든 관심은 오래 지속되지 않는다. 이번도 예외는 아니었지만 그래도 호기심이라는 것을 제법 발휘할 수 있었던 건 그녀의 책들 때문일 것이다. 나는 그 책의 목록에서 나와 일치하는 점들을 자주 발견하고는 했다. 그녀는 내가 가지고 싶었던 것들을 대부분 가졌다. 그럼에도 그것들을 모두 버리고 떠났다. 책이란 시간이다. 그녀는 그 시간들을 가차 없이 버리고 떠났다. 그럴 수 있는 여자는 과연 어떤 여자인지, 그런 결심은 어디서 솟아나오는 건지 궁금했다. 그리고 그것들은 패배자인 남자에게 물을 수 없는 종류의 질문이었다.

그와 나는 오늘도 식사를 하기 위해 식당에 앉았다. 계약 이후로 우리는 제법 비싼 식당만을 드나들고 있다. 나는 먹는 데 입는 데 신경 쓰면서 사는 부류가 아니다. 그런 즐거움을 모르는 것은 아니나 그런 것을 누릴 만큼의 여유는 아직 내게 없고 어쩌면 앞으로도 영원히 없을 것이다. 인생에는 우선순위라는 것이 있다. 포기할 수 없는 것을 포기하지 않기 위해 포기할 수 있는 것을 포기해야만 하는 것이다. 언제나 내 인생은 그런 식으로 구성되어 왔다.

—이건 내가 싫어하는 음식 워스트3에 들어요.

—그래. 저번에는 13위라고 했던 거 같은데.

—그래요. 그랬어요. 하지만 순위는 바뀌기 마련이죠. 그 자리에 늘 고정되어 있다면 순위가 무슨 의미가 있겠어요.

나는 아주 태연하고 뻔뻔스럽게 그런 너스레를 떨고 있었고, 그는 기가 찬다는 표정으로 나를 쳐다보고 있었다. '정말 멋지군.' 하고 생각할 거라고 착각할 수 있으면 좋으련만, 그의 표정은 오히려 '정말 쓸데가 없군.' 하고 말하고 있었다. 이거면 어떻고 저거면 어떤가. 이 세상에서 내가 싫어하는 것들 중 5위가 오해를 사는 일이고, 3위가 다른 사람들이 나를 이해해 주는 것이다.

나는 아직 이 복수극에 대해 입장 정리가 끝나지 않았다. 내가 아는 것은 한 남자와 한 여자가 있었고 그들이 사랑했었고 그리고 이별했으며 그 어리석은 복수극에 내가 어이없게도 동참하기로 했다는 것뿐이다. 최대의 복수는 적 없이도 행복해져서 적을 잊어버리는 것이다. 그러나 그러기 위해서는 과정이 필요하다. 누구나 처음부터 그럴 수는 없는 것이다.

—다음번에는 당신의 베스트3에 드는 요리들을 먹도록 하지.

그는 마치 화난 아이를 달래듯 그렇게 말한다. 그리고 내가 아무렇게나 말했던 베스트1, 2, 3의 음식을 이야기했다.

—아저씨, 기억력은 아직 괜찮으시네요.

—그럼, 안 괜찮은 건 뭐지?

—뭐 여러 가지로 상태가 그리 좋아보이지는 않는데요.

—이거 먹어봐.

그는 자기 앞의 접시에 담긴 음식을 덜어서 내 접시로 옮겨주었다. 나는 주위를 조심스럽게 살폈다. 갑작스러운 친절한 동작은 의심스럽다. 그러나 자연스러워야 한다. 나는 웃으면서 내 앞 접시의 음식을 집어서 그의 입가로 가져갔다.

—이거 맛있어요. 먹어봐요.

그는 순간 당황했다. 나는 조용히 아주 조용히 말했다.

—연극을 하려면 제대로 하죠.

그는 웃으면서 음식을 받아먹었다. 그리고 그 서로를 위하여 입 안의 음식이라도 꺼내줄 것 같은 연인의 포즈는 계속되었다. 음식은 입가에 묻고 웃음이 터져 나왔다. 우리는 미친 것처럼 즐겁게 식사를 했다.

이 만남이 전혀 낯설지가 않다. 오랫동안 수없이 상상한 일처럼, 예전에 이미 겪었던 일처럼. 하지만 이건 내가 상상해 온 일도 아니었고, 나에게 이미 있었던 어떤 일은 더더욱 아니었다. 그렇지만 익숙하다. 마치 이미 읽은 책을 나도 모르게 또 읽고 있는 것처럼 망설임 없이 수순대로 일이 착착 진행되는 그런 기분. 그래서 때로는 두렵다. 멈출 수 없이 진행되는 죽음처럼. 반드시 오는 책의 마지막 페이지처럼.

*

채린의 생일이었다. 무심한 친구인 나는 채린의 생일을 잊어버리고 있었다. 그동안 채린에게는 남편도 있었고 심지어 애인도 있었으므로 내가 그녀의 생일을 잊어버리는 건 그다지 중요한 일도 아니었다. 그러나 이번은 달랐다.

올해 채린의 생일에는 남편도 애인도 없었다. 채린이 벌인 일들을 남편은 용서했지만 채린은 용서받기를 원하지 않았다. 용서받지 않으려는 채린과 용서하려는 남편이 실랑이를 벌이다가 결국 채린의 시댁에서 알게 되었고, 이혼까지 갔다. 채린의 남편은 자신의 부모와 다시 보지 않는 한이 있더라도 채린과 함께 있고 싶어 했으나 채린은 사랑하지도 않는 남편과 함께 살 수는 없다고 했다. 아니, 다른 남자를 사랑하고 있고 더 이상 자신을 속이면서 살고 싶지는 않다고 했다. 그러나 죽어간다는 남자에게서는 아직도 아무런 소식이 없었다.

채린의 생일은 벌써 하루가 지났다. 채린이 좋아하는 딸기 무스케이크를 사들고 갔을 때 어둠이 깔린 비디오 가게에서 채린은 혼자 책을 읽고 있었다. 에쿠니 가오리의 『낙하하는 저녁』이었다.

—재밌니?

—응. 이거 읽었니?

—응.

채린의 비디오 가게를 지키는 동안 나는 채린의 책들을 가끔 읽고는 했다. 채린의 책 리스트는 어릴 때는 뭐뭐 로맨스라고 이름 붙여진 것들이었는데 어른이 되고 나서는 그것만으로는 부족한지 동서고금의 연애소설이 모두 등장하고 있었다. 『안나 카레니나』와 『보바리 부인』, 그리고 에쿠니 가오리나 야마다 에이미가 쓴 소설들이었다. 에쿠니 가오리는 채린이 근래 편애하는 소설가인지 책이 제법 많았다. 나는 채린이 없는 동안 그 책들을 거의 다 읽었다.

『낙하하는 저녁』에서 남자는 오래된 연인인 여자를 떠난다. 그는 새로운 여자를 불과 사흘 전에 만났고, 둘 사이에 사랑이 이루어질지 어떨지도 모르는데, 일방적인 매혹으로 8년을 함께한 여자를 버린다. 나는 이 소설을 읽으면서 버림받은 사람도 버리는 사람도 이해하지 못했다. 하지만 지금 소설보다 하나 나을 것 없는 현실의 사람들을 가까이에 두고 있다. 그리고 나도 이 일에 일말의 책임이 있을지도 모른다. 『낙하하는 저녁』의 남자처럼 채린도 8년을 알아온 남편을 얼마 전에 만난 새로운 남자 때문에 버렸다. 그 남자와 이루어질 수 없을 것이고, 심지어 그 남자는 이 세상에 더 이상 없을 텐데 말이다.

—이 책은 왜 또 읽는 건데?

나는 화도 나고 짜증도 나서 그렇게 묻는다. 책은 현실 도피를 위한 최면제로 사용되거나 자신의 상황이나 환경을 비추어 보는 거울이 되기도 한다. 어떤 사람은 책을 읽으면서 현실을 잊고 어떤 사람은 책을 통해 현실을 이해한다. 채린은 왜 다시 『낙하하는 저녁』인가.

채린이 대답한다.

—홍콩의 냄새 나고 파리가 버글거리는, 복작복작한 시장통 죽 집의 앉은뱅이 상 끄트머리에, 빨간 원피스를 입고 맨발에 남성용 샌들을 신고 하루 종일 앉아 있는, 불행

의 밑바닥에 있는 것 같은 얼굴을 한 하나코가 잊히지 않아서 말이야.

채린이 생각하고 있는 하나코는 버림받은 여자도 버린 남자도 아닌 그 사건의 이유가 된 새로운 사람이었다. 그러므로 채린은 지금 어디에서 무엇을 하고 있는지 모를 그 남자를 떠올리고 있다는 것인가. 멀쩡한 부부 사이 갈라놓고 아무 연락도 없는 그 무책임한 남자 말이다. 『낙하하는 저녁』을 읽으면서 나는 하나코를 미워하지 않았다. 그렇지만 채린의 그 남자는 지독하게 밉다.

채린은 언제나 나보다 어른이었다. 세상에 대해 나보다 많이 알았고, 사랑에 대해서도 나보다 많이 알았다. 그래서 나는 채린이 이런 어리석고 무모한 사랑을 하리라고는 생각하지 못했다. 이성복 시인은 '사랑은 자기 반영과 자기 복제'이며 '내가 너를 통해 사랑하는 건 내가 이미 알았고, 사랑했던 것들이다.' 라고 했다. 나는 채린이 언제나 그렇다고 생각했다. 자기를 너무 사랑해서 언제나 스스로를 로맨스의 주인공으로 만들 수밖에 없는 거라고 믿었다. 그런 사람들은 실수를 하지 않는다. 손해 보는 짓, 자신을 다치게 만들고 결국 자기 인생을 망가뜨리는 짓을 하지 않는다. 그러나 내가 잘못 알았다. 채린을 보면서 나는 사랑이 인생을 단번에 허무하게 만들어버릴 수도 있다는 생각을 한다. 오직 사랑만이 그럴지도 모른다는 생각이 든다.

나는 채린의 손에 여전히 들려 있는 『낙하하는 저녁』을 저 멀리로 쫓아버리고 케이크를 상자에서 꺼냈다. '반짝반짝 빛나는' 딸기 케이크에 초를 꽂고 불을 붙이고 나는 생일 축하 노래를 불렀다. 혼자 불러주는 생일 축하 노래는 비디오 가게를 유난한 쓸쓸함으로 공명시키고 있었다.

나는 노래를 시작한 것을 후회했지만 이미 늦었다. 시작한 노래는 끝까지 부를 수밖에 없다. 특히 누군가를 축하하기 위해 무언가를 기념하기 위해 부르는 노래를 중간에 멈추는 것은 나쁘다. 내 노래가 끝나고 채린은 촛불을 불어서 껐다. 나는 예전처럼 호들갑스럽게 소원을 빌라는 얘기는 하지 않았다. 이미 채린이 무슨 소원을 빌지 알고 있었다. 사람에게 가장 중요한 것은 살아 있는 일이다.

케이크를 먹으면서 보니 구석 자리에 장미 꽃다발이 놓여 있다. 뿌리 없는 장미는 화병에 꽂히지도 못하고 빠른 속도로 시들어가고 있었다.

—뭐야 저건?

—뭘 거 같아?

—혹시 너희 남편이……

—그래. 잊지도 않고 선물을 보냈어.

—어떻게 지낸대?

―걱정 안 해.

―정말 너, 양심이 없구나.

―그런 거 아냐. 우리 결혼은 뭔가 잘못됐어. 남편은 나와 함께 사는 동안에도 혼자일 때와 마찬가지로 살았어. 알아서 일어나서 씻고 시리얼과 우유, 블랙커피 한 잔으로 아침을 해결하고, 스스로 주말마다 다려놓은 말끔한 셔츠를 입고 넥타이도 척척 골라 매고 나갔지. 그와 함께 사는 집에서 내가 하는 일은 그저 살아 있는 것뿐이었어. 지금도 아마 잘 지내고 있을 거야. 어쩌면 나랑 살 때보다 더.

그러면서 채린은 씁쓸하게 웃었다. 그리고 또 말했다.

―믿을지 모르겠지만 남편이랑 단 한 번도 싸움다운 싸움을 해본 적이 없어. 우리 싸움은 언제나 내가 일방적으로 화내는 게 다였고 그마저도 없어진 지 오래됐어. 당신 하고 싶은 대로 해, 라는 말 지겨워.

―안 싸운다는 건 좋은 거 아닌가? 그리고 너 하고 싶은 대로 살아왔으면서 됐지, 도대체 뭐가 불만인 거니?

―세상 사람들 모두가 그렇게 말하겠지. 내가 잘못해도 그는 다 이해해 주는데 뭐가 불만이냐고? 하지만 말이야, 나는 나대로, 그는 그대로 산다면 굳이 같이 살 필요가 없는 것 아닐까? 싸우지 않는다는 건 서로 기대하는 게 없다는 게 아닐까?

자세히 들여다보지 않으면 알 수 없는 것. 그것이 남자와 여자 사이의 일인가. 저마다의 케이스가 있어 어떤 경우에도 정확히 대입시킬 수 없는 것. 그래서 저 자리에서는 용서해도 될 일이 이 자리에서는 죽이고 싶을 만큼의 일이 되기도 하고, 저 자리에서는 이 사람의 잘못이 이 자리에서는 저 사람의 잘못이 되는지도 모른다. 당사자들이 알아서 해결해야 하는 일이다. 내가 할 일은 가까이서 이야기를 들어주는 것밖에 없다. 이 세상에 사랑에 관한 이야기가 그렇게 지치도록 많은 이유를 이제는 조금 알 것도 같다.

*

채린과 함께 중학교 시절처럼 나란히 방 안에 누웠다. 천장을 보고 잠이 찾아올 때까지 나른한 수다를 떤다. 채린이 자신이 없던 그 시간의 나를 궁금해서 나는 그 남자의 이야기를 한다.

—특별한 사람 같아.

—응?

—그 사람 너한테 특별한 사람인 것 같다고. 그리고 이

이야기의 끝이 궁금하다.

—나도 그래.

—로맨틱 소설이라면 그 이야기는 이런 식이 되겠지. 남자는 복수의 부질없음을 깨닫고 자신이 진짜 사랑하는 여자는 새로운 여자임을 알게 된다. 그래서 둘은 오래오래 행복하게 잘 살았습니다.

—아마 그럴 일은 없을걸.

—왜?

—새로운 여자는 남자를 사랑하는 게 아니라 그의 책들에 혹해 있을 뿐이니까. 이건 연애가 아니라 거래일 뿐이니까.

—너무 자신하지 마. 세상의 어떤 일은 책과는 매우 다르니까.

채린의 말에서 순간적으로 쓸쓸함이 묻어난다. 나는 얼굴도 모르고 이름도 모르는 채린의 마지막 남자의 흔적을 줍는다. 그는 채린에게 상처라는 기억을 준 첫 남자일지도 모르겠다. 상처 없는 사랑보다 상처 많은 사랑이 기억 속에서는 끈질긴 건지도 모른다. 그래서 채린도 남자를 단순히 흘려보낼 수 없고, 그도 그 여자를 향해 복수를 꿈꾸는지도 모르겠다.

기억한다고 달라지는 건 없다. 복수한다고 달라지는 건

없다. 상처 없는 내가 생각할 때 상처받은 사랑이란 그러하지만 그들에게는 다른 건지도 모른다. 세계가 다르다고 여긴다. 그래서 그 경계선을 서성이며 그 건너편을 상상한다. 책으로 읽어온 것과는 다른 세계. 사랑이라고 여전히 불러도 좋을 것에는 결말이 없다. 그들의 러브스토리 혹은 복수극은 끝이 보이지 않는다.

　─진짜 왜 그랬니?

　나는 채린에게 다시 묻는다. 아무리 너그럽게 보아도 이번에는 채린이 지나쳤다. 나는 그 남자를 모르지만 그래서 이런 말하는 것이 공정하지는 않지만 일을 크게 만든 건 채린이다. 남자를 따라나섰더라도 아무 일 아닌 것처럼 돌아올 수도 있다. 그리고 가벼운 거짓말로 원래의 자리로 복귀할 수도 있었다. 채린의 남편은 어차피 채린을 용서하고자 작정한 사람이었다. 채린이 냉정하게 말하지 않았다면 이혼까지는 가지 않았을 것이다. 그러니까 채린이 자신을 이렇게 만든 것이다. 그것이 전적으로 채린의 의지는 아니었다고 해도 채린은 자신을 극단으로 몰아붙였다.

　─그냥 그러고 싶었어.

　─그냥이라고 하기에는 너무 엄청난 일 같은데.

　─다르게 살아보고 싶었어. 그것이 나쁜 쪽이라고 해도 나 하고 싶은 대로 한 번만 딱 한 번만 해보고 싶었어.

이 대답은 의외다. 나는 채린이 언제나 자기 하고 싶은 대로 하면서 산다고 생각했었으니까.

─정말 하고 싶은 게 뭐였는데.

─웃지 마.

자신은 웃으면서 채린은 나에게 웃지 말라고 미리 경고한다.

─사랑이 하고 싶었어.

그럼, 그동안 해온 것은 사랑이 아니었다는 말인가. 내가 세상의 반밖에 모르고 있다는 생각이 든다. 내가 이미 알고 있던 것은 더욱 잘 알게 되어 그 무엇도 신기하거나 새롭지 않고, 다른 한쪽은 막막할 정도로 낯설고 기이하다. 인생의 한 면만을 알고도 잘 살아가는 사람들이 있을 것이다. 빛을 향해 온몸을 던지는 사람, 그림자를 향해 절대 깊이로 걸어가는 사람. 나는 그 어느 쪽도 아니다. 때로는 그림자를 향해 처연히 걸어가거나 빛을 향해 달려가는 사람들이 부러울 때도 있지만 내가 가진 평화를 깨부술 만큼의 용기를 부릴 일이 나에게는 없다.

─하고 싶은 것 했으면 됐잖아. 이젠 잊어.

─내가 꿈꾸던 것과는 늘 다른 일들만 나에게 일어나. 그리고 지금도 나는 내가 상상하는 것과는 다른 곳에 있어.

나의 무심은 사람들의 깊은 상처를 건드린다. 그래서 그들을 한숨짓게 만들고 눈물 나게 한다. 지금도 그렇다. 나는 여기서 더 나아가야 할지, 모른 척해야 할지, 아니면 멈춰야 할지를 생각한다. 그리고 결정한다. 기회는 다시 오지 않을지도 모른다. 지금 이 순간이 아니면 할 수 없는 말들이 있고, 똑같은 말도 다른 순간에는 다른 말이 되고 만다. 나는 채린의 진짜 이야기를 알고 싶다.

—후회하는 거니?

—아니. 후회하지 않아.

채린은 단호하게 대답한다. 그 단호함에는 칼날 같은 슬픔이 느껴진다. 채린이 정말 후회하는지 안 하는지는 중요하지 않다. 후회하지 않기로 했다는 결정이 중요하다. 후회는 남의 기준에 맞춰 사는 미련한 자들의 몫이다. 채린은 자신의 뜻대로 사랑했으므로 후회하지 않을 것이다.

—옛날처럼 책 읽어줄래?

—그래, 그러자. 오래간만에. 정말 오래간만에.

우리가 아주 어렸던 그때, 이제는 기억도 제대로 나지 않는 그때 책에서 멋진 구절을 발견하면 나는 언제든 채린에게 읽어주고는 했다. 점심시간이나 쉬는 시간, 그리고 전화로도. 어렸던 그때에는 책 속에 멋진 구절이 정말 많았다. 그 대부분을 나는 이해하지 못했을 것이다. 고백하자면 그때는 이해하지 못하는 것이 더 멋있었다.

나는 불을 끄고 스탠드를 켜고 방 안에 굴러다니는 책 한 권을 집어 들었다. 시모의 『릴라는 말한다』였다. 나는 아무 페이지나 펼치고 읽기 시작했다.

하지만 만약 내가 어쩔 수 없이 떠나게 된다 해도 울지는 않을 것이다. 단지 릴라를 떠나야 할 때에만 울 것이다. 릴라는 머물러 있기 위한 유일한 이유이고 또 떠나기 위한 유일한 이유이다. 릴라가 없으면 나는 내가 어느 별에 살고 있는지, 어디가 남쪽이고 어디가 북쪽인지도 알지 못한다. 나는 지금 이곳에 있다. 다른 곳에 있을 수도 있다. 어느 곳이나 비슷하다고 나는 확신한다. 빈털터리일 때는 어디에서나 별 볼일 없는 법이다. 세상은 보이지 않는 여러 층으로 나누어져 있다. 너는 이곳에, 나는 저곳에.

채린은 잠이 들었다. 그러므로 나도 곧 잠이 들 것이다. 내일 무슨 일이 일어날지 장담할 수 없다. 그러나 이것 하나만큼은 자신할 수 있다. 나는 내일도 오늘처럼 책을 읽을 것이다. 세상의 마지막 날이 온다고 해도 누군가 사과나무를 심듯이 묵묵히 책을 읽을 것이다. 반드시 무슨 일이 있어도 읽던 책은 마저 읽을 것이다.

19 끝까지 춤추는 거야

　아버지가 나가는 소리를 침대에 가만히 누워서 듣는다. 아직 이른 아침, 게다가 나에게는 너무 이르다. 잠이 줄고 얕아지고 있다. 나도, 아버지도. 오늘 아버지는 보통 때보다 30분이나 일찍 집을 나서고 있다. 일찍 일어나면 일찍 일을 시작한다는 건 아버지의 방법이다. 여유롭고 한가하게 자기만의 시간을 즐기는 것 같은 건 아버지 인생에는 없다. 아무 일 없이 그냥 그렇게 지내는 건 허무하다고 생각하시는 것이 틀림없다. 아버지는 부지런하게 움직여서 무엇을 이루려는 것일까. 궁금하기 그지없지만 질문했다가는 나한테 돌아올 건 뻔하다. 욕밖에 없다.
　나는 아버지와는 다르다. 나는 보통 때 내가 일어나는

시간까지 그냥 누워서 버틴다. 바쁘게 일어나서 서둘러야 할 일 같은 건 내게 없다. 갈 곳 없는 내가 참 마음에 든다. 아버지가 내 인생을 강요하지 않듯이 나도 아버지 인생을 바꾸려 하지 않는다. 일하고 싶은 사람은 일하고 책 읽고 싶은 사람은 책을 읽는 것이다. 모두가 같은 시간에 같은 짓을 하면서 산다는 건 어딘가 비정상적이다. 이 아파트만 해도 솔직히 웃긴다. 윗집도 아랫집도 똑같은 구조다. 소파도 침대도 책상도 싱크대도 욕조도 세면대도 변기도 붙박이장도 어쩌면 똑같은 자리에 놓여 있을 것이다. 내가 지금 누워 있는 이 침대의 위와 아래에서 누군가가 똑같이 누워 있다. 아마 그 인간은 조만간 일어나서 회사를 향해 가거나 해야겠지만 나는 그러지 않아도 된다.

침대에 그대로 누워 손을 뻗어 책 한 권을 빼낸다. 가네시로 가즈키의 『레벌루션 No.3』이다. 아무 페이지나 펼치고는 눈 닿는 곳부터 읽어 내려간다.

"그리고 리틀 중사는 내 머리를 쓰다듬으면서 작별 인사를 했어. 너는 고된 인생을 살지도 모르겠다. 상처받아 좌절하는 일도 있겠지, 라고 말이야. 그리고……"

우리는 세계와의 거의 완벽에 가까운 조화를 느끼면서 히로시의 마지막 말에 귀 기울였다.

"무슨 일이 있어도, 끝까지 춤추는 거야."

이것은 가끔 내가 치는 책 점이다. 아무 책이나 골라서 아무 페이지나 펼치고 아무 단락이나 읽기 시작한다. 거기에는 아무것도 없을 수도 있고 무언가 있을 수도 있다. 그것은 나에게 달린 일이다. 그러므로 오늘의 메시지는 '무슨 일이 있어도 끝까지는 춤추는' 것이다.

*

남자를 만나기로 한 날이다. 그와의 약속은 대부분 늦은 오후나 저녁 시간에 이루어진다. 오늘의 약속은 비교적 이른 시간이지만 아직도 많이 남았다. 이래서 약속이 싫다. 그 시간이 올 때까지 그 시간을 의식하면서 지내야 하니까.

나는 보기에 따라서는 무척이나 게으른 인생을 살고 있지만 그렇게 한가하지만은 않다. 나는 아버지와 함께 살고 있지만 혼자 살고 있는 것과 거의 다름이 없다. 아버지는 자신의 일은 자기가 알아서 하는 편이다. 그러니까 식사를 챙겨주거나 빨래를 대신해 주거나 할 필요까지는 없는 것이다. 무심하고 깔끔하고 개인적인 룸메이트를 가졌다고 상상하면서 살고 있긴 하지만, 그래서 더 혼자처럼 느껴질 때가 있다. 혼자 산다는 것은 전혀 여유롭지 않다. 누구도 내 일상의 가장 조그만 부분도 대신할 수 없다.

나는 오늘 꽤 일찍 일어났고 조금 빈둥거린 후부터는 열심히 움직였다. 밀린 빨래를 했고 청소를 했다. 그러면서 나 아닌 사람들이 낮에 무얼 하는지 생각해 보았다. 뻔해서 아무것도 더는 생각해 볼 필요도 없는 사람이 있다. 회사에 다니는 사람들. 나는 구체적으로 그들이 무슨 일을 하는지는 전혀 알지 못하고 궁금하지도 않지만 상상할 여지가 그리 없는 일이다. 얼마 전까지 유희는 그런 사람이었지만 이제는 아니다.

오후 한 시. 유희는 무얼 하고 있을까. 작가의 세계를 잘 알 수는 없지만 작가는 그냥 대략 두 가지 종류로 나눌 수 있을 것 같다. 아주 일찍 일어나고 일찍 잠드는 작가와 밤을 새우는 작가. 회사 다닐 때에도 유희는 종종 밤을 새우곤 했다. 유희는 낮에도 자는 노하우가 나름대로 있을 테니까. 어쩌면 지금쯤 자고 있을지도 모른다.

나는 휴대폰으로 문자란 걸 보내보기로 했다. 일단 설명서부터 꺼냈다. 나는 모든 종류의 활자에 익숙하고 너그러운 편이지만 설명서는 싫다. 목차를 뒤져 내게 필요한 부분을 찾아낸다. 음, 이해가 갈 듯 가지 않을 듯. 해보는 수밖에 없다. 차례대로 시키는 대로. 아마도 설명서가 싫은 이유는 창의력과 상상력을 발휘할 수 없기 때문인지도 모른다.

자냐?

아니. 이제 자려고. 그런데 웬 문자?

한번 해봤지. 그런데 어렵다.

곧 익숙해질걸. 지금 일어났니?

아니. 일찍 일어났어. 넌?

난 아직 안 잤어.

뭐 했어? 혹시 글 썼냐?

노력은 했지. 오늘 뭐해?

약속 있어.

오. 누구랑?

누구라고 설명해도 모를 사람.

그런 사람이 있어?

다음에 얘기해 줄게.

그래.

그럼 잘 자.

이 작은 기계의 세계는 오묘하고도 기이하다. 몇 자 이 내로 할 말을 요약해야만 한다. 가능한 한 간결해야 한다. 세계는 점점 작아지고 요약돼 간다. 책 한 권으로 쓰일 만한 인생이 끝내는 몇 줄의 묘비명으로 요약되는 것처럼. 그러나 짧고 단순하고 강렬하게, 라는 모토는 내 삶과 거리가 멀다. 나는 주절거리면서 서성거리면서 살고 싶다.

유희는 이제 잠들 것이다. 채린은 비디오 가게에 있을 것이다. 아버지는 식당에서 아주 바쁠 것이다. 그러면 그는 이 시간에 무얼 하고 있을까. 나는 다른 사람의 시간을 궁금해하지 않는다. 무얼 하든 어떤 식으로 살든 이 세상 모든 사람에게 피해를 주는 방식이 아니라면 괜찮다고 생각한다. 이를테면 자기를 파괴시키는 행위에 관해서는 두렵긴 하지만 상관할 일은 아니라고 생각한다. 하지만 가족이나 영향을 받을 누군가가 있다면 곤란하다. 그는 현재 혼자 살고 있음이 분명하지만 가족 같은 것이 있을 것이다.

혼자 사는 삼십 대 남자의 삶을 짐작하기는 어렵지 않다. 소설에도 영화에도 자주 나온다. 극단적으로 궁색하거나 극단적으로 화려하다. 하지만 그는 둘 다 아니다. 이십 대 후반의 여자인 내 삶이 영화나 소설과 다른 것처럼. 나는 내 짝을 찾기 위해 안달하지 않는다. 무언가를 이루려고 좌충우돌하지 않는다. 그냥 하루하루 조금씩 나아가고 있을 뿐이다. 앞으로 앞으로. 그렇게 얼마 후면 내가 기다리던 나이 서른 살이 될 것이다.

*

이 이상한 아르바이트에 나는 점점 더 익숙해지고 있다.
나는 약간 주의해서 그를 관찰한다. 그랬더니 무수한 의문
들이 떠오른다. 일단 이 남자는 왜 남들 다 떠나는 아파트
에서 혼자 세월을 보내고 있을까? 다른 물건들을 이미 거
의 떠나보냈으면서 무슨 사연으로 책들만은 저리도 싸안고
있는 것일까? 그녀와 어떻게 해서 만나고 헤어지게 되었을
까? 어차피 나랑은 그리 상관없지 않은가. 나는 그에게서
결국 책만 물려받으면 되는 것이다. 결론이 이미 나와 있
는 관계란 간편해서 좋다.

그는 걷고, 어디로 가는지도 모른 채 나는 따라 걷는다.
무엇을 하든 그것은 이미 중요하지 않다. 그가 멈춰 섰다.
아무 생각 없이 걷던 나는 그와 살짝 부딪혔다.

—조심해요. 그러다 다치겠다.

—왜 갑자기 멈춰 서고 그래요?

—멈춰야 하니까 멈추는 거지.

나는 주위를 둘러보았다. 우리는 으리으리한 외관을 가

진 옷 가게 앞에 서 있었다. 쇼윈도에는 팝아트처럼 옷이 주렁주렁 걸려 있었다. 그는 옷을 사주겠다고 했다.

—그럴 필요 없어요.

—당신을 위해서가 아니라 나를 위해서요.

—무슨 말이죠? 아, 그러니까 이런 옷차림으로는 당신의 여자에게 질투를 불러일으키기 힘들다, 이런 뜻인가요?

그는 대답하지 않았다. 그리고 문을 열고 들어갔다. 한눈에 보아도 고급스러워 보이는 곳이었다.

—안녕하셨어요? 언니가 지금 없는데.

가게의 여자가 말했다.

—상관없어요. 오늘은 옷을 사러온 거니까. 저 여자분 입을 만한 옷 좀 골라주겠어요?

그러고는 나를 향해 그가 말했다.

—마음에 드는 옷 있으면 입어봐요.

이런 곳에 내 마음에 드는 옷이 있을 리 없다. 아니, 옷 같은 것이 내 마음에 들 리가 없다. 관심이 없으면 욕망도 생겨나지 않는다. 하지만 나는 옷을 고르기 시작했다. 달리 할 일도 없었다. 가만히 있는 것이 더 어색했다. 그리고 잘 뒤져보면 이 많은 옷들 중에 마음에 드는 것이 하나쯤은 있지 않겠는가. 사실 관심이 없으니 별로 까다롭지도 않다.

—입어보실래요?

　가게의 여자가 말하기에 그 순간 내 손에 마침 들려 있던 옷을 입어보기로 했다. 옷을 갈아입고 보니 거울 속의 내 모습은 내가 아니다. 그렇지만 나쁘지는 않았다. 여자가 이것도 한번 입어보실래요? 하고 권하는 옷을 또 입어보기로 했다. 다섯 번째 옷을 갈아입고 나왔을 때였다. 그 여자가 문을 열고 들어왔다.

　—언제 왔어? 많이 기다린 거야?

　여자가 남자를 보더니 반가운 얼굴로 말했다. 의심 없이 사전 정보 없이 그냥 보자면 그건 분명 반가움이었다. 그녀는 주유소의, 그와 함께 차를 타고 있던 바로 그 여자가 틀림없었다. 그를 배신하고 버리고 상처 입히고 복수를 꿈꾸게 만든 여자. 그런데 어쩌면 저리도 태연할 수 있는가?

　하지만 그녀도 나를 보고는 당황한 듯했다. 이런 순간 내가 할 수 있는 일이 있을까. 나는 무엇을 해야 하는 걸까. 그 여자가 이렇게 나타날 줄 알았다면 나도 뭔가 준비를 했을 텐데, 멍청하고 어리석고 대책 없는 남자가 원망스러웠다. 남자가 나에게 왔다.

　—옷 고르고 있어. 잠깐이면 돼.

　그러고는 여자와 함께 안쪽 어딘가로 사라졌다. 나는 다시 옷을 고르기 시작했다. 아무것도 모르는 척. 아무 일도 없는 척. 서너 벌의 옷을 더 입고 벗고 거울에 비춰보고 난 후 남자와 여자가 나타났다.

―옷은 다 고른 거야?

나는 아무 말도 하지 않았다. 나는 아무것도 선택하지 않았다. 그냥 패션쇼라도 하는 것처럼 인형 놀이라도 하는 것처럼 옷을 갈아입어 보았을 뿐이다. 나와는 한참 어울리지 않는 짓이기에 잠시 동안은 즐거웠다. 마치 다른 사람이 된 것처럼. 단 한 번도 꿈꾸어 보지 않은 우연이 나를 거기 불러다 세운 것처럼. 그러나 그 즐거운 인형 놀이는 이제 끝났다.

―이거면 되겠어?

그는 내가 입고 벗어 놓은 옷들을 가리켰다. 가게의 여자는 상냥한 얼굴로 그 옷들을 챙겨 쇼핑백에 넣기 시작했다. 그리고 남자는 계산을 하러 갔다. 나는 아니라고 말할 틈을 잃어버렸다.

―내가 오빠한테 무슨 돈을 받아? 그럴 처지가 아니잖아.

―그런 식으로 장사하면 곤란하지.

남자와 여자는 다정하게 또 그렇게 실랑이를 시작했다. 나는 구경꾼에 불과했다. 아무것도 할 수 없는. 갑자기 재미가 없어졌다. 둘은 계속 이야기하고 나는 구경했다. 따분하도록 뻔한 장난이었다.

—오빠 덕분인데 이러는 건 이상하지.

　　—아니야. 계산을 해야지. 그래야 내가 체면도 서고.

　　—아, 그런 건가? 그러면 이렇게 해. 지금까지 고른 옷은 오빠가 계산해. 그리고 몇 벌 더 골라. 그건 내가 선물하는 걸로 할게. 오빠와 저 여자분께. 어때요? 괜찮죠?

　　여자가 나를 바라보았다. 뭐가 저렇게 당당한가. 한 남자를 버리고 어쩌면 저렇게 뻔뻔스러울 수 있는가. 혼자서 속으로 그녀를 비난하느라 바빴던 나는 화들짝 놀라서는 고개를 끄덕인다. 이렇게 멍청할 때가. 이 세상에 100만 번 다시 태어나도 나는 저런 여자를 못 이기겠다. 저런 여자가 될 수 없겠다. 그래서 이따위로 실연의 복수극의 들러리나 서는 거 아닌가. 하지만 뭐 그러면 어떤가. 어차피 나는 이 무대에 오래 있을 사람이 아니다. 나는 다시 인형놀이를 시작했다. 패션쇼의 2막이 시작되고 있었다.

　　순식간에 그의 양손에는 쇼핑백들이 가득하고 내 손에도 하나가 주어졌다. 그리고 그들이 작별 인사를 나누는 동안 나는 멍하니 문가에 서 있다. 나는 물끄러미 작별 인사를 나누는 그들을 바라본다. 작별이 길다. 아직도 저렇게 할 말이 많으면서 왜 헤어졌나. 할 말이 있는 사람들은 완전히 이별한 것이 아니다. 끝난 사람들은 할 말도 들을 말도 없다.

―미안해. 그것도 나 줘.

그는 내 손에 든 쇼핑백을 가리키면서 말한다.

―이런 식은 곤란한 거 아닌가요?

나는 신경질적으로 쇼핑백을 그의 가슴팍에 안기며 말했다.

―뭐가?

―나한테 미리 얘기를 했어야죠.

―뭘?

―당신의 옛 애인한테 가는 거라고. 그러면 나도 준비를 했을 거 아니에요.

―옷은 마음에 들어?

―사실 나, 이런 거 잘 몰라요. 관심도 없어요.

―당신은 보통 여자랑 많이 다르군.

―아저씨, 이런 옷은 아주 비싸잖아요. 이 옷 한 벌 값이면 책을 몇 권이나 살 수 있는 줄 알아요? 그리고 그 책을 읽으면서 내가 며칠을 행복해할 수 있는지 아느냐고요?

―그래서 그래도 되면 옷 팔아서 책이라도 살 건가?

―뭐 그럴 수 있다면요.

―그럼, 책도 사러 가지.

―네?

―당신이 진짜 원하는 걸 몰랐군. 당신은 책이라면 아주

많을 테니까 옷을 사주려고 한 건데 이거 영 감을 잘못 잡았군.

이런 식은 곤란하다. 그는 계약을 넘어서는 것을 내게 해주려고 한다. 그렇다면 나도 그 이상을 해주어야 한다. 내가 그에게 해줄 수 있는 것을 생각해 본다. 그가 나에게 무엇을 원할지 생각해 본다. 모르겠다. 그리고 그것이 무엇이든 끌려 다니고 싶지 않다. 이 계약은 애초에 내가 원하는 것을 갖기 위해 시작되었고, 그가 원하지 않는 것을 버리기 위해 시작되었다. 계약은 계약대로 이행되어야 한다.

—아저씨, 그만하죠.

—뭘?

—아저씨가 도대체 뭐 하는 사람인지 모르겠지만, 제가 충고 하나만 하죠. 언제까지 지나간 사랑에 이렇게 연연해 하실 건가요? 가는 사랑은 가게 내버려 둬야 하는 거거든요. 저 여자 생각을 조금이라도 해보신 적 있어요? 왜 아저씨를 버리고 갔는지, 또 아직도 이러고 있는 아저씨가 얼마나 지겨울지. 생각해 보세요. 정말 사랑했다면 말이에요, 떠나려는 사람은 보내줘야 하는 거거든요. 이러면 이럴수록 아저씨만 더 나빠질 뿐이에요.

그리고 나는 그 자리를 떠난다.

—이봐.

—왜요?

—이건 가지고 가야지.

—그걸 제가 왜요?

—그럼 내가 이걸 어째야 하지? 이걸 입고 춤이라고 춰야 하나?

웃음이 나온다. 이 아저씨는 이상한 순간에 어이없는 유머를 구사하곤 한다. 그가 그 옷을 입고 춤추는 모습이 순간적으로 떠오른다. 그는 거절할 수 없는 무언가를 가진 사람이다. 그것은 진심이고 진실이다. 그녀는 어떻게 그를 버리고 떠났을까. 진심보다, 진실보다 굉장한 것은 무엇일까. 나는 100만 번 다시 태어나도 알 수 없는 세계를 궁금해한다. 그렇지만 앞으로도 나는 실연할 일도 복수할 일도 없을 것이다. 그러므로 이 복수극은 기본적으로 사치고 허영이다. 이 모든 유희가 귀찮고 번거롭고 지겹다.

—다시 가져다주면 되잖아요. 돈으로 바꾸든지 말든지.

—내 입장을 좀 생각해 보라고. 이 옷들을 그 여자에게 다시 가져다주는 내 모습을 상상해 보라고. 비참하지 않겠어?

—뭐 좀 그럴 수도 있겠군요.

—그러니까 불쌍한 사람 돕는다 치고 이것들 좀 가져가 주시지요.

난 옷 욕심 같은 건 없는 사람이라고 생각해 왔다. 그리고 지금도 저 옷들에 그리 욕심이 나지는 않는다. 하지만 그의 호의든 그들의 게임이든 거절할 만큼 모질지는 못하다. 이것이 복수극이나 게임이라면 나는 그를 승자로 만들어주고 싶다. 왜냐하면 우리는 한 팀이니까.

나는 옷들을 들고 다시 걷기 시작했다. 내 등 뒤에서 그가 말했다.

─고마워.

그래, 고마워야지. 그래야 사람이지. 난 돌아보지 않고 그렇게 중얼거린다. 내 등 뒤에 그가 있고 내 손에는 무슨 이유로든 처음 선물 받은 옷이 있고 내 앞에는 아무것도 없다. 아무것도 보이지 않는다.

아무거나 입고 그 누구의 시선도 신경 쓰지 않았다. 나 자신의 모습을 거울에 비춰보지 않았다. 내 삶의 사치는 오래전에 그렇게 사라졌다. 나조차도 바라보지 않는 나를 함께 바라봐 줄 누군가가 있으리라고 생각해 보지 못했다. 내게 없는 것을 생각하고 채워주고 싶어 하는 누군가를 상상해 보지 못했다. 그러나 나는 여전히 그런 여자가 되고 싶지 않다. 옷이나 사면서 행복해하는 여자. 비싼 옷을 사려고 심장을 팔아먹는 그런 여자는 더더구나 되고 싶지 않다. 하지만 다시 생각해 보면 지금 나는 책 때문에 내 심장을 조금씩 조금씩 갉아먹고 있는 건지도 모르겠다. 그러므로 어쩌면 그 여자와 나는 다른 여자가 아닐지도 모른다. 그 많은 책들을 읽고 모으는 열정으로 그 여자는 앞으로도 잘 살 것이다. 그리고 나도 심장을 갉아먹더라도 가져야 하는 책 때문에 살아 있을 것이다.

문제는 그이다. 그 여자가 버리고 간 것들을 가지고 끙끙대는 그. 그 나이가 되도록 가슴 한가운데 소년이 박혀 있어서 어물쩍 살고 있는 그. 자꾸만 자꾸만 뒤돌아보면서 살아서 제 나이를 잃어버리고 있는 그. 그렇게 살다가 죽는다고 해도 나와는 상관없는 일이고 나와는 관계없는 사람이지만 할 수만 있다면 도와주고 싶다. 그가 이 낭패한 시간으로부터 자유로울 수 있도록. 그래서 미래를 가질 수 있도록. 그리하여 한 조각의 미련이나 가책 없이 그의 책들을 모조리 완전히 내가 소유할 수 있도록.

20 불완전하지만 생생하게

아버지가 새로 담근 김치를 냉장고에 가득 넣어두었다. 그리고 냉장고 앞에는 '나눠 먹어라.'라는 짤막한 메모가 붙어 있었다. 김치를 덜어서 유희의 집으로 갔다.

유희와 나는 고등학교 때부터 서로의 집을 오가면서 잠을 자곤 했다. 유희가 부모님과 함께 살 때는 그 집이 나쁘지 않았다. 일하는 아줌마도 있었고 집도 넓었고 부모님은 언제나 늦게 들어왔고 아주 자주 가깝고 먼 나라로 여행을 갔다. 그러나 우리가 대학을 가고 유희가 독립한 이후로는 유희의 집보다는 우리 집에서 지내는 편이 좋았다. 나는 혼자 사는 여자의 집에 대해서는 좀 안다고 생각하는데 내가 아는 한 유희의 집이 가장 엉망이었다. 그러므로 유희의 집에 들어설 때는 각오가 필요하다.

나는 냉장고에 김치 통을 넣은 후 방에 널려 있는 물건들을 대충 걷어내고 자리를 잡고 앉았다. 집 모양도 그렇지만 유희의 몰골도 말이 아니었다.

—무슨 일 있니?

—아무 일 없어. 아무 일 없어서 미쳐버릴 것 같아.

—무슨 일이 있길 바라는데?

—이제 내 삶은 아주 명백하게 단순해졌어. 작가가 되거나, 그렇지 않거나. 둘 중의 하나야. 다른 건 없어. 난 요즘 절망과 싸우는 투사가 된 것 같아.

소설가가, 아니 소설가 지망생이 언제부터 투사였던가. 유희의 과장됨에 나는 어이가 없다. 회사를 그만두고 소설가가 되겠다고 선언한 그날부터 유희는 쓰고 읽기를 반복하고 있다. 주느비에브 브리작은 자전적 소설 『나는 아무것도 먹고 싶지 않아』에서 이렇게 썼다. '독서는 대단한 즐거움을 준다. 특히 자기가 쓸 글을 생각하면서 읽을 때, 몽상에 빠져들면서 읽을 때는 더욱 그렇다.' 적어도 유희의 경우 저 말은 맞는 듯하다. 책 읽는 거라고는 본 적 없는 유희가 느닷없이 책을 쓰겠다고 선언한 이후 미친 듯이 책을 읽고 있다.

사실 24시간 붙어 있지 않은 바에야 어찌 알 수 있겠냐고 하겠지만, 책 읽기에 관해서라면 나는 꽤 예민하다고 자부한다. 요즘 유희와의 대화에서 많은 부분이 책 이야기로 채워진다. 이전에 영화가 차지하던 부분 이상으로 보인다. 그도 그럴 것이 나는 영화에 관해서는 좋은 대화 상대가 되지 못하지만 책에 관해서는 다르다.

—나, 이 작가처럼 쓰고 싶어.

—누군데?

솔직히 좀 귀찮았지만 그래도 친구 아닌가. 친구 좋다는 게 뭔가. 들어봐 주자. 게다가 '쓰고 싶어.'라는 표현이긴 했지만 유희가 누군가를 닮고 싶어 하는 건 내가 그녀를 알고 난 후 처음 들어보는 얘기였다. 그런데 유희가 내민 책은 정말 의외였다.

—이 책 읽었니?

나는 고개를 끄덕였다.

—너무 훌륭하지 않아?

유희가 책에 관한 한 수준이 좀 모호한 구석이 있긴 했다. 그렇지만 저 책이 훌륭하다고? 훌륭하다는 표현은 저런 데다가 쓰는 게 분명 아닌데.

—이 작가 천재야, 천재.

게다가 천재씩이나. 해도 너무하는군.

—어떤 점에서 이 책이 훌륭하고 천재적이라는 거니?

—갈고 닦아서 열심히 또 쓰고 또 써서 잘 쓰는 건 천재가 아니지. 이 작가의 이 소설은 단번에 저절로 쓰인 것이 틀림없어. 그리고 이 작가는 자신의 100퍼센트를 발휘한 게 아니야. 뭔가가 비어 있는 듯 느껴지는데 그 빈 공간이랄까. 그런 것 때문에 읽을 때마다 느낌이 조금씩 달라져서 결국은 100퍼센트 이상이 돼. 그리고 이 사진 좀 볼래?

　그 사진을 굳이 볼 필요가 있으랴. 나는 이 책의 작가를 지금도 적어도 한 달에 한 번은 만나고 있는데, 물론 책의 사진이 아주 오래된 것이긴 하지만 말이다.

　—이 작가 너 닮았어.

　유희가 말했다. 유희가 훌륭하다고 말한 책은 외할머니의 단 하나뿐인 소설책이고, 그리고 유희가 지금 나를 닮았다고 주장하는 작가는 외할머니이다. 외할머니의 책에는 지금까지도 스물한 살 적 사진이 붙어 있다. 스물한 살의 외할머니는 신선하지만 상큼하지는 않고 예쁘지만 만만하지 않고 소녀답지만 또한 여인 같은, 게다가 영원히 자라지 않을 것만 같은 묘한 분위기가 있다. 그러나 진짜 닮을 리가 없지 않은가. 그녀와 나는 피 한 방울 섞이지 않았다.

　하지만 누군가는 작가와 독자가 닮는다는 견해를 제시한 바 있는데, 그런 의미에서라면 나와 외할머니는 닮았을 수도 있겠다. 외할머니의 단 한 권의 책은 내가 아주 여러 번 읽은 책 중의 하나이다. 특별히 훌륭해서라거나 우리가 친인척 관계라서 그런 것은 아니다. 외할머니의 소설을 읽고 있으면 묘하게도 편안해진다. 아무리 서러운 상황에서도 마음이 가라앉고 아무리 화나고 슬픈 상황에서도 그래도 상관없다고 여겨진다.

아무리 좋게 보아도 세상 사람들의 기준으로는 패배자에 불과한 주인공을 아주 특별한 몽상가로 만드는 것은 초지일관하게 무심하고 태연한 태도에 있다. 그렇지만 그것이 스물한 살 적의 외할머니 자신의 모습이라고는 생각되지 않는다. 외할머니는 주인공처럼 무심하지도 불친절하지도 않으며 폭력적이지도 않다. 다만 주인공과 같은 나이였고 비슷한 외모를 지녔을 뿐이었다. 외할머니는 너무 이른 성공으로 자신이 아닌 소설 속의 그 여주인공으로 오랫동안 오해받으면서 지냈다. 어쩌면 그것이 외할머니가 다시는 소설을 쓰지 않은 이유일지도 모른다. 그러므로 결정적으로 외할머니는 자신의 소설 속 주인공을 닮지 못했다. 만약 주인공이었다면 오해에 상관하지 않았을 것이고 편견에 상처 입지 않았을 테니까.

—그런데 이 작가 책 혹시 다른 거 없니? 서점에서도 찾아보고 물어도 봤는데 이거 한 권밖에 없더라. 너는 알지 않을까 해서.

─그거 한 권밖에 없어.

　─정말? 잘 팔리지 않아서 지금은 구할 수 없는 그런 책이라도 없어?

　─그 작가는 책이라곤 그거 하나밖에 낸 적이 없어. 정확히는 그거 하나밖에 쓴 적이 없어.

　그렇게 말하다가 보니 갑자기 내 머릿속에 한 가지 의문이 들었다. 외할머니는 진짜 소설이라곤 저거 하나밖에 쓴 적이 없는 걸까? 미발표 원고 같은 것, 아니, 미완성의 소설 같은 거 진짜 없는 걸까? 혼자만 간직하고 있는 외할머니의 소설 같은 것이 있을지도 모른다는 생각이 들었다. 그리고 그런 것이 있다면 읽고 싶다는 생각이 들었다. 나는 외할머니의 단 한 권의 소설을 아주 오랫동안 거의 평생을 읽어왔다. 그 소설책은 어머니가 남긴 몇 안 되는 물건 중의 하나이기도 했기 때문이다. 외할머니의 스물한 살주인공이 나오는 그 소설의 문장은 모조리 하나도 남김없이 '나는'이라는 주어로 시작된다. 나는 '나는'이라고 말하는 외할머니의 다른 목소리가 궁금하다.

＊

유희는 소설을 쓰겠다고 했고 나는 거기에 굳이 반대할
필요를 느끼지는 못했다. 어쩌면 유희가 소설을 쓸 수 없
으리라고 생각했던 것일지도 모른다. 그리고 인내심 제로
의 유희라면 이쯤에서 벌써 항복했어야 했다. 그러나 유희
는 계속 무언가를 쓰고 있긴 한 모양이다. 도대체 무얼 왜
쓰는 건가? 라고 묻는다면 그건 도대체 어떤 걸 왜 읽는
가? 를 묻는 것과 같은 것일까. 내게 묻는다면 이유는 없
다. 읽고 싶기 때문이다. 그저 읽고 싶기 때문에 읽는 책
이지만 읽고 싶은 책 같은 것이 나에게는 분명 있다. 그러
므로 나는 유희에게 이렇게 질문한다.

　—어떤 글을 쓰고 싶은 거니?

　—나는 작가는 잘 모르니까, 배우 같으면 말이야, 장만
옥 같았으면 좋겠어. 장만옥이 연기하는 것처럼 글을 쓰고
싶어.

　도대체 무슨 소리인가. 유희는 계속 그것도 상기된 표정
으로 내게 설명한다.

　—메릴 스트립이나 로버트 드니로나 알파치노 같은 사
람들은 너무 연기를 잘하니까, 보면서도 진짜 연기 잘하는
구나, 하는 그런 생각이 들잖아. 장만옥도 연기를 잘하긴

하지만 그런 종류의 연기파 배우들과는 조금 다르거든. 장만옥은 자신의 삶이 우러나와서 저절로 자연스럽게 연기가 되는 것처럼 연기하는 배우야. 그래도 유명한 배우니까, 저게 저 여자 인생이다, 싶은 생각까지는 안 들어도 장만옥이라는 배우는 저 영화 속의 여자랑 참 비슷한 사람인가 보다 하는 생각이 들게 하거든. 그래서 참 편안해져. 이건 어쩌면 내가 느끼는 나만의 장만옥일지도 모르지만 말이야.

유희가 무슨 말을 하는지 알 것도 같고 모를 것도 같다. 그러니까 이를테면 나는 작가 선생입네, 하면서 쓰는, 나는 정말 글 잘 쓰거든, 하는 티를 내지 않는, 결코 일방적이지 않고 대화하는 것처럼 교감을 나누듯 쓰고 싶다는 얘기인 것 같다.

―소동파의 『마음속의 대나무』라는 책에 이런 얘기가 나와. 옛날에 글을 짓는 사람은 글에 능한 것을 '좋은 글'로 여긴 것이 아니라, 쓰지 않을 수 없어 쓴 글을 '좋은 글'로 생각했대. 산천의 구름과 안개, 초목의 꽃과 열매도 충만하고 울창하게 되어야 밖으로 드러나듯이, 마음속 생각이 충만하면 글은 저절로 써진다고.

내 말을 듣고 유희는 '쓰지 않을 수 없어 쓴 글'이라고 다시 반복한다. 세상에는 쓰지 않을 수 없어 쓴 글이라는 것이 분명 존재할 것이다. 그렇다면 읽지 않을 수 없어 읽는 글이라는 것도 존재할까. 다른 사람은 모르겠지만 나에게는 앞으로 존재할 것 같다. 유희는 자신이 쓴 소설을 나에게 주었고 나는 이제부터 그걸 읽어야만 한다.

유희의 소설을 읽으려다가 나는 유희에게 물어야 할 것이 있음을 깨달았다. 유희가 진짜 소설가가 되겠다면, 아니, 앞으로 이렇게 계속 소설을 쓰겠다면 반드시 짚고 넘어가야 할 문제이다. '나는 오직 돈을 벌기 위해 곡을 쓰는 음악의 고리대금업자는 절대 아니다! 하지만 나는 독립적으로 살고 싶다. 그렇게 살려면 얼마간의 수입이 있어야 한다.'고 말한 이는 베토벤이다. 경제학자 타일러 코웬의 『상업문화예찬』에 의하면 T. S. 엘리엇은 글쓰기를 지속하기 위해 로이드 은행에서 일했으며, 제임스 조이스는 돈벌이를 위해 영어 과외를 했고, 증권 중개인 노릇을 하며 번 돈으로 경제적으로 안락했던 폴 고갱은 이마저도 부족해 높은 그림 가격을 받으려고 끊임없이 자신의 예술을 선전하기도 했다. 유희가 소설을 계속 쓰려면 우선은 시간이 필요하고 그리고 무엇보다 돈이 필요하다. 소설가라는 건 정체성이지 직업이 아닐 수도 있기 때문이다.

—그런데 앞으로는 뭘 해서 먹고살 거니?

—그냥 이렇게 살 거야.

—돈을 벌어야 먹고살지.

―너처럼 살면 되잖아.

―네가 나처럼 살아? 나처럼 아르바이트하면서 살면 많이 못 벌어. 넌 나보다 욕심이 많잖아. 갖고 싶은 것도 많고 하고 싶은 것도 많고. 앞으로 그런 것 못하고 살아도 된다는 거니?

―소설 쓰면 그런 거 못하고 사는 거니?

―몇몇 소설가야 그러고 살겠지만…….

―내가 돈 못 버는 소설가가 될 거 같아서 그래?

―아니. 꼭 그런 건 아닌데.

―걱정하지 않아도 돼.

―왜?

―나 돈 있어.

―어떻게? 한 재산이라도 물려받았니?

―내 몫은 옛날에 물려받았잖아.

―그건 벌써 다 썼잖아. 너 지금 사는 집밖에 더 있냐? 혹시 집 팔아서 앞으로 먹고살려는 건 아니겠지.

―아, 그래도 괜찮겠다. 그런데 아니야. 대학 입학할 때 받은 돈이랑 학교 다니면서 번 돈이랑 주식 투자했어. 내가 왜 하필 상대를 갔는지 이제 알겠니?

그제야 기억이 났다. 대학 다닐 때 유희가 주식투자대회에선가 1등을 해서 받은 상금으로 나를 데리고 서점에 가서 사고 싶은 책 다 고르라고 했던 기억이. 단순히 재밌어서 한번 해본 건 줄 알았는데 아니었나 보다.

─그런데 그거 위험하지 않아?

─너도 알겠지만 나 같은 여자 혼자 사는 데는 그렇게 많은 돈이 필요하지 않잖아. 그러니 위험해질 이유가 없지. 물론 내가 너보다 갖고 싶은 거 많고 하고 싶은 거 많긴 하지만 말이야.

유희에게는 열정의 피가 흐르고 나에게는 냉정의 피가 흐른다. 그러나 우리는 둘 다 인류애나 동정심 따위는 찾아보려야 찾아볼 수 없는 인종들이다. 유희와 나는 방관자로 세상을 살기를 주저하지 않는 부류들이다. 우리는 어쩌면 처음부터 그러했을지도 모르지만 이 방관자의 삶에 일말의 죄책감도 가지지 않게 된 것에는 S의 죽음이 있었다. 우리는 이토록 즐겁게 한세상을 오직 나만을 위해 사는 것을 절대 후회하지 않을 것이다.

*

도시 한 귀퉁이에서 유희가 만들어낸 도시 이야기를 읽는다. 이 도시의 사람들은 시각적인 나이를 먹지 않고, 선

276

택된 유전자를 강화시키는 캡슐 정제를 먹으면서 태어날 때부터 부여된 자신의 역할에 충실하며, 부모님은 정부에서 조작한 유전자이며, 꿈이라곤 꾸지 않으며, 태어나기 전부터 이미 무얼 할지 정해졌으니 어릴 때 꿈 같은 게 따로 있을 턱이 없다.

이 도시에 사는 사람들은 모두 행복하다. 그들은 몹시 지루하게도 모두가 다 행복하다. 자연사하는 사람들은 드물다. 누구도 생이 예정 없이 계속되기를 원하지 않기 때문이다. 사람들은 자신의 생의 절정에서 죽음을 불러들인다. 더 이상 행복해질 방법이 생각나지 않을 때 사람들은 죽는다. 이른바 모험이 끝나고 반복이 시작될 때 이 생이 끝나는 것이다. 사람들은 자신의 인생에서 가장 극적인 드라마로 죽음을 준비한다······.

유전자 이상으로 다른 사람과 달리 지루함을 잘 견디는 '나'는 이 도시의 유일한 도서관에서 일하는 단 한 명의 사서이다. 이미 책이 사라져버린 지는 오래인 이 세상에서 도서관은 일종의 소멸된 정신을 보존하는 박물관이다. 가장 지루한 생을 살고 있는 사람은 사실 '나'인데 사람들은 '나'에게 자신의 인생이 지루하다고 호소하다가 하나 둘 죽음을 택한다. 한 사람, 두 사람, 세 사람, 주변 사람들이 모두 죽어가는 것을 '나'는 무심히 지켜보고 기록한다. 그들이 진짜 죽고 싶은 이유, 죽어야 하는 이유는 무엇일까, 아무리 기록하고 기억해도 '나'는 이해할 수 없다.

　—여기서 끝이야?

　—응.

　—정말 끝이야?

　—왜? 이상해?

　—아니. 맞아. 이상해. 아주 이상해.

유희의 소설은 건조하면서 뜨거웠고 소름 끼치게 허무해서 사막 가운데 서 있는 것처럼 목마름을 느끼게 했다. 문장의 장점은 명료했고 구성의 단점은 흐지부지한 게 참 많기도 했다. '중요한 건 어떤 책이든 간에 작품 전체에 우선 생기가 넘치느냐 넘치지 않느냐에 있는 게 아닌가 싶다. 세상에는 치밀하지 못한 줄거리와 구성으로 온통 뒤죽박죽 불완전하지만 생생하게 느껴지는 책들이 있는가 하면, 그와는 반대로 빈틈없이 잘 쓰인 완전한 작품인데도 불구하고 내용이 죽은 생기 없는 책들이 있는 법이다. 완벽하다는 것을 알면서도 우리는 쉽게 그런 책들을 손에 잡지는 않는다.'라는 알베르토 모라비아의 『우리는 투스카니의 별장에서 이십 일을 보냈다』의 구절이 떠올랐다. 저 구절을 적용시키자면 유희의 책은 잘 쓰인 완전한 작품이 아님에도 불구하고 살아 있는 매력이 있었다.

유희가 나를 쳐다보면서 말한다.

—나는 나를 잘 알아. 끈기도 독기도 없지. 하지만 이 모든 단점들이 바로 나라는 건 아주 잘 알고 있어. 이런 것들을 모두 고치고 나면 나는 어떻게 되는 걸까. 그래도 여전히 나란 존재가 있는 것일까. 솔직히 내가 뭐 하고 있는 건지를 모르겠다. 나, 왜 이러고 있는 거니?

—몰라서 묻니?

—응. 나 왜 이러고 있는 건지 모르겠어.

—너는 너 자신과 약속을 한 거잖아. 그리고 지금 그 약속을 지키려고 나름대로는 최선을 다하고 있는 거고. 친구, 나는 그렇게 이해했는데.

—그래, 친구가 그렇게 이해했다면 그런 모양이다. 내가 지금 그러고 있는 모양이다. 그런데 내가 나랑 한 약속이 아무래도 내 능력을 상회하는 것 같다.

—내가 너란 인간을 좀 아는데 말이야. 너한테는 네 능력을 상회하는 약속이 훨씬 나아. 너는 약속이 만만하면 끝까지 미루다가 만기일이 될 때 대충 해치워 버리는 인간이잖아.

말은 그렇게 했지만 사실 나는 유희의 능력을 모른다.

어쩌면 과대평가이고 어쩌면 과소평가일 수도 있지만 유희가 한다고 해놓고 하지 못한 일을 본 적이 없다. 한다고 나서는 일이 별로 없어서 그렇지만 말이다. 어쨌든 유희는 한다고 하면 어떻게든 해놓기는 한다. 그게 놀랍고 무섭고 두렵다.

　—나는 완벽한 소설을 쓸 생각은 없어. 가장 나다운 소설을 쓰고 싶어.

　어쩌면 유희는 실패할지도 모르고, 이대로는 불가능할지도 모르지만 그렇다고 이 자리에서 주저앉지는 않을 것이다. 서두르지 말아야 할 것이다. 평생 해야 할 일이고 평생 즐겨야 할 일이다. 조급해한다면 계속할 수도 없고 이 일의 참다운 의미를 잃어버리는 게 될 것이다. 어차피 미래 따윈 현재보다 중요한 적 없었다. 쓰고 있는 지금 행복하다면, 읽고 있는 지금 행복하다면 그걸로도 완벽한 것 아닐까.

　베르나르 베르베르의 『완전한 은둔자』라는 단편소설에는 다음과 같은 구절이 나온다. '네 안에는 모든 것이 다 들어 있다. 태어날 때부터 이미 그러했다. 네가 하는 일은 그저 네가 알고 있는 것을 다시 배우는 것에 지나지 않는다.' 곰곰이 생각해 보면 인간은 자기가 알고 있는 것보다 무한한 존재일지도 모르겠다. 유희가 처음에 소설을 쓰겠다고 했을 때는 엉뚱하기 그지없다고 생각했으나 다음 순간부터 못할 것도 없지 않은가라는 생각이 들었고 이제는 그 일이 자연스럽게 느껴지기까지 한다.

그러므로 나는 유희에게 기꺼이 말한다.

—너는 네가 생각한 그런 소설을 쓰게 될 거야.

내 말에 유희는 비로소 미소 짓는다. 지금은 내가 유희가 쓴 소설의 유일한 독자이지만 언제까지나 그럴 것 같지는 않다. 유희에게는 자기만의 개성이 있고, 꽤 훌륭한 독자임을 자부하는 내가 판단할 때 가능성이 있는 미래의 작가이다. 배운 적도 없이, 읽은 적도 없이 유희는 소설을 쓴다. 모든 것은 태어날 때부터, 아니 태어나기 전부터 이미 정해져 있는지도 모르겠다. 그렇다면 내 안에는 무엇이 들어 있는 것인가. 내게 가능성은 언제나 둘이었다. 죽음 혹은 책 읽기. 그 가능성 가운데 늘 책 읽기를 선택해 왔다. 앞으로도 그럴 것이다.

21 언제 시작되어 언제 끝났는지

한 권 한 권 내가 읽은 그 혹은 그녀의 책들이 쌓여간다. 약속처럼 이 방의 책들은 하루하루 빠져나가 내 방으로 옮겨진다. 책들은 공간의 이동을 눈치라도 채듯 처음에는 낯설어하다가 동료를 발견하고 조금씩 섞인다. 그리고 어느새 본래의 자리가 거기였던 것처럼 익숙해져 버린다. 나도 그 혹은 그녀의 방에 점점 익숙해지고 있다.

외출하고 없는 그의 집에서 마음에 꼭 드는 그의 의자에 앉아 나는 혼자 책을 읽는다. 무라카미 하루키의 『렉싱턴의 유령』에 실린 단편 「토니 다키타니」이다.

토니 다키타니의 아내는 특별한 취미가 있었다. 지나치다 싶을 정도로 옷을 사들이는 것이다. 토니 다키타니는 돈을 잘 버는 남자였으므로 금전적 측면에서는 그리 문제가 되지 않았으나 방 하나로도 수납할 수 없을 만큼 옷의 가짓수가 늘고 매일 두 번 옷을 갈아입는다고 해도 있는 옷을 다 입으려면 2년이나 걸린다는 것을 알고는 토니 다키타니는 브레이크를 걸기로 한다.

아내는 고개를 숙이고 잠시 생각하였다. 그러고는 이렇게 말했다. 당신 말이 맞아. 이렇게 많은 옷이 필요한 것은 아니야. 그건 나도 잘 알고 있어. 하지만 나 자신을 어떻게 할 수가 없어. 눈앞에 예쁜 옷만 있으면, 도저히 사지 않고서는 견딜 수가 없어. 필요하다든지 불필요하다든지, 너무 많다든지 적다든지, 그런 건 문제가 되지 않아. 그냥 단순히 사고 싶은 마음을 억제할 수가 없는 거야. 무슨 중독에라도 걸린 것처럼.

토니 다키타니의 아내의 옷을 책으로 치환할 때 나는 그녀의 심정을 조금은 이해할 수 있을 것 같다. 평생 걸려도 다 소비할 수 없다는 것을 알고 있지만 그래도 그것을 나의 소유로 만들지 않으면 안심이 되지 않는다. 책은 이 시대의 소비물 중 그리 비싼 축에 속하는 것은 아니다. 하지만 그것을 완전히 소유하는 데는 역시 돈이 필요하다. 책을 꽂을 튼튼한 책장, 그것들을 안전하게 둘 서재, 그리고 집. 욕망은 또 다른 욕망을 부르고 소유는 중독된다.

　여전히 책 욕심에 사로잡힌 나는 잠시 숨을 고른다. 그리고 한때는 책들로 가득 채워져 있던 이 방의 풍경들을 떠올린다. 그곳에는 한 여자가 있다. 그녀는 그 많은 책들을 다 읽었을까. 그래서 미련 없이 그것들을 버리고 그렇게 그를 버리고 떠난 것일까.

　책이 빠져나간 이 공간은 조금씩 허물어지고 있다. 언젠가는 이 방의 책들도 완전히 비워질 것이다. 그러나 텅 빈 방 같은 것은 존재하지 않을 것이다. 멀지 않은 시간, 이 방은 그리고 이 건물은 흔적도 없이 사라질 것이다. 그 제한된 시간, 언제 닥쳐올지 모르지만 곧 결정되고 말 끝을 향해 하루하루 순간순간 나아간다. 이 조바심 가운데서도 평화를 느낄 수 있다면 그것은 내가 이 세상 어떤 곳에 있든 책을 읽고 있기 때문일 것이다.

*

　문을 여는 소리가 들렸다. 그가 돌아온 모양이다. 하지만 나는 책에서 눈을 떼지 않는다. 읽던 페이지의 끝을 볼 때까지는. 그런데 뭔가 이상하다. 그가 아무런 말도 하지 않는다. 이럴 때면 여기가 당신 집이야? 도서관이야? 라는 투의 볼멘소리가 그의 특기인데. 물론 나는 들은 체도 하지 않거나 도서관에서 떠들려면 나가, 라는 식의 말을 하는 게 정상인데.

내 눈앞에는 그가 없다. 그의 여자가 있다. 나는 나를 바라보고 있는 그녀를 바라보았다. 태연해야 한다.

—집을 잘못 찾은 게 아닌가 했어요.

집을 잘못 찾은 건 당신 아닌가? 하지만 나는 가만히 있다. 솔직히 말하자면 그가 오기 전에 그녀가 가주었으면 좋겠다. 영영 다시 돌아온 것이 아니라면. 어떤 사람들은 이별에 대해 예의가 없다.

—저, 기억나시죠. 전에 뵌 적 있잖아요. 오빠랑 가게에 같이 오셨었잖아요.

—네, 기억나요.

—그런데 오빠는 어디 갔죠?

—잠깐 나갔어요.

—이 많은 책들을 오빠가 어떻게 처리할지가 늘 마음 쓰이고 고민되었는데 오랫동안 버리지 않고 둔 이유가 있었군요.

그녀는 웃었다. 그리고 여자는 계속 내게 말했다. 나는 질문하지 않았다. 이미 알고 있었던 사람처럼. 어쩌면 나는 진짜 알고 있었는지도 모르겠다. 그의 불운한 가족사를 다 듣고도 그는 오지 않는다.

그래서 여자는 나에게 이런 말을 남기고는 갔다.

─고마워요. 같이 있어줘서.

나는 다시 책들의 방에 혼자 남았다. 이로써 나의 색다른 아르바이트도 끝나는 것인가. 싱겁다. 돌이켜보면 그다지 재밌지는 않았지만 몹시 편안했었다.

어쩌면 나는 그에게 토니 다키타니의 여비서 같은 존재였는지도 모르겠다. 옷을 대신 입듯 책을 대신 읽는. 이 책들은 토니 다키타니에게 남겨진 아내의 처치 곤란한 옷 같은 것이었는지도 모른다. 하지만 그렇다고 해도 상관없다. 토니 다키타니의 여비서는 한방 가득한 사이즈 7의 옷을 가졌던 여인을 궁금해하지만 해고되고는 그만이다. 하지만 나는 그러지 않는다. 죽은 자에게는 옷이 필요 없는 것처럼 책도 필요 없다. 무의미하게 폐기될 책들의 무덤으로 가슴 쓰려하지 않겠다. 나는 이 책 모두를 포기하지 않을 것이다. 갖고 싶은 것은 갖는다. 다른 어떠한 것을 포기해서라도 가질 수 있다면 갖는다. 그것이 나의 방식이다.

*

독서는 이런 식으로 이루어진다. 하루키를 좋아한다. 그러나 그의 책을 모두 읽는 데는 한 달도 걸리지 않는다. 그 다음에는 어떻게 하느냐. 하루키가 좋아한다는 레이먼드 카버를 읽는다. 레이먼드 카버를 읽고 또 그가 마음에 든다. 그 다음은 하루키가 카버를 극찬하듯 카버가 가장 위대한 단편소설 작가라고 말한 체호프로 넘어간다. 책 읽기의 그물은 그렇게 이어지다가 끊어진다. 레이먼드 카버도 체호프도 죽은 작가이다. 그러므로 더 이상 기다려서 나올 새 책이 없다. 죽은 자를 읽는 일은 너무 빨리 끝이 보인다. 그러므로 다시 살아 있는 작가인 하루키로 돌아간다.

나는 어딘가에서 감각의 나침반을 잃어버린 듯하였다. 나는 방향을 잃고, 시간을 잃고, 자신이란 존재의 무게를 잃어갔다. 그것이 언제 시작되어 언제 끝났는지 나는 모른다. 하지만 문득 정신을 차렸을 때, 나는 얼음의 세계 속에, 색깔을 잃어버린 영원한 겨울 속에 홀로 무감각하게 갇혀 있었다.

나는 자리에 앉아서 계속 『렉싱턴의 유령』에 실린 다른 이야기 「얼음사나이」를 읽었다. 그가 돌아올 때까지 그렇게 계속 읽고 또 읽을 수도 있을 것 같다.

그녀의 이야기를 듣지 않았다면 그를 기다리는 것을 포기했을 것이다. 이렇게 그를 기다리지 않았을 것이다. 내가 아는 한 그는 규칙도 예의도 없는 사람이다. 내가 그의 집에 있다고 해서 일찍 돌아온다거나, 나가려고 했는데 내가 왔다고 해서 잠시 머물러준다거나 하는 일 따위 없다. 주기로 한 책을 준다거나 외부에서 만나기로 한 시간에 제대로 거기에 와 있다거나 하는 공식적인 약속이나마 지켜준다는 것이 다행일 따름이었다.

그러나 일정한 패턴을 그리지 않는 행동 방식, 그래서 예측할 수 없는 것들을 이제는 조금씩 예감할 수 있게 되었다. 그리고 그 예감이 나를 흥미롭게 만들던 순간이 있었음을 인정해도 좋지 않을까, 생각하던 참이었다. 그 예감이 옳았을지는 모르지만 내 상상은 대부분 틀렸다. 그가 책 속의 인물이었다면 아마도 내가 예상한 이야기는 80퍼센트는 맞아떨어져야 한다. 그러나 그는 세상 사람이었다. 세상 사람들의 마음을 읽는 일에 난 늘 서툴고 자주 실패하고 만다. 그리고 세상 사람들도 나의 마음을 읽지 못한다. 이제는 그도 세상 사람들처럼 나를 읽지 못하길 바라

고 싶다. 들키고 싶지 않은 비밀이 있는 것처럼 살아보고
싶어졌다.

　내가 기다리는 동안 그가 돌아오지 않을 수도 있다고 생
각했다. 그리고 그는 예감보다 느리게 왔고 예상보다 빨리
왔다. 하던 대로라면 아직도 안 갔냐고 말했어야 할 그가
늦어서 미안하다고 말한다. 그리고 뭔가 더 말하려고 한
다. 나는 가야 한다고 말한다. 그가 나를 붙잡았고 그 순
간 나는 그의 품속으로 빨려 들어갔다. 그의 심장의 박동
소리가 선명하게 들렸다. 누군가의 심장 소리를 이렇게 가
까이서 들은 적이 없었다. 이 세상의 어떤 소리보다 아름
다웠고, 평화로웠다.

　나는 눈을 감았다. 그리고 그의 심장을 통해 나는 그의
책을 읽었다. 지독하게 슬프고 지독하게 아름다운. 이제
우리 계약은 끝났다.

22 제일 슬픈 책들보다도 더 슬픈

감기가 나아지질 않고 있다. 일상생활이 불편해질 정도의 지독한 감기에 걸려 보긴 정말 오래간만인데 그 덕분에 계속 빈둥거리기만 하고 있다. 머리가 꽤 지끈거리는지라 정신적 활동에 아주 큰 영향을 미치고 있다. 감기로 죽는 사람도 있긴 있다지만 흔하디흔한 감기에 괜히 슬픈 생각이 자꾸 든다. 끈질긴 감기 탓도 있지만 시간이 자꾸만 가고 있다는 무기력한 감상 탓도 있으리라. 감기에도 가는 시간에도 나는 무기력할 뿐이다, 라고 생각하니 슬픈 것 같다. 그러나 '슬픈 것 같다.'는 '슬프다.'와 다르다. 진짜로 슬픈 것이 아니라 한번 슬퍼해 보는 것일 뿐. 감기를 핑계 삼아서. 시간이나 계절을 탓하면서. 그러므로 내일쯤에는 다시 펄펄 날아다닐 듯한 기분이 될지도 모른다.

　잠이 오지 않아서인지 책을 보고 있다. 세상에는 책만 보면 잠이 온다는 사람들도 있고, 반면에 책만 펴면 잠이 오지 않는다는 사람도 있다. 굳이 분류하자면 나는 후자에 속하지만, 어떤 종류의 책은 수면에 도움이 되기도 한다. 『양을 세며 잠드는 책』이 그렇다. 그러나 오늘은 로그우드 가족의 양들도 그리 도움이 되지 않고 있다.

　유희에게 전화해서 물어봐야겠다. 어떻게 그렇게 오래 잘 잘 수 있었는지. 세상 모든 것에는 일종의 체험적 전문가들이 있는데 유희는 수면의 측면에서는 확실히 그러하다. 아주 많이 오래 끈질기게 잘도 잔다. 어떤 곳이든 어떤 상황이든 어떤 시간이든 가리지 않고.

　꽤 늦은 시간이다. 내일 아침이면 반드시 가야 할 그런 곳이 있는 사람이라면 잠들어 있지 않으면 뭔가 이상이 있을 법한 시간. 하지만 유희도 이제는 그런 수면 시간의 제약과는 거리가 멀다. 그리고 내 짐작이 맞는다면 소설을 쓰거나 책을 읽고 있을 것이다. 지금 내가 전화 걸기를 망설여야 할 이유가 있다면, 그것은 유희의 작업을 방해하면 안 되기 때문이다. 그러나 유희는 집중력도 대단한 축에 속해서 정말 열심히 무언가를 하고 있다면 전화벨 소리쯤은 듣지도 못할 것이다.

신호음이 두 번째 울리자마자 유희가 전화를 받았다. 마치 기다리고 있던 것처럼. 나는 마음이 놓인다. 적어도 방해자가 되기는 싫다.

—너, 학교 다닐 때 진짜 잘 잤잖아. 비결이 뭐니?

—약 때문이었어.

—약? 무슨 약?

—병원에서 준 약. 뭐 수면제이거나 그랬겠지.

순간적으로 멍해진다. 그렇다면 유희가 그때 진짜 아팠던 말인가. 10년이 되어서야 나는 진실을 알게 된 것이다. 어쩌면 나는 10년이나 진실을 외면하고 있었던 것인지도 모른다.

—소설은 여전히 쓰고 있니?

—응. 그리고 나, 결심했어.

—이번에는 또 무슨 결심?

—언젠가는 S에 관한 글을 쓰려고 해. 더 이상 슬퍼하거나 분노하거나 허무해하지 않을 거야. 이제 S를 기억할 수 있을 것 같아.

—그래, 좋은 생각이야.

그렇게 말하면서 '좋은'이라는 단어는 S랑 참 잘 어울린다고 생각했다. 그래서 유희가 S에 관해 좋은 소설을 쓸 수 있으면 좋겠다고 생각한다. 하지만 슬픈 소설은 아니라

고 확신한다. 우리는 S의 죽음을 슬퍼할 자격이 아직은 없
다. S에게 일어난 일을 세상 사람들은 이해하지 못했다.
그리고 유희와 나는 그들에게 어떤 설명도 해줄 수 없었
다. S는 우리보다 치열하게 살았고, 우리보다 나은 인생을
가질 수 있다고, S가 원하기만 한다면 가질 수 없는 것은
없다고 우리는 믿었다. 그러나 S는 아무것도 원하지 않았
다. 죽음은 아무것도 바꾸지 못하게 만든다.

　아고타 크리스토프의 『50년간의 고독』에는 '제일 슬픈
책들보다도 더 슬픈 인생이 있는 법이고, 책이야, 아무리
슬프다고 해도, 인생만큼 슬플 수는 없다.'는 말이 나온
다. 한 인간이 다른 한 인간을 완전히 이해하는 건 불가능
하고, '객관적으로는'이란 말은 완전하지 않다. 클라우스
와 루카스는 그래서 다음과 같은 방식으로 자신들에게 일
어난 잔인하고 슬픈 일에 관해서 썼다.

　　나는 실제로 일어난 일을 쓰려고 하지만, 어떤 때는 사
　실만 가지고는 이야기가 안 되기 때문에 그것을 바꿀 수밖
　에 없다고 그녀에게 말해 주었다. 그리고, 나 자신의 이야
　기를 쓰고 싶지만 그럴 수도 없고, 그럴 용기도 없는 나 자
　신이 너무 괴롭다고 말했다. 그래서 나는 모든 것을 미화
　시키고, 있었던 일을 쓰는 것이 아니라, 있었더라면 좋았

겠다고 생각하는 그런 얘기를 쓴다고 했다.

나는 다시 그를 생각했다. 어쩌면 그는 차라리 있었더라면 나았겠다는 나쁜 일에 관해 나에게 말했던 것인지도 모른다. 그리고 나는 그런 일로 상상하는 편이 훨씬 간단하다는 것을 이미 알고 있었던 것이다. 슬픈 책들보다 더 슬픈 인생에 대해서 말하는 것은 아주 어렵고 힘든 일이므로.

—소설 쓰는 거 힘들지 않아?

—아니. 재밌어.

유희는 망설이지 않고 재밌다고 말한다. 거짓말이 아니라는 걸 안다. 유희는 괴로운 거 슬픈 거 나쁜 거 잘못된 것에 관해서는 거짓말을 할 수 있지만 즐거움에 대해서는 절대 거짓말을 하지 않는다는 걸 이제는 안다.

—그런데 감기는 언제 나을 계획이니?

—글쎄, 그건 감기의 계획이라서 잘 모르겠다.

—괜찮아지면 연락해.

—알았어. 그만 자라.

—그래, 너도. 잘 자라.

그러나 여전히 잠은 오지 않는다. 그래서 다시 책을 읽는다. 책 속에서 누군가는 떠나고 누군가는 집을 짓고 누군가는 죽고 누군가는 사라지고 누군가는 귀환한다. 인간의 모든 순간이 그 속에 담겨 있었다. 내가 읽어온 책들은 너무 길고 너무 많다. 그러나 나는 그 허무를 사랑한다. 그 수많은 허무의 갈피들을 통과한 뒤에야 비로소 인생에 도착할 수 있으리라는 걸 알기 때문이다.

*

그를 만나러 집을 나서서는 건널목까지 걸어갔다가 다시 돌아오는 짓을 몇 번이나 했다. 나는 무엇을 망설이고 두려워하는가. 아마도 습관을 버리는 것이 두려운 것이다. 그를 만나는 일이 이제 지극히 단조로운 내 삶의 일부로 익숙해졌다. 불과 1년 전까지는 세상에 존재하는지도 알지 못했던 사람인데 이제는 세상에 없다면 서운하고 허전할 것 같다.

우리가 나눈 것은 그저 책일 뿐이다. 책 속의 문장들이 입으로 전해져 심장을 통해서 전달될 때 하나의 문장은 또 다른 의미를 갖게 된다. 그와 나눈 책들, 그 문장을 혼자서 다시 읽게 된다면 슬플지도 모르겠다. 딱 그만큼이다. 그저 그럴 뿐이다.

그는 며칠 전과 마찬가지로 나를 맞아주었다. 어쩐지 야윈 것처럼 보이는 건 내 시선의 착각일 뿐일 것이다. 그의 문제는 해결되지 않았다. 그리고 앞으로도 해결될 수 없는 그런 종류의 것일지도 모른다. 그리고 앞으로는 그 일들이 나와는 아무 상관없을 것이다. 그러기 위해서 나는 며칠 전과 똑같이 여기에 있다.

　—오지 않을 줄 알았소.

　—…….

　—하지만 그래도 기다렸소.

　그 한마디로 충분했다. 변명도 설명도 지금은 듣고 싶지 않았다. 나는 며칠 전과 똑같이 그의 집 의자에 앉아서 책을 읽었다. 하지만 장소도 사람도 같으나 심정이 달라짐으로써 모든 것이 달라진다.

　내가 책장을 덮자 그가 말했다.

　—같이 술이라도 할까?

　나는 고개를 끄덕였다. 그는 조금씩 조금씩 쌓여 있는 책을 나에게 보내면서 술을 마셨다. 나는 알 수 있다. 그의 집에서 나는 술 냄새를. 그에게서 나는 술의 기운을. 빠져나가는 책 대신 그는 알코올을 자기 몸에 이식했는지도 모른다. 균형이 아니라 파괴를 향해 나아가는 등가교환 법칙은 슬프다.

　나는 그의 술을 나누어 마신다. 그런다고 그의 슬픔을

나누어 가질 수는 없겠지만 내가 마시는 술만큼 그가 마시는 술이 줄어든다고 믿고 싶은 건지도 모른다. 그녀가 읽고 그가 읽고 내가 읽은 책처럼 세상의 물질들은 반복되지 않는다. 한 사람이 소비하고 한 사람이 차지하면 그걸로 끝이다. 사랑도 그러한 것인가. 그녀가 그의 사랑을 가졌으므로 그에게는 이제 사랑이 없는 것인가. 그가 모두 마셔버리기 전에 내가 마셔야겠다.

　―이제는 어떻게 할 거죠?

　―아무것도 달라진 게 없는데.

　어떤 것은 관찰만으로도 알 수 있고 어떤 것은 같이 지내지 않으면 알 수 없으며 어떤 것은 질문을 해야만 알 수 있는 것이다.

　―당신의 복수는 이미 끝나지 않았나요?

　내 질문에 그는 대답하지 않았다. 물론 마음먹고 독하게 하면 이 현실을 인정할 수밖에 없는 사실로 존재하게 할 수 있을 것이다. 하지만 나는 그러지 않는다. 나는 나의 환상보다 그의 현실이 마음에 들지 않는다.

*

　나는 남자가 여자를 위해 소리 내어 읽어주었던 책들을 바라본다. 내가 읽은 그의 책들의 갈피마다 상처의 시간이 있었다. 유리를 딛고 서 있는 것처럼 베이고, 얼음 위를 걷는 것처럼 시리고, 벼랑 끝처럼 위태로운 시간. 이 세상 누구의 시간도 죽음 앞에 있다는 사실은 공평하게도 명백하지만 그들의 시간은 조금 더 짧고 긴박했을 것이다.

　사람이 죽으면 '21그램'의 영혼이 빠져나간다고 한다. 하지만 어떤 경우에는 육체의 죽음에 앞서 정신이 먼저 죽는다. 육체의 죽음을 지연시키기 위해 떠나가는 영혼을 붙잡기 위해 그는 책을 읽고 또 읽었다. 그러나 떠나가는 영혼을 붙잡을 만큼 강력한 주문을 가진 책은 이 세상에 없었다. 그래서 그는 이 책들을 떠나보내려고 했던 것일까.

　술이 우리의 몸으로 모두 사라질 즈음 그가 입을 열었다.

　─세상에 발 없는 새가 있다더군. 늘 날아다니다가 지치면 바람 속에서 쉰대. 평생 딱 한 번 땅에 내려앉는데 그건 바로 죽을 때지.

　─「아비정전」이잖아요.

　─알아요?

　─나, 이래 봬도 왕가위 팬이에요.

—그래요? 책만 보는 줄 알았더니.

—어떻게 책만 보고 살아요. 나도 할 거 다 해요.

—그래요?

—이 사람이 정말.

그는 웃었다. 우리의 대화는 늘 이런 식이었다. 가장 혼란스러운 상황에서 책 속의 한마디가 상황을 정리하고 아주 심각한 상태에서 영화 속의 한 대사가 정체된 길을 뚫어준다. 그러나 나는 그가 무슨 말을 하려고 「아비정전」의 이야기를 꺼냈는지 모른다. 내가 아는 것은 다만 이제 더이상 우리는 만날 이유가 없는 사람들이라는 것뿐이다. 나는 책을 넘겨받고, 재건축이 진행될 그의 집은 곧 허물어지고, 얼마 후면 그 위에 새 집이 지어질 것이다. 그러니어쩌면 이 만남이 마지막일지도 모른다. 그가 나에 대해무엇을 알고 있는지 나는 모른다. 하지만 그도 이 만남이끝임을 분명 알고 있을 것이다. 어쩌면 나보다 그가 더 잘알고 있을 것이다.

—우리 홍콩에 갈까요?

—네.

그는 나를 바라보지 않고 물었고 나는 그를 바라보지 않고 대답했다. 그리고 이번에는 그가 나를 바라보면서 묻는다.

―진짜?

―속아만 살았어요?

「아비정전」에서 그 새가 나오는 대사는 이렇게 진행된다. '죽기 직전 뭐가 보이는지 궁금했어. 난 눈 뜨고 죽을 거야. 죽을 땐 뭐가 보고 싶을까? 발 없는 새가 태어날 때부터 바람 속을 날아다니는 줄 알았는데 그게 아니었어. 그 새는 이미 처음부터 죽어 있었어. 난 사랑이 뭔지 몰랐지만 이젠 알 것 같아. 이미 때는 늦었지만.'

아무렇지 않게 여행이 계획되고 곧 실행에 옮겨졌다. 짐을 싼다. 책을 고른다. 여행하는 동안 책을 읽을 시간이 있을까. 모른다. 하지만 책을 빼놓을 수는 없다. 책의 선택에는 우연과 필연, 계획과 충동이 섞여든다. 나는 그가 왜 갑자기 여행을 제안했는지 모른다. 그에게는 그곳에서 해야만 하는 일, 그곳에 가야만 하는 이유 같은 것이 있을지도 모르겠다. 그러나 나는 없다. 그러므로 나는 그곳에서도 책을 읽을 수 있을 것이다.

23 이것으로 끝을 내겠다

설핏 잠이 들었다가 깨니 일어나야 할 시간 새벽 다섯 시 삼십 분이었다. 아주 오래간만에 어둠 속인 새벽에 일어났다. 찬물로 세수를 하고 보니 식탁 위에 음식이 차려져 있다. 그리고 아버지의 메모가 있었다. '먼 곳에 갈 때는 든든히 잘 먹어야 한다.' 아버지다운 말이었다. 그리고 그 옆에는 봉투가 놓여 있었다. 그 안에 든 것이 무엇인지 나는 알고 있었다. 그리고 그것이 아버지의 마음이라는 것도. 나는 아버지가 차려 놓은 아침을 꼭꼭 씹어서 먹고 봉투를 챙겨서 깊숙이 넣었다.

공항에 도착했다. 삼십 분 만에 도착했으니 그와 약속한 시간까지 한 시간의 여유가 있었다. 아침의 공항은 너무

한가롭고 여유로워서 마음에 들었다. 아무도 손대지 않아 꺼져 있는 텔레비전을 켜고 자판기에서 커피 한 잔을 뽑아 마셨다. 내 손안의 책은 어느덧 바닥을 드러내고, 나머지 책들은 여행 가방 속에 묻혀 있다. 나는 공항의 서점에서 책을 고르기로 한다.

  …… 소리가 소리를 불러냈고, 불러낸 소리가 태어나면 앞선 소리는 죽었다. 죽는 소리와 나는 소리가 잇닿았고, 죽는 소리의 끝 자락에서 새로운 소리가 솟아, 소리는 생멸을 부딪혀 가며 펼쳐졌고 또 흘러갔다. 소리들은 낯설었고, 낯설어서 반가웠으며, 친숙했다.[2] …… "어느 쪽이 행복한 걸까?" "뭐가?" "좋아하는 사람과 함께 사는 것하고, 다른 사람과 살면서 좋아하는 사람을 줄곧 생각하는 것하고."[3] …… 이 알약은 나의 인생을 상징하고 있어. 고독한 인생, 버림받은 인생, 지독할 정도로 재미없는 한 편의 드라마. 하지만 지금은 결말을 준비해야 하는 시간이야. 모든 상처를 이 나라에 남겨 두고, 영원히 떠나는 거야.[4]

2) 김훈, 『현의 노래』, 생각의 나무, 2004, 200쪽.
3) 가타야마 교이치, 『세상의 중심에서 사랑을 외치다』, 작품, 2003, 86쪽.
4) 밀란 쿤데라, 『이별』, 하문사, 1998, 138쪽.

…… 그리고 혼자 걸음을 내디딜 때 문득 깨닫는다. 외로움에 흠뻑 젖은 자신을. 두 번 다시 같은 장소에서 만나는 일은 없으리라. 같이 여행하는 일도 아마 없으리라. 만난다 해도 어제까지 유쾌하게 웃고 떠들던 여행의 길동무로 돌아가지는 못한다. 아까까지 여기에 있어 만질 수 있었는데, 이제 다시는 만날 일조차 없을지도 모른다.[5] …… 이것으로 끝을 내겠다. 아니, 이 이야기가 나를 끝내는 것이라고 해야겠지. 근본적으로 나의 마음은 어떤 종류든 마무리에서 늘 머뭇거린다.[6]

책을 뒤적이고 있는데 누군가 내 어깨를 만진다.

—여기 있을 줄 알았소.

그였다.

—책은 골랐소?

나는 고개를 저었다.

—이거 당신 마음에 들 것 같은데

하면서 그가 책 두 권을 들고는 계산대로 갔다. 그리고 곧 돌아와 그 책을 내게 건넸다. 마르그리트 뒤라스의 『태

---

5) 요시모토 바나나, 『몸은 모든 것을 알고 있다』, 민음사, 2004, 73쪽.
6) J. D. 샐린저, 『목수들아, 대들보를 높이 올려라』, 문학동네, 2004, 276쪽.

평양을 막는 방파제』였다. 뒤라스는 인도차이나 식민지에서의 자신의 경험을 세 작품으로 형상화시켰다고 한다. 『태평양을 막는 방파제』가 그 처음이고 그 다음이 『연인』, 그리고 마지막이 『북중국의 연인』이다. 하나의 시간이 세 가지 소설로 변화했다.

어떤 사람들은 평생 하나의 시간을 돌아보면서 살아간다. 뒤라스의 연인 3부작과 그리고 내 옆의 남자를 보면서 나는 그렇게 생각했다. 그리고 이 여행이 어쩌면 나에게 그렇게 될지도 모르겠다. 그러나 그것은 무거운 의미가 아니다. 나에게는 바다를 건너가는 여행이 처음이고 비행기를 타는 것도 처음이다. 그리고 처음인 다른 것들이 또 기다리고 있을 것이다. 인생에 처음 순간이란 반복되고, 언제나 누구에게나 있는 경험에 불과하다. 처음은 단지 시작일 뿐이다. 내게 중요한 것은 마지막이다. 나는 그 마지막을 위해 그의 여행에 동행하는 것이다.

우리가 타고 가야 할 여객기의 탑승을 안내하는 방송이 나온다. 나는 내가 왜 홍콩에 가야 하는지를 모른다. 그가 가자고 했고, 아니 정확히는 가고 싶다고 했고, 그리고 나는 고개를 끄덕였을 뿐이다. 이유는 모른다. 알고 싶지도 않다. 하지만 어쩔 수 없어서 가기는 싫다. 만약 길이 두 가지뿐이라서, 나는 더 이상 여기 머물 수 없고, 어디로든 선택해서 나아가야 한다면, 선택은 하나뿐이다. 이 길 다음에는 또 길이 있지만, 이 길이 아닌 나머지 길 끝에는 아무것도 없다. 그러니 일단 가보는 거다. 그러므로 그보다 먼저 내가 입구를 향해 나아간다.

*

얼마 후 우리는 홍콩의 하늘 아래 있었다. 그러나 이곳은 내가 잠시 떠나온 곳과 그리 다르지 않다. 여유만만한 문화의 도시도 아니고, 이국적인 풍광을 자랑하는 곳도 아니며, 맑고 깨끗하고 황홀한 자연이 휴식을 주는 곳도 아니다. 조밀조밀 다닥다닥 붙어서 숨 쉴 틈도 없어 보이는 건물들과 유명 브랜드들로 넘쳐 나는 화려한 거리, 내가 떠나온 곳과 마찬가지로 사람들은 너무 많고 내가 떠나온 곳보다 이곳 사람들은 더 시끄럽다.

그러나 나는 이곳에서 이방인이다. 말이라고는 한마디도 통하지 않는다. 나는 이 나라의 말이라면 단 한 문장도 알지 못한다. 그래도 뜻이 통한다. 나는 이곳에서도 편의점에 가고 길거리에서 음식을 사먹었다.

그는 아무것도 구경하지 않고 심지어 아무것도 하지 않

으면서 시간을 보낸다. 나는 그가 움직이길 기다린다. 그리고 움직이지 않아도 상관없다고 생각한다. 나는 가져온 책을 모두 두 번 이상 읽었고 홍콩의 길들을 조금씩 걸어 다녔고 그럼에도 불구하고 갔던 곳에 또 가기도 했다. 나는 혼자 책을 읽었고 혼자 길을 걸었다. 그리고 나처럼 혼자일 그를 생각했다. 그렇게 열흘이 흐르고 우리는 함께 외출했다. 이번에도 나는 어디로 가느냐고 묻지 않았다.

2003년 4월 1일 화요일 장국영이 투신했다는 만다린 호텔. 그는 그 어둠의 꼭대기를, 그 너머를 한참 동안 바라보았다. 그가 말했다. '죽음이 감히 우리에게 찾아오기 전에 우리가 먼저 그 비밀스러운 죽음의 집으로 달려 들어간다면 그것은 죄일까?' 내가 대답했다. 셰익스피어. 그리고 또 내가 말한다. '물론 나는 알고 있다. 오직 운이 좋았던 덕택에 나는 그 많은 친구들보다 오래 살아남았다.' 베르톨트 브레히트, 『살아남은 자의 슬픔』. 그가 대답했다.

그가 사랑한 여자는 이제 이 세상에는 없었다. 장국영처럼. S처럼. 남자가 사랑한 여자는 사고로 식물인간이 되어 오랫동안 누워 있었다. 남자는 여자가 누워 있는 그 길고 긴 세월 동안 그녀의 옆에서 책을 읽어주었다. 때때로 그가 책의 구절들을 기억하는 이유는 그것 때문이었다. 그럼에도 불구하고 자신은 책을 읽은 것이 아니라고 생각하는 이유 또한. 그녀는 그를 통해 그의 목소리를 통해 책을 읽었다.

그녀의 마지막 나날 동안 그가 읽어준 책들은 이 생을 지탱하는 닻이었고, 사경을 넘게 해준 날개였고, 그녀가 만날 수 있었던 유일한 세상이었을 것이다. 책을 좋아하는 그녀를 알았고 사랑했기에 그는 낮은 목소리로 주문처럼 책을 읽고 또 읽었을 것이다. 그녀가 이 세상을 함부로 떠나지 못하도록. 남아 있는 목숨의 결 하나하나까지 이 세상에 붙잡아 둘 수 있도록. 그러나 그가 그녀를 위해 읽을 이 세상의 책들은 아직도 헤아릴 수 없었으나 그녀는 더 이상 이 세상에 붙잡혀 있기를 거부했다. 마치 시간이 다 되었다는 듯이 그녀는 떠났다.

오래전 S는 자신이 다니던 대학의 자연과학관 건물 꼭대기에서 뛰어내렸다.

도서관 열람실에서 가끔 부딪치곤 했던 S는 주기적으로 잠적하고는 했다. 그리고 언젠가부터는 영영 보이지 않게 되었다. 언젠가 S는 천문학자가 되어 별을 보면서 조용히 살고 싶다고 했다. 하늘 속으로 영원히 파묻혀 버릴 것 같은 표정을 짓던 S는 어느 날 스페인어를 부전공한다고 했다. S는 천문학자가 되고 싶다고 말하던 때와 똑같이 진지한 표정으로 집시가 되고 싶다고 했다. 그러고는 아직은

천문학자가 될까, 집시가 될까 생각 중이라고 했다. S가
천문학자와 집시 중 어느 하나로 결정을 내렸다면, S는 바
람대로 지금쯤은 정말 천문학자나 집시 둘 중의 하나는 되
었을지도 모른다. 남들보다 늦게 3학년이 된 S는 어느 날
사법고시 공부를 하고 있다고 했다. 천문학자가 되고 싶다
고 말할 때나, 집시가 되고 싶다고 말할 때와 조금도 다르
지 않은 표정으로. 그때야 나는 알았다. S가 되고 싶은 것
은 천문학자도 집시도 검사도 아니라는 것을.

그날은 사법고시 최종합격자 발표가 있던 날이었다. S
는 자신이 합격했다는 것을 이미 알고 있었을 것이다. S가
뛰어내린 자연과학관의 옥상에는 단정한 글씨체로 푸른 펜
으로 쓴 글이 있었다.

결전의 날.

세상과는 아무 관계가 없다. 상심한 마음에 사로잡힌 사
람들은 다른 데다 호소하도록 초대받는 법이다.

사람들은 아마 신경쇠약 탓이라고 여길 것이다. 하지만
그 신경쇠약이라는 것은 내가 성인이 된 이후 계속되어
왔다.

나는 마침내 완전히 나를 표현했다.

사람들은 그 글들에서 S의 죽음의 이유를 찾고자 했다. 하지만 그건 로맹 가리의 유서를 발췌한 것에 불과했다. 그래도 여전히 수수께끼이다. 왜 하필 로맹 가리인가. 그때 유희는 내게 로맹 가리가 누구냐고 물었다. 나는 유희가 이해하기 쉽도록 이렇게 말해 주었다.

　—에밀 아자르이고, 진 세버그의 남편이었고 소설가였고 외교관이었어.

　—「슬픔이여 안녕」이랑 「네 멋대로 해라」에 나왔던 그 배우?

　—그래. 그 여배우의 남편이었어. 진 세버그가 약물 투여로 죽은 다음 해에 권총 자살했어.

　—그렇게 잘나고 멋진 사람이 왜 자살했을까?

　유희는 S의 죽음에 대해서는 한마디도 하지 않고 그렇게 뜬금없는 소리만 했다. 그리고 또 말했다.

　—내가 보낸 크리스마스카드는 받았니?

　—크리스마스카드를 보냈어?

　—네가 카드를 받지 못했다면 S도 받지 못하고 갔겠구나.

　유희가 보낸 크리스마스카드는 크리스마스가 지나고 나서야 도착했다. 유희가 하는 일이 늘 그렇지만. 게다가 크리스마스카드라고는 했지만 루돌프도 트리도 눈조차도 없었다. 하지만 유희는 마지막에 이렇게 썼다. '메리 크리스

마스.'

 메리 크리스마스, 로 마무리되었으므로 그것은 크리스마
스카드였다. 그것이 유희가 나에게 보낸 마지막 크리스마
스카드였다. 그리고 내가 해마다 유희에게 크리스마스 즈
음에 편지인지 엽서인지 모를 것들을 받았음을 기억해 냈
다. 어쩌면 S는 훨씬 전부터 유희의 크리스마스카드를 받
아왔을 것이다. 그해 유희가 S에게 보낸 크리스마스카드에
는 어떤 풍경이 담겨 있었을까. 어떤 글이 쓰여 있었을까.
그때는 궁금하지 않았던 것이 이제 와서 궁금해진다.

 S가 지금까지 살아 있다면 어떤 모습일까. 유희와 나처
럼 이렇게 살고 있지는 않을 텐데. 적어도 그럴 텐데 말이
다. 언제부터인지 모르겠지만 죽는 일보다 사는 일이 어렵
고 힘들다는 생각이 들기 시작했다. '잠자는 피로와 잠을
깨야 하는 피로를 견딜 수 없어 자살한다.'고 썼던 보들레
르처럼 매일 유서를 쓰듯이 살 수도 있을 것이다. 슬픔도
없이 자살하고, 희망이 있기 때문에 자살하고, 그러고도
20여 년을 더 산 보들레르보다 더 지독하게 나는 앞으로
몇 십 년을 살아갈 것이다. 절대 자살하지 않고 늙어 죽을
때까지 살 것이다.

 ―이제 그만 돌아가자.

 그가 말했다. 여행의 시작과 마찬가지로 그는 끝을 선고

했고 나는 다시 고개를 끄덕였다. 호텔로 돌아가자는 뜻인지, 우리나라로 돌아가자는 뜻인지 알 수 없었지만 그냥 그랬다. 더 이상 아무것도 묻지 않았다.

그리고 우리는 함께 마지막으로 「아비정전」을 보았다. 이 여행은 '발 없는 새'에서 비롯되었을지도 모른다. 죽을 때 단 한 번 지상으로 내려와 쉰다는 새. 그 새처럼 나는 죽을 때까지 쉬지 않고 책을 읽을 것이다. 내가 내 인생에서 확실하게 알고 있는 것은 그것뿐이다.

홍콩의 가게에서 산 「아비정전」의 DVD에는 한글 자막 같은 것은 없었다. 그렇지만 나는 그 모든 이야기를 이미 알고 있었고, 그들이 무슨 말을 하는지도 알고 있다. 「아비정전」의 장면이 침묵 속에서 그와 나 사이를 흘러 지나갔다.

난 잊지 않을 거야.

우리 둘만의 소중했던 1분을.

이 1분은 지울 수 없어. 이미 과거가 됐으니.

그는 이 1분을 잊겠지만 난 그를 잊을 수 없었다.

그 후 그는 매일 찾아왔다.

1분이 2분으로 바뀌고 나중엔 만남의 시간이 길어졌다.

어찌되어도 상관없었던 미래가 조금씩 조금씩 섬세해진다. 나는 그의 옆에서 내 영원을 본다. 순식간에 모든 것이 지나간다. 그리고 여행은 어느새 끝나 있었다.

*

여행은 열흘 남짓이었는데 나는 아주 오래 떠나 있던 것처럼 느껴졌다. 돌아온 자의 안도 같은 건 없었다. 내가 돌아왔다는 걸 느낄 수 있게 해주는 건 아버지뿐이었다.

―왔냐?

―네.

―재밌었냐?

―네.

나는 아버지께 양주를 내밀었다. 나는 그것밖에는 아무것도 사지 않았다. 미우나 고우나 무심하나 정다우나 욕을 하든 욕을 얻어먹든 돌아온다고 여기니 생각나는 사람은 아버지뿐이었다.

시간은 어느덧 사라져버린다. 그러나 그 시간을 함께한 책은 나에게 존재한다. 그와의 여행에 동행했던 책. 홍콩에서 읽었던 책에서 홍콩의 독특한 향신료 냄새가, 비행기

안에서 읽었던 책에서는 하늘과 구름의 냄새가 난다. 그리고 이제는 무슨 책을 읽든 그가 생각난다. 바꿀 수 있는 것들을 바꾼다. 버릴 수 있는 것들을 버린다. 잊을 수 있는 것들을 잊는다. 그래도 바뀌지 않는 것들이 있고 버릴 수 없는 것들이 있고 잊을 수 없는 것들이 있다.

24 언제까지나 그럴 것이었다

가습기가 뿜어내는 수증기로, 마치 구름 속에 와 있는 듯하다. 병원의 특실은 썰렁하다. 외할머니는 검사를 받으러 어딘가로 가고 없었다. 나는 침대 옆에 놓인 의자에 앉아서 외할머니가 읽다가 놓아둔 잉게보르크 바흐만의 책 『죽음의 방식』을 읽었다.

그녀는 글자 하나하나를 되씹었으며, 목이 메이지 않도록 문장 몇 개를 빠르게 지나쳤고, 그러고 나서 다시 한 글자 한 글자를 씹었다. 그는 썼다. 그리고 그녀는 읽었다. 언제까지나 그럴 것이었다. 그녀는 마흔이 넘었고, 그녀는 오직 한 권의 책만을 읽었다.

얼마 지나지 않아 간호사의 부축을 받으면서 외할머니가 병실로 돌아왔다. 창백한 하얀 얼굴의 외할머니는 10년은 늙어 보여 이제 겨우 자기 또래처럼 보였다.

—언제 온 거냐?

—조금 전에.

—그래.

—할머니, 괜찮은 거예요?

—수술 받았으니 아마 괜찮지 않겠냐.

외할머니는 암으로 자궁을 들어내는 수술을 받았다. 다행히 발견이 늦지 않아서 다른 곳으로 전이되지 않은 상태였다. 외할머니가 진짜 할머니라면 자궁쯤은 문제가 되지 않을지도 모른다. 그러나 외할머니는 할머니가 아니고, 어머니였던 적도 없는 사람이다. 외할머니는 한 번도 아이를 가져보지 못했다. 하지만 아름다운 소설을 세상에 내놓는 일은 아름다운 인간 하나를 온전히 탄생시키는 일과 같지 않을까. 외할머니가 스무 살에 잉태해서 스물한 살에 세상에 내놓은 그 아이는 아주 씩씩하게 지금도 여전히 잘 살아 있다. 외할머니는 아이를 가지는 일에는 미련이 없을지도 모른다. 그러나 소설을 쓰는 일에도 그러할까. 나는 확인해 보고 싶어졌다. 동생을 조르는 아이처럼 외할머니에게 떼를 써보고 싶어졌다.

—할머니, 다시 소설 쓰세요.

—왜?

—할머니의 새로운 소설이 읽고 싶어요.

—내 소설을 읽고 싶어 하는 사람이 이렇게 가까이 있는 줄 몰랐는데. 부끄러운 얘기지만 그 소설을 내가 어떻게 썼는지 잊어버렸다.

—그럼 이제는 쓸 수 없는 건가요?

—모르겠다. 그 이후로는 써보려고도 하지 않았으니까.

—어쩌다 그렇게 된 거죠?

—소설보다 소설을 쓰는 것보다 인생을 사는 것이 더 재 밌었거든. 사는 재미에 빠져서 소설을 써야 한다는 생각은 자꾸 미뤄졌지.

—그래서 후회하시나요?

—그럴 리가 있겠니? 나는 내 인생을 사랑한다. 오래오 래 내 인생을 사랑해 온 만큼 소설이 나의 인생에 포함된 거라는 걸 인정한다면 다시 쓸 수도 있을 거 같다.

그리고 할머니는 웃으며 또 말했다.

—사실은 이제는 좀 심심해졌거든. 살고 싶은 대로 살아 서 후회가 없다고 생각했는데 네 말을 들으니 소설 한 편 더 쓰는 것도 좋겠다. 그러려면 건강해야겠구나.

외할머니에게는 언제부터인가 하루하루가 같았겠다. 늙

음이나 정체를 받아들이는 일이 나에게는 아직은 낯설지만 언젠가는 나도 그렇게 되겠지. 내가 상상하는 나이의 좋은 점은 일단은 너그러움에 있다. 이 세상에 있을 법하지 않은 일도 없어지고, 반드시 있어야 마땅한 것도 없어지며, 자기 자신에 대해서도 특별히 불가능한 일도 없고 그럴 수가 있을까, 하는 일도 없어질 것이다. 하지만 지금은 뒤돌아보는 일보다는 앞을 바라보는 일에 적응하려고 한다. 할머니의 삶을 생각하면 내게는 아직 남은 시간이 너무도 많기 때문이다.

외할머니의 책은 내가 태어나기도 전인 30년 전에 나왔다. 앞으로 30년 후에 외할머니는 이 세상에 있을까. 그리고 또 30년 후에는. 세상에 외할머니는 없을지라도 그녀가 남긴 책은 남아 있을 것이다. 그리고 내가 없더라도 내가 읽은 책들 중 어떤 것은 남아서 계속 살아나갈 것이다. 인간에게는 죽음이 완전하게 예정되어 있다. 그것이 언제일지 몰라도 죽는다는 사실만은 이 세상의 어떤 법칙보다도 확실하다. 그러나 책들의 운명은 알 수 없다. 읽고 있는 나도, 쓰고 있는 그들도.

*

　작가들이 독자들을 위해 혹은 다른 무언가를 위해 글을 쓴다는 건 어떤 작가의 경우 거짓말이다. 그들은 자기 자신을 위해서 글을 쓴다. 쓰지 않을 수 없기 때문에 쓴다. 그리고 다른 무엇보다 자기 자신을 위해서 쓰지 않을 수 없었던 글은 마음을 움직인다. 거기에는 그 무엇보다 진실이 많이 포함되어 있기 때문이다. 그들은 하고 싶은 대로 한다. 결국 그렇게 쓰고 만다.

　소설을 완성시킨 후 유희는 내게 이렇게 말했다.

　―이 소설을 내가 특별하게 생각하는 건 이 소설이 좋은 소설이라고 생각해서가 아니야. 나는 너와 함께 이 소설을 쓰던 시간들이 정말 좋았어. 이 소설을 완성하던 그 순간이 내 인생에서 가장 보람 있는 순간이었어.

　그때 그 소설을 세상에 발표할 기회가 있을지 없을지 혹은 세상 사람들에게 소설가로 불릴 수 있을지 없을지는 중요하지 않았다. 중요한 것은 유희가 소설을 완성시켰다는 것, 최초로 희망하는 것을 완료했다는 것이었다. 그리고 나는 오로지 그 사실에 감동했다.

　유희의 소설이 지면에 발표된 후 유희와 나는 파티를 했다. 우리는 오랫동안 그리 축하할 일도 축하받을 일도 없는 시간을 보냈다. 대학을 졸업하고 취직을 하고 그런 일을 축하한 것이 마지막이었던 것이다. 나로부터 유희의 소식을 전해 들은 외할머니는 자신의 와인 리스트에서 기꺼이 우리가 태어난 해의 와인을 골라서 선물해 주었다. 사실 우리에게는 이렇게 비싼 와인은 필요하지 않았다. 나는 거절했지만 외할머니는 술은 마시라고 있는 거라고 했다. 읽지 않고 가지고만 있는 책이 그리 소용없듯이 마시지 않고 가지고만 있으려고 와인을 모으지는 않았을 것이다. 어쩌면 외할머니도 우리처럼 특별한 술을 꺼내서 축하할 일이 오랫동안 없었는지도 모른다.

—나는 네가 좋아.

오래간만에 마시는 아주 비싼 와인에 취하기라도 했는지 유희가 말도 안 되는 소리를 한다. 인상을 쓰는 나에게 유희가 다시 한 번 말한다.

—나는 네가 좋다고.

—너, 왜 그러니?

—그거 알아? 우리 둘 다 지독하게 애정 표현에 인색하고 서툴다는 거.

—그런가?

—우리는 본래 사랑하는 것도 적은 데다가 사랑 표현까지 적은 이상한 사람들이지. 어떤 사람들은 날마다 좋아서

미칠 것 같은 것을 발견해 내고 좋다고 끊임없이 말하면서
사는데, 너와 나는 좋아도 저 정도면 괜찮지, 하면서 사는
인간들이지. 이제부터는 말이야. 좋다는 말, 사랑한다는
말, 많이 하면서 살려고.

　―그래서 지금 나 갖고 연습하는 거니?

　나도 너 좋아, 라고 말할 수도 있었지만 나는 그러지 않
는다. 대신 나는 이렇게 말한다.

　―난 네 소설이 좋아.

　유희는 쓰고 나는 읽는다. 이제 이것이 우리의 방식이
다. '나는 내 친구들을 기쁘게 하기 위해서 글을 쓴다.' 라
고 말한 이는 『백년의 고독』의 작가 마르케스였다. 마르케
스의 어떤 말보다 그 말이 사랑스럽다. 나는 마르케스처럼
글을 쓸 수 없으나 내 친구는 친구인 나를 위해 글을 쓸
수 있다. 어떤 편이 더 좋은가를 묻는다면 나는 언제나 기
꺼이 독자가 되기를 원한다. 너의 글을 읽는 것이 내 인생
최대의 기쁨이다.

　유희는 소설가가 되고 난 다음부터 예전처럼 소설을 읽
지 않는다. 남의 소설을 자꾸 읽다 보면 자신의 소설을 쓸
수 없다나 뭐라나. 그러면서도 긴장감은 유지하고 싶으니
나보고 책 30권 읽을 때마다 제일 좋은 걸로 한 권만 골라
달란다. 나의 안목과 수준을 신뢰한단다. 나는 요즘 한 달

에 30권에서 60권 정도의 책을 읽는 셈이니까, 그러므로 유희는 한 달에 책을 한두 권만 읽겠다는 얘기인 것이다. 그리고 정작 그렇게 비장하게 말해 놓고 사실 유희가 소설을 쓰는 걸 보지는 못했다. 전화하면 항상 어딘가에서 즐겁게 놀고 있다. 그러면서 이제는 놀 이유가 있단다. 전에는 이유 없이 놀았지만 이제는 놀면 그것이 소설의 에너지가 되고 소설이 되기도 한단다.

유희는 소설가란 타이틀을 얻었지만 표면적으로 유희의 인생은 그다지 달라지지 않았다. 여전히 게으르고 나태하고 무책임해 보인다. 첫 소설은 어쩌면 누구에게나 우연일지도 모른다. 시작은 누구나 할 수 있지만 끝 맺기는 아무나 할 수 있는 일이 아니며, 계속하기는 아주 어려울 것이다. 유희는 그 우연의 산물이 자신이기에 가능한 무엇임을 이제는 증명하고 싶어 한다. 우연이 아니라 필연은 아주 많은 것을 바꿀 수도 있으므로.

지금 유희는 채린의 이야기를 소재로 소설을 쓰고 있다. 채린의 남자는 결국 소멸하고 말았다. 내가 그가 죽었다고 말하지 않고 소멸했다고 말하는 건 그의 죽음을 확인할 길이 없기 때문이다. 채린은 새로운 연애를 시작했다. 그리고 그 상대는 어이없게도 전남편이었다. 똑같은 책도 시간이 지나서 읽으면 다른 느낌으로 다가오는 것처럼 똑같은 사람과의 연애도 위치와 시간이 달라지니 또 다른 모양이다. 그리고 나뿐만 아니라 유희도 채린의 연애의 청취자가되고 말았다. 나에게는 구차하고 지리멸렬하고 치사한 사실들이 유희에게는 멋진 러브스토리처럼 들리는 모양이다. 유희는 세상에서 가장 현실적인 연애소설을 써보겠다고 호언했지만 그게 가능할까. 가능하긴 해도 이번에는 개연성 없는 이야기 전개로 비난받을 것이다. 그러나 유희는 끄떡없을 것이다. 본래 다른 사람 이야기는 죽어라고 안 듣고 눈치 같은 것 볼 줄 모르는 아이니까.

소설이 될 만큼 멋진 인생이 따로 있다고 생각하지는 않는다. 그러나 아무리 시시한 인생이라도 한 번쯤은 소설이 되어도 좋지 않은가, 라고 여긴다. 채린은 나에게 이렇게 얘기했다. 아무리 연애소설이 흥미진진하다고 해도 자신이 하는 진짜 연애보다 흥미로울 수는 없다고. 그리고 유희는 나에게 이렇게 얘기했다. 책을 읽는 일이 아무리 재밌다고 해도 쓰는 일만큼 재밌을 수는 없다고. 요즘 들어 나는 이렇게 생각한다. 제일 아름다운 책들보다도 더 아름다운 인생이 있는 법이고 책이 아무리 재밌다고 해도 인생만큼 재밌을 수는 없을지도 모른다고.

채린은 다른 누군가를 위해 사랑을 하지 않는다. 그리고 이제 사랑을 위해 사랑을 하지도 않는다. 오로지 자기 자신만을 위해 인생을 살 듯 자기 자신을 위해 사랑을 할 뿐이다. 유희는 다른 누군가를 위해 소설을 쓰지 않는다. 그리고 소설을 위해 소설을 쓰지도 않는다. 오로지 자기 자신만을 위해 인생을 살 듯 자기 자신을 위해 소설을 쓸 뿐이다. 그리고 나는 오로지 나 자신만을 위해 책을 읽을 뿐이다.

25 책이 나를 필요로 했다

최승자 시인의 시에서 '이렇게 살 수도, 이렇게 죽을 수도 없을 때' 온다는 서른 살이 내게도 온다. 누군가는 떠나고 누군가는 집을 짓고 누군가는 죽고 누군가는 사라지고 누군가는 귀환하고 누군가는 글을 쓰고 누군가는 책을 읽는 세상의 어떤 나이와도 다를 바 없는 나이이겠지만, 그래도 기쁘고 대견하다.

코니 팔멘은 『자명한 이치』에서 '삶이 나를 필요로 했다. 내가 없으면 삶도 없다.'라고 썼다. 이제 나는 이렇게 말하고 싶다. '책이 나를 필요로 했다. 내가 없으면 책도 없다.' 나에게 읽힘으로써 비로소 나의 인생에 온전히 자기 몫의 시간을 가지게 될 책들. 향기롭고 고약하고 나약

하고 강하고 습하고 건조하고 슬프고 즐겁고 위태롭고 나른하고, 결국은 저마다의 거역할 수 없는 매력으로 나를 사로잡을 나의 책들.

내가 읽는 책의 대부분은 소설이다. 어쩌다가 시집이나 인문학이나 철학 책을 읽기도 하고, 병원이나 은행에서 기다리는 시간에는 잡지를 읽기도 하지만, 기본적으로 언제나 소설만 읽고 있다. 어떤 사람들은 소설이 아무것도 가르쳐 주지 않는다고 말한다. 하지만 나는 왜 책을 읽으면서 무얼 배워야 하는지 모르겠다. 이미 다른 시간에 다른 방법으로 배울 만큼 배우고 있으면서 말이다. 어떤 사람들은 연애하는 법, 돈 버는 법, 여행하는 법까지 모조리 책을 통해 배우기를 원한다. 그래서 2주 안에 혹은 한 달 내 그것들을 정복할 수 있다고 호언장담하는 책을 읽는지 모르겠지만, 이미 다 알다시피 나는 그런 목표를 가진 인생과는 거리가 멀다. 나는 꼭 이루어야 할, 남들과 똑같은 인생의 목표는 없다. 그러므로 앞으로도 소설을 읽을 것이다.

소설에는 철학도 있고 여행도 있고 인문학적 지식도 있고 과학도 있고 역사도 있고 우주도 있다. 그리고 무엇보다 소설에는 항상 사람이 있다. 나는 소설이 가진 포괄성과 유연성이 아주 마음에 든다. 가능하다면 나는 소설 같은 인간이 되고 싶다.

*

여행에서 돌아오고 오랜 시간이 지나 그가 내 휴대폰으로 전화를 한 적이 있었다.

—번호는 어떻게 알았어요?

—지금 그게 궁금하오?

—네.

—당신이 가르쳐줬지 않소.

—거짓말하지 말아요.

—속아만 살았소?

—아니오. 그렇지만 한 번 제대로 속은 적이 있죠.

그가 웃었다. 이 말들은 예전에 우리가 했던 이야기이기 때문이다. 그도 기억하고 있었다. 내가 잊지 않은 것처럼.

—난 당신을 속인 적 없소. 당신 마음대로 상상한 거지.

—그런가요? 그럼, 그녀도 당신을 속이거나 배신한 건 아니잖아요.

—알고 있소. 그리고 지나간 일이오. 보낸 책들과 의자는 받았소?

—네. 고마워요.

—고맙긴. 당신은 받아야 할 것을 당연히 받은 것뿐이잖소. 그리고 그건 나에게는 필요 없는 것들이잖소. 그 책들

은 당신과 함께 있어서 찬란히 빛날 거요. 어쩌면 당신이 그 책들을 다 읽었을 즈음에 돌아갈지도 모르오. 그래도 되겠소?

　—…….

　나한테는 이미 익숙해진 읽기와 이해의 방식이 있다. 책을 읽듯 사람을 읽는다. 그는 한 번 읽는 걸로는 충분하지 않은 책이다. 처음 읽으면 이야기가 보이고, 두 번 읽으면 인물이 살아나고, 세 번 읽으면 배경이 그려지고, 네 번 읽으면 움직임이 읽히고, 다섯 번 읽으면 낱말 하나하나가 다르게 다가와서 세월을 두고두고 읽어야만 하는 책. 나는 그를 다시 읽게 될 그날을 기다리고 있다. 지금 나에게 다른 건 몰라도 시간은 있다.

　서른 살이 되었지만 내 인생은 여전히 미궁 속이다. 내가 아는 건 시간이 함부로 지나가지 않는다는 것뿐이다. 나는 세상의 속도를 무시한 나 자신만의 속도를 갖고 있다. 그것은 책과 마주한 인간만이 가질 수 있는 고유한 속도이다. 같은 페이지의 책도 저마다 다른 속도로 읽을 수밖에 없다. 때로는 느리게, 때로는 빠르게. 그리고 원한다면 언제나 다시, 또 새롭게.

　누군가 예수를 믿고 부처를 믿듯 나는 책을 믿는다.

「실비아」를 보고 있었다. 몇 년 전 부산국제영화제 때 예매를 해놓았다가 보지 못한 영화였다. 한번 인연이 어긋나면 다시 만날 때까지의 시간은 이해할 수 없을 정도로 쉽사리 지나가 버린다. 처음에도 그랬는데 이번에도, 그리고 이번이 아니라면 다음에. 아무튼 나는 2년 혹은 3년의 시간이 지나서야 보기를 원했던 영화를 마주하고 있었다.

나는 실비아가 책상에 앉아서 글을 쓰는 모습을 보다가 창가에 책상을 놓고 싶다는 생각을 다시 또 하고 있었다. 그때 휴대폰의 벨소리가 들렸다. 나는 전화를 받았다. 그리고 당선 소식을 아주 기쁘게 받아들였다. 처음처럼 이번에도, 이번이 아니라면 다음이라도, 하면서 초월했던 일. 몇 번이나 일어날 뻔했던 일이었기에 기뻤지만 나는 사실 내 진심보다 더 행복한 척하고 있었다. 어쩌면 영화가 끝나기 전부터 알고 있었던 실비아의 일생 때문이었는지도 모르겠다.

전화를 끊고 나는 보던 영화를 마저 보았다. 테드 휴즈의 시를 읽고 단번에 그에게 매혹되었던 실비아. 시가 써지지 않아서 빵을 굽던 실비아. 사랑이 떠난 후 미친 듯이 글을 쏟아내던 실비아. 열정적이어서 극단적이었던 사랑과 글쓰기. 그리고 오래전부터 끊임없이 시도되었던 죽음. 실비아가 죽고 영화가 끝나자 나의 흥분과 기쁨은 거의 흔적도 남아 있지 않았다.

나는 백화점에 가서 테스토니의 붉은 에나멜 플랫 슈즈를 샀다. 그리고 집으로 돌아와 '그녀는 우울해질 때마다 빨간색 구두를 꺼내 신어보곤 했다.'라는 문장을 썼다. 계속해서 쓸 수 있기를. 내 소망이 단순해서 아주 마음에 들었다. 하지만 그 단순함이 쉽지 않다는 걸 어느새 나는 알고 있었다.

책을 소유하는 가장 바람직한 방식은 그것을 쓰는 것이라고 발터 베냐민은 썼다. 나는 책을 소유하기 위해 이 책을 썼다. 이 소설에는 내가 좋아해 마지않는 것들이 아주 많이 포함되었다. 쓰면서도 읽는 것이 더 즐거울 때가 많았다. 하지만 읽는 것보다 쓰는 것에는 더 많은 자유가 있었고, 나는 그 자유가 마음에 들었다. 그리고 이 소설을 쓰는 동안 나는 읽는 것보다 쓰는 것이 더 재미있을 수도 있다는 것을 느꼈다. 그 느낌을 오랫동안 기억하고 싶다.

백수생활
백서

1판 1쇄 펴냄 · 2006년 6월 26일
1판 8쇄 펴냄 · 2013년 11월 1일

지은이 · 박주영
발행인 · 박근섭, 박상준
편집인 · 장은수
펴낸곳 · (주) 민음사
출판등록 · 1966. 5. 19. 제16-490호
서울시 강남구 신사동 506번지 강남출판문화센터 5층(135-887)
대표전화 515-2000 · 팩시밀리 515-2007
www.minumsa.com

ISBN 978-89-374-8091-1 (03810)